目录

第十一章
全员助攻,理想型儿媳 /1

第十二章
托孤?同居?在一起试试 /28

第十三章
挑衅,高人一等的圈子 /63

第十四章
护短，这是我的人 /71

第十五章
扑通扑通，会心一吻 /96

第十六章
他的手段，一直很高 /127

第十七章
试婚是假，交往是真 /158

第十八章
姜糖夫妇联手 /186

第十九章
身体好了，就去领证 /215

第二十章
人间烟火气，最抚凡人心 /240

第十一章
全员助攻,理想型儿媳

入冬起薄雾,万物披晨露。

薄雾散开,阳光才从车窗肆意宣泄而入。

唐菀略微降下一点车窗,凉风灌入,虽有凉意,车内空气却清新许多。车上一直打着暖气,几人挤在一处,难免觉得闷。

"到哪儿啦?"老爷子与唐菀坐在后侧,上车就阖眼小睡了一会儿。

唐云先坐在副驾:"刚离开平江。"

开车的是江就,他做事稳妥,江锦上也放心。

"怎么才到这儿?"老爷子偏头看了眼窗外。

"刚才雾没散,车速提不起来。"江就解释,"之前老太太打电话叮嘱过,能不能午饭前到没所谓,安全最重要。"

"你家老太太身体怎么样?"唐老直起身子,拧开一侧放置的保温杯,润了下嗓子。

"挺好的,就是前两年查出糖尿病,自己还乱吃东西,在医院住了一阵儿。"

唐菀已经升起车窗,安静听着,原来江家的老太太有糖尿病?

"对了爷爷,五哥的父亲是有什么堂兄弟吗?可江奶奶好像就只有一个儿子啊。"唐菀对江家的事,并不是很清楚。

唐老笑道:"他爷爷还有个哥哥,那家也有个儿子,孙辈有三子一女,好像老大早夭,其实宴廷排行第二,也算真的老大。毕竟是小五他爷爷兄弟那边的,老一辈走了,关系就不如以前亲近了。"唐老估计想起了

1

以前的事，还无奈叹了口气，"老江就是走得太早啦，可惜——"

唐菀见他不愿再提，就没追问。

过了些时候，手机振动起来，是江锦上发来的信息：

【你那边怎么样？唐爷爷身体还好吧？】

【挺好的，你呢？】

【我没事，江江呢？他上车的时候，眼睛都没睁开，肯定困死了。】

【已经睡了。】

江宴廷偏头看了眼身侧的弟弟，居然一直在玩手机，还嘴角带笑，莫名觉得有些诡异。

自家老弟和唐菀住在一个院子，他虽然就在唐家住了一晚上，也没发现这两人有什么共同话题啊，更没说几句话，怎么分开后，还能在网上聊起来。

可他能明显感觉到唐菀对自己存在戒备心，他想过一些原因，最后总结，最大的可能性就是……他们不熟吧。

"你回京，没通知则衍他们？"江宴廷说道。

"他在群里不是说最近年终，太忙了吗？让我们没事别骚扰他。"江锦上垂头，还在不断和唐菀发信息。

"唐小姐上京，这还不是事儿？"

江锦上这才撩着眼皮，看了眼身侧的人："这是我的事，和他有什么关系？"

唐菀来京城，也没告诉自己在这里工作的好友，本身是来看病的，事情也多，阮梦西平时工作也忙，没必要让她奔走。

车子由南入北，树木植被也渐渐披霜带露，甚至有些枝条上还裹着白霜，像极了北方的银枝。

出了收费站，车子并未进入市区，而是从另一条路上了高架，京城随处可见拔地高楼，这里以前就是许多朝代的政治经济文化中心，古典与现代的结合，让这座老城重新焕发生机。

作为全国的中心，京城寸土如金，生活压力可想而知。

下了高架，车子很快到了一处高档住宅区，许是早已打了招呼，车子长驱直入，毫无阻拦。

车子行驶到最深处，才在一处宅子前停住。

唐菀偏头看向外侧，入目就是个小喷泉池，两侧景观树木修剪得异常雅致，一抬眼，就看到台阶之上的宅子。其与小区别家相隔甚远，给人一种肃穆、遥不可及之感。

唐菀刚推门下车，宅子门已打开，一个银丝齐耳的老太太就走了出来，她穿着绣花的红紫色棉衣，脖子上一串沉香木的珠串，微微发胖，笑起来，双目弯弯，分外和善。

此时江江也已经从另一辆车里跳下来，刚想冲过去喊太奶奶，老太太已经快步走到了唐菀身边："菀菀？"

"江奶奶好。"

"像你奶奶年轻的时候，漂亮，幸亏没遗传你爷爷。"

车内的唐老嘴角一抽。他长得是多么不堪入目？

"太奶奶。"江江已经冲过去，抱住她的大腿。

"让太奶奶看看，这是谁回来啦！"

老太太戴着金边眼镜，整个人温暖平和，举手投足皆是风范。

"哎呦，是不是还胖了点？"老太太看自己小曾孙长了肉，那在唐家肯定过得非常不错，看唐菀的眼神越发柔和。

此时大家已陆续下车，从屋内紧跟着走出一对中年男女。

男人五十出头的模样，面容周正，虽然笑着与唐云先握手打招呼，可眉眼之间也显露出一些惯居上位的威严。

这就是江锦上的父亲——江震寰。

江家祖辈经商，老爷子是第一批下海的，到了他儿子这辈，赶上改革开放的好时候，就顺势而起了。

从给儿子取名震寰也看得出来，老爷子当年是多么雄心勃勃，对他寄予了多少厚望。

"菀菀。"笑着走出的妇人，已经亲热熟稔地拉住了唐菀的手。

两人一直用电话交流，声音自然听得出来，唐菀笑着打了招呼："江阿姨。"

这是江锦上的母亲——范明瑜。

她算是国内最早一批的歌唱家，还开过专场，嫁人后极少公开露面了，人漂亮声音甜。

兄弟俩长相气质不同，也是分别遗传了父母。

"老爷子，您慢点儿。"范明瑜与唐菀打了招呼，就伸手去搀扶老爷子，

"妈，快让他们进屋吧，外面挺冷的。"

"你看我这……太激动了。"老太太笑道。

到了老太太这把年纪，老朋友都走得差不多了，唐老过来，她是真的激动。

"小五，你怎么样？坐了这么久的车，吃得消？"范明瑜许久没见到小儿子，打量了会儿，瞧他气色不错，又看着唐菀的背影。

她早前看过照片，可见到真人，那感觉肯定又不一样。唐菀长相不是那种一眼惊艳的类型，温婉舒服，再多看两眼就让人觉得喜欢了，长辈大多不喜欢长相太有攻击性的，唐菀简直就是做媳妇儿的理想人选。

她心底暗想着：怎么才能把唐家这姑娘留住？

"我挺好的。"

"还是平江暖和吧，赶紧进屋。"范明瑜拉着江锦上往屋里走，偏头看着大儿子。

"宴廷，赶紧让人把行李都搬进来，别磨磨蹭蹭了，马上要吃饭了……"

江宴廷咬了咬腮帮……自打他只带了江江回家，家庭地位每况愈下，他在家处于什么位置，一目了然。

唐菀进了江家，里面与她想的完全不同，没有一点奢华之气，若非一侧墙上挂了许多老照片，看起来就和普通人家没两样。

江家人很热情，尤其是老太太，说唐菀手凉，一直把她双手焐在手心，将她原本的忐忑不安全部打散。

"我以前看到你的时候，可能都没有我的腿高，这一晃眼啊，已经成大姑娘了。"老太太笑容满面。

"长得可真好看，比照片上漂亮多了。"

江锦上早就想到自己奶奶会非常热情，却也没想过居然热情到拉着人家的手愣是不松开。奶奶这辈子，没女儿，孙女有，却不是嫡亲的，关系也比较一般，曾孙辈，也就江江一个小曾孙，所以一看到别人家漂亮的小姑娘就羡慕得不行。

"我跟你说，当年我们家要老二，其实就是想要个女孩，没想到，又是个小子。"老太太瞥了一眼江锦上，"看我干吗？说的就是你。"

江锦上清了下嗓子，没作声，说得好像是他把她孙女搞没了似的。

范明瑜怀二胎时，没养好身体，导致江锦上生下来就体弱多病。

因为小孙子身体不好,老太太自然会多关心、费心。

那时江家老爷子也没过世,与唐老还是至交,老太太随丈夫去平江,就盯上了唐菀。

于是两家便口头定了个亲。

当时大家都只当这件事是个玩笑,只是没想到多年以后,老太太却当真了,唐老又是个讲究体面的人,总不能装傻充愣,加上他也想给唐菀找个可靠的依仗。

以前旧时代还讲究父母之命,如今这社会,孩子对这种安排都没什么好感⋯⋯

这才有了一开始江唐两家合议退婚的事。

范明瑜当时就觉得不太妥:"妈,这孩子以后怎么样大家都不知道,您把亲事定了,以后两个孩子都不喜欢对方,亲家就变冤家了。"

"所以只是口头定亲,又没说以后一定要如何。"老太太咋舌,"我这主要是为了小五,你看这孩子,病恹恹的,这性子又古怪,以后讨不到媳妇儿怎么办!"

所以归根结底,与唐家这门亲事,她竭力促成,就是为了江锦上。

唐菀注意到老太太的眼神,看着自己,从热切逐渐变成了无奈,似乎还有些懊悔。

"江奶奶,您怎么了?"

老太太拍了拍她的手:"就是看到你,想起了你奶奶和你母亲,有些感慨⋯⋯你看,这么好的日子,我怎么净说这个,饿了吧,我们上桌吃饭。"

老太太真实想法其实是:当年,就不该弄什么口头婚约,直接定下来,保不齐现在孩子都有了。

"光顾着聊天了,赶紧吃饭吧,反正唐叔一家也要在这里待一段时间,有什么话,随时都能说。"范明瑜已经招呼众人入座。

圆桌,长幼有序。老太太本想拉着唐菀坐自己身边,和她多说两句话,可转念一想,还是给孙子留点机会吧。以后要是真嫁到他们家,有的是机会聊天。

江家兄弟俩,都是脸上不露声色的主儿,老太太也摸不准唐菀会喜欢哪一款,位置安排好⋯⋯唐菀莫名其妙被夹在了江家兄弟中间。

"宴廷,小五,你俩照顾好菀菀,别怠慢了人家,菀菀啊,你也别客气,

5

当自己家,多吃点,瞧你瘦的。"

江锦上从善如流,给她夹了一只虾尾:"别客气。"

"谢谢。"唐菀也不傻,老太太的用意还是比较明显的。

老太太捏着筷子,死盯着江宴廷。

用眼神示意他:夹菜啊!傻愣着干吗!能不能行?!

江宴廷对唐菀半点兴趣都没有,这压根不是他喜欢的类型,可奶奶瞪过来,他只能被迫营业,拿着公筷,给她夹了点东西,意思一下。

"谢谢。"唐菀对他特别客气。

老太太无奈摇头,对小姑娘一点都不热情。

把媳妇儿弄丢真的一点都不奇怪,这要是她,也得跑啊!

唐家人过来,肯定要喝点酒,众人开始推杯换盏的时候,唐菀就不自觉地将凳子往江锦上那边挪了点。

人都是这样,喜欢和熟悉的人相处。

两人挨着,抬臂夹菜的时候,袖子都能擦到。

北方虽冷,却有暖气,大家穿得都不多,蹭来蹭去。

好似厮磨,分外亲近。

酒过一巡后,唐菀起身,给江家诸位长辈敬了酒。

"女孩子喝什么酒,喝点茶,意思一下就行,我们两家这么熟了,也算是一家人,不用客气。"老太太笑道。

"没关系,喝一点而已。"唐菀端着酒杯,挨个敬酒。

只是到了江震寰这里,这人惯居高位,即便坐着,也给人一种极强的震慑感。

"江叔叔,谢谢您的招待,我敬您一杯。"唐菀笑道。

"坐!"江震寰声音低沉,明明是不想让她这么客气,可话说出来,活像是在命令谁。

"没关系,我是小辈,应该的。"

范明瑜咳嗽两声,让她丈夫多说两句话。

江震寰点着头:"不用客气。"

"毕竟是我们打扰了。"

"安心住下。"

……

两人的交流,极其乏味无聊,江震寰居然还扯到了工作:"刚才还听唐叔说,你接了个大单子……"

做长辈的都这样,子女有一点好,恨不能十倍夸。

况且唐菀的确从祁则衍那里接了个投资几亿的单子。

唐菀笑得谦逊:"也谈不上多大的单子。"

"工作之余,也要注意休息,女孩子有点事业是好事。"

"我知道。"

"不错,挺好的。"说起生意工作,江震寰话很多。

老太太咳嗽两声,提醒某人:差不多得了!你和年轻小伙讨论工作就罢了,你拉着一个小姑娘说这些干吗!

江震寰这才停止话题,聊了几句话后,他觉得唐菀算自主创业,生意做得虽然不大,也有自己的独到见解和坚持,觉得这小姑娘看着温温柔柔的,也算有个性,还是挺喜欢的。

只是江震寰冷着脸,唐菀和他说话都吓死了,压根没希冀能让他喜欢自己。

范明瑜倒很热情,饭吃得差不多,大家都在聊天,她干脆挤走了江宴廷,坐到唐菀身边,拉着她说了很久的话。

在这过程中,江江本就机灵聪明,最讨人欢心。

可是最后,又出现了让他最尴尬的一幕。

他真的搞不懂,为什么家里来人了,长辈都喜欢让他表演才艺?

他五音不全,还非要唱什么《小毛驴》,如果他去学什么武术,说不准就腾地方让他表演个后空翻了。

其实做长辈的,就是觉得孩子很优秀,恨不能让全世界都看到他的好。

只是江江却面如死灰,他虽然小,可也要面子好吗?

这《小毛驴》已经唱了两三年了,太奶奶怎么一点都不腻啊。

这顿中饭,热热闹闹的,一直吃到下午三点半才结束。

唐家过来暂住,除却带了一些平江特产,唐菀还给每个人都带了一些小礼物,她向江锦上打听过每个人的喜好,只是摸不清老太太的,最后自己亲手给她做了个点翠的胸针。

亲手做的,心意肯定不同,老太太喜欢得不行。

倒是看得范明瑜一阵眼热,只是做长辈的,不好开口要罢了。

唐菀看在眼底,思量着什么时候有空,也给她做一个,只是这边没什么设备，只怕做出的成品也是不完美的。不好的东西，她怎么拿得出手送人。

只是这件事她暗暗记在了心里。

"这饭吃得也太迟了，唐叔，你们先回房休息一下，晚饭我们迟点再吃，估计都不太饿，我就煮点粥行吗？"范明瑜做事还是非常稳妥的。

唐老见到老友，心情很好："你安排就行。"

"那我扶您回房，小五，菀菀和你住三楼，你带他上去。"范明瑜叮嘱。

老太太，江震寰夫妇都是住一楼的，所以唐老与唐云先都住这边。

"我住三楼？"唐菀肯定想离自己家人近些。

"一楼没房间了。"范明瑜笑道。

江家人：睁眼说瞎话第一人！一楼房间明明很多。

范明瑜接着说自己的理由："二楼是宴廷和江江，我听说你喜欢清净，小孩子嘛，难免有点吵。"

江江眨了眨眼，他什么时候吵过？

"所以你跟着小五睡三楼。"

唐菀抿了抿嘴，这理由她竟然无力反驳。

而江就动作更快："唐小姐，那我帮您把行李搬上去。"

"不是，我那个……"唐菀看得出来，江家很大，一楼肯定还有客房，还想争取一下，可江就已经大步流星踏上楼。

江措眯了眯狐狸眼，气炸了，唐小姐的行李是我从车里搬进来的，我还没开始刷好感，你就来表现了。

江措边想边哼哧哼哧又把唐菀后面的行李都扛了上去。

江江同样想抗议，可是刚说了个"姐……"嘴巴就被人从后面捂住，"唔——"

他蹬着小腿，爸爸这是干吗啊！

"你刚才不是说想去厕所，我带你去！"

江宴廷可不想这小子忽然蹦出什么话，惹人误会，最好的办法，就是把他直接叉走！

江江嘴巴被捂着，整个人被江宴廷用胳膊夹住，小腿还在空中使劲晃着：我不想上厕所！再说了，我是男子汉了，就算是上厕所，也不用你陪啊。

江锦上看着唐菀："走吧，上楼，我带你去看看房间。"

老太太笑道:"快去快去!"

唐菀没法子,只能跟他一步步往楼上走。

越往上,底下人声逐渐消失,到了二楼拐角处,只能听到两人踩踏楼梯的脚步声,而进入到三楼,这边的走廊风格与别处也完全不同。

她……已经进入了江锦上的私人领域。

江家三楼,装修风格极简,走廊边上还有扶手,纯白墙壁上,挂着几幅色彩浓烈的抽象画,给单调的走廊添了抹亮色。

"我睡这里,你就住我隔壁。"江锦上领着唐菀往卧室走。卧室的装修偏暖黄色调,家具颜色以青灰为基调,显得非常大气上档次。

卧室不算大,却连小冰箱、挂烫机都有,五脏俱全。

唐菀看着床头还放了一双粉色的女士拖鞋,感慨他的贴心。

"你看一下,还缺什么,下午让人补上。"

江锦上让开位置,绅士地让她先进去。

唐菀往里走两步:"挺好的,东西已经很全了,谢谢。"

"如果你有什么需要,可以直接找我。"

江锦上也不知按了哪里,原本一侧的衣橱忽然往右平移,俨然是个门,入目之处……一张大床!

因为床头还有江家的合照,还有江锦上的个人照片,不难猜出……

这是江锦上的卧室!

这两个房间是打通的?什么啊?

"之前有段时间,我身体很差,周叔一直住在家里,他就是住你这个房间,这样的话,我如果有什么情况,也省得他半夜敲门。"这里指的周叔,肯定就是周仲清医生。

"这间客卧是最好的,其他房间也没怎么整理。"

意思就是:唐菀只能睡这里!

唐菀看着他的卧室,与自己这间,风格如出一辙,只是有些陈设格局略有不同,这是……情侣风啊。

"你要是想过来,按这里就行。"江锦上带她一一熟悉房间的格局,"电视不用的时候,是藏在柜子里的,有开关升降。"

唐菀认真听着。

介绍完后,江锦上侧头看她:"要不要去我房间看看?"

去他房间……看什么东西？

可是江锦上已经发出邀请，而且两个卧室如果有一墙之隔，唐菀还好拒绝，说自己太累不去了，可这墙上有门，迈一脚就过去了，没法拒绝。

唐菀只能笑着点头。

江锦上卧室布置和她差不多，不过房间一侧有个硕大的黑色书架，床头顶部悬了个支架，可能是平时打点滴吊水用的，而他桌上，居然有个玻璃水缸。

青苔水荇，还有个晒台造景，还有个类似瀑布造型的过滤器，俨然是个小型的水下生态圈。

"这个是鱼缸……"唐菀走过去，偏头打量着，"这里面的水草是真的？"

"嗯。"江锦上自然而然走到她身边。

这水缸不算大，两个人挨在前面站着，难免有些身体碰触。

唐菀知道有这些东西，但没近距离接触过，看得认真，也没在意某人此时与她的距离……到底有多近。

"这鱼缸里，怎么没有鱼？"

"在这里。"江锦上伸手指着一处，其实鱼缸里环境偏暗，他略微抬手打开一侧的防水灯，唐菀这才看清他手指那处，好像……是一只乌龟！

"龟？"

他家这龟……待遇也太好了吧。

"一个朋友送的，他说乌龟长寿，希望我和……"江锦上声音顿了下，"希望我长命百岁。"

她是做点翠的，古代知识肯定知道一些，现在都说乌龟有点骂人的意思，其实在古代，乌龟是吉祥的象征，甚至有人还把它誉为"神物"，是可以送人的。

唐菀整个脸都要贴到玻璃上了，似乎想看得更仔细些："所以这乌龟的名字，不会叫江百岁吧！"

她笑着，偏头看他。

可她根本不知道此时两人距离有多近，略一侧头，鼻尖从他侧脸直接蹭过。

唐菀只觉得鼻尖热乎乎的，弄得她呼吸都多了一层热意，下意识屏住呼吸。

江锦上只是单纯想离她近一点,也没想到她会突然转头。

目光相触,似有热风,让两人浑身燥热。

唐菀莫名想起发烧时那个不知真假的吻,垂着眉眼,随即转过头,往另一侧挪了半寸。

"抱歉。"

"没关系。"江锦上却并没挪开视线。

她看着乌龟,他就看着她。

"它不叫江百岁,名字是则衍取的,叫万岁。它脾气挺臭的,怎么逗它都不搭理,所以叫它万岁爷。"

他声音很轻,伴着鱼缸里净化的水流声,细细密密,像是要淌进人的心底。

"万岁爷?"唐菀此时压根没心思管什么乌龟,回复都是下意识的,"这名字取的,很像祁总的风格。"

江锦上不安地搓着手指,嗓子眼有点干。

她鼻尖蹭到他脸上,其实有点凉,可此时就像是热风天,只要有火星燎了一下,离离荒原,便是漫天野火。

鱼缸很暗,玻璃镜面,除却能看到里面的景物,似乎还能照出他们的影像,唐菀看得仔细,这个角度看过去……

江锦上侧着头,两人耳鬓厮磨。

他好似亲到了她。

"喜欢它吗?"他声音磁性温柔。

"好像挺好玩的,我没养过乌龟,有点好奇。"唐菀直起身子,立刻和他拉开了距离,佯装无意地抬手擦拭了一下鼻子。

鼻子热乎乎的,好似没了知觉般。

她莫名有种自己要流鼻血的错觉。

"喜欢的话,你可以经常来看。"

"太麻烦了,不用。"唐菀笑着,"那我先回去收拾一下东西。"

"有需要和我说。"

唐菀点头,垂头往自己房间走,颇有种落荒而逃的感觉。

江锦上则盯着缸内的乌龟,忽然就笑了。

万岁爷则躲进龟壳,连头都不敢冒出来。

唐菀回去后，简单收拾了一下，江江就哐当哐当踩着拖鞋跑上楼，在她房间玩了一会儿，又去隔壁戳了戳万岁爷，就差把它从水缸捞出来，拿鞭子抽它跑了。

约莫下午四点多，范明瑜给唐菀发信息，说要去趟超市，问她有什么需要。

有些东西唐菀并没从家里带来，准备过来再购买，就说和她一起出门。

范明瑜自然高兴，瞧她下楼，略微蹙眉："京城太冷了，你穿这么点，出去肯定冷，等着，我去给你找一条围巾。"

不待唐菀拒绝，她不知从哪儿找了条正红色围巾，抬手就给她系上了："口罩是不是也没有？这里的寒风天割脸，女孩子还是要注意保护点，护手霜都有吧。"

"有的。"

"缺什么待会儿买就行。"范明瑜没女儿，家里那两个小子，更不可能陪她逛街。

两个儿子年纪小的时候，小儿子身体不行，她还能强行拉着江宴廷陪她逛街，等他上了小学，一到周末，宁愿去补习班，都不陪她，她也只能找好友陪着。

因为中饭散得很迟，到了晚饭时间，大家也不饿。

范明瑜和唐菀逛了超市，又拉着她去商场，买了两件衣服，弄得她怪不好意思。

"其实我一直想要个女儿，给她打扮得漂漂亮亮的，能一起出门逛街，后来知道不可能了，就想着有儿媳这些事也能做……"

范明瑜自顾自说着，唐菀却觉得这话听着，总透着点古怪。

"阿姨就是喜欢你，送你就拿着，小五和江江在你家又吃又住，两件衣服而已。"

"那谢谢阿姨。"唐菀推辞不了，只想着回头快点给她做个点翠首饰。

两人回到江家时，本以为大家可能还在休息，没想到老太太攒了局，正拉着唐老、唐云先和江宴廷打麻将。

中老年麻将局，江宴廷混在里面，实在有些头疼。这位置原本是他父亲的，某人借口上厕所，让他替补，然后就再也没回来……也不知道是跑了，还是身体不好，居然蹲这么久？

他打了两圈麻将，实在有点坐不住："小五，你来玩两把。"

江锦上眼皮都没抬一下，只说了一句："我身体不好，不能久坐。"

"……"那也没看你整天站着，说什么瞎话。

好不容易等到江震寰露面，江宴廷立刻准备让步："爸，您来吧。"

这下子，老太太不乐意了……

"打几圈麻将而已，换来换去的干吗啊！一直换人，很影响我发挥的，宴廷，你坐下！我喜欢跟你打，你爸牌技太烂了。"

江震寰乐得自在，他宁愿工作也不要和他家老太太打牌。

老太太虽说按着江宴廷不许他走，其实她心底也清楚，这小子不愿陪她打麻将，谁让这小子之前气她，她跑回老宅，也不知道去说两句哄她。她就是故意的。

所以唐菀一旦回来，某人立马被踹开了。

"宴廷，你给菀菀让个位置，让她玩两把。"

"江奶奶，我不太会，打得有点烂。"而且每个地方打麻将规则也不同，她是真的搞不太明白。

老太太笑得格外慈祥："没关系，慢慢学。"

江震寰挑眉：方才嫌弃他牌技差，这会儿就变了？

唐菀坐下后，江锦上就挪了过去，好似是在帮唐老爷子看牌，却时不时指点唐菀两下……

江宴廷心想：这会儿也不说久坐会生病了？

晚饭吃得很简单，周仲清已经安排唐老明天去医院体检，加上白天舟车劳顿，大家很早就回房睡了。

唐菀进入卧室的时候，就发现那个养着万岁爷的玻璃水缸被挪到了她卧室。

她手机振动两下，江锦上的信息：

【看你对它挺感兴趣的，先放在你那屋，你随时都能看。】

唐菀盯着水缸里的万岁爷，咬了咬唇，其实她对这乌龟……真的没什么兴趣。

可是送过来了，也不好退回去，她低头回了一句：【谢谢。】

【没关系，就在隔壁，如果想看，我过去也方便。】

【江江不会过来，这个楼层就我们两个人，你有事随时找我，早点休息。】

整个楼层……就他们两个？

13

是夜，无风无月，星稀露重。

唐菀躺在床上，按理说奔波一天，沾了枕头就该睡了，可能是刚到了陌生环境，也可能是知道江锦上与她之间，只隔了一个柜子，怎么都睡不着，在床上辗转反侧。

最后她干脆起身，将万岁爷从龟缸取出，放在桌子上，它一开始缩在壳子里，后来探着脑袋，爬了两步，唐菀刚想拿东西逗它，它直接缩进龟壳，再也不出来了。

脾气倒是大，难怪要叫万岁爷了。

万岁爷作为一只乌龟也很无奈：深更半夜，为什么要强迫它出来营业？

唐菀实在无法入睡，干脆拿了纸和本子，开始设计点翠首饰，却忽然听到隔壁传来有东西掉落的声音……

好像是个瓶子在地上滚动着，里面装着东西，窸窸窣窣。

她看了眼时间，凌晨两点了。

她走近书柜，低声道："五哥？"

没声音。

"五哥？"唐菀略微提高些声音，隐约的，她好像听到隔壁还有细碎的声响，深更半夜，突然进一个男人房间，总归不太好，可对面分明有动静，却没人吱声，她心底也忐忑。

她犹豫着，还是打开了柜子。

床头开着灯，光线虽暗，也能看清江锦上半靠在床上，被子只盖到腰腹以下，胸口猛烈起伏，呼吸急促，甚至有些微喘……

"五哥！"唐菀快步走过去，顺手捡起了地上的药瓶，"你怎么样？哪里不舒服？是不是要吃这个药？"

江锦上似乎没什么反应，只是紧皱眉头，表情很痛苦。

她伸手摸了一下他的额头，指尖刚碰到，就觉得如冰刺骨。怎么会这么凉？她又碰了碰他的脸，手指往下，想试一下他的手，是不是浑身都这么冰。

只是刚碰到他的手腕，他手指略微动了动，反手握住了她的手。

冰凉的触感，瞬时蔓延到她的四肢百骸，唐菀倒吸了一口冷气。

忽然就想到之前江锦上在平江也生过一次病，那时候她进入房间时，内里温度也是高得惊人。

"菀菀——"他声音嘶哑。

"吃这个药？"

他点了下头。

药瓶上有标注服用方法，唐菀倒了四粒药，又到处找温水，最后才挨着床沿坐下，扶着他的肩，他身上没什么力气，几乎整个人都靠在了唐菀身上。

呼吸粗沉，急促短暂，恰好落在唐菀侧颈处，就像是冬天，有雪花窜入……

簌簌落下，尽是凉意。

"五哥，吃药了。"

她将药丸送到他嘴边，他拧着眉头，似乎闻着味儿就不想张嘴。

"五哥——"她刻意压着声音，更加温软糯人，几乎是哄着他的。

江锦上张嘴吃了药，唐菀又给他喂了几口水，才让他躺下，帮他盖好被子，可他身上仍旧很凉。

京城早已集体供暖，房间温度很高，床上也只有一床薄被，唐菀找不到备用被子，干脆回屋，把自己的被子抱过来，都裹在了他身上。

"你现在感觉怎么样？你等一下，我去下面喊人！"唐菀没处理过这种情况，几番下来，紧张得浑身都是热汗。

她刚想抽身离开，手腕被他拉住了……

江锦上没什么力气，只轻轻扣着她："别……去。"

"不行，你等着。"唐菀说着就挣开他的束缚。

可江锦上再度拉着她的手，那冰凉的触感，紧贴着她的手腕，凉得让人心颤。

"……没、没事了。吃了药、就好……"

他声音断断续续。

"你确定吃了这个药就能好？"唐菀认真看着他。

江锦上艰难地点头，整个人跌进床上，昏沉睡去……

唐菀知道他不想惊动家里人，可是他目前的情况，她没经验，这要是出什么事，她担待不起啊。她犹豫着，决定先观察几分钟，如果症状缓解，她就不去叫人。

吃了药，他整个人好像睡得舒服了些，连呼吸都逐渐变得平稳了，只是身上温度却并未回暖。

她伸手握住他的手，合在手心焐着。

又过了约莫一个小时,他身上好似发了一层汗,唐菀找了毛巾,略微给他擦了下,大概凌晨四点多,他身上逐渐有了些温度,唐菀伸手摸了摸他的额头和侧颈,方才长舒一口气……

她的被子还在江锦上床上,就算让她此时回去睡觉,也不可能安心的,干脆趴在床边眯了下。

白天赶路,下午收拾房间,晚上又折腾了半宿,她最后那点精力都被抽干,刚阖了眼就睡着了。

唐菀睡着约莫十多分钟后,江锦上却幽幽睁开了眼,被子将他裹成了一个蚕,他略微想挣一下身子,这才注意到自己的一只手正被唐菀压在脸下。

唐菀是想着,抱着他的手,如果他有什么异动,自己也能及时察觉。

可事实证明,她此时已经睡得昏昏沉沉,就连江锦上抽出手,将她抱上床都不知道……

身子蜷缩在床边,怎么可能睡得舒服,唐菀一挨着柔软的大床,身子就松弛下来,还调整了一个让自己舒服的姿势。

江锦上虽然吃了药,觉得舒服了些,却并没什么力气,将她抱上床,已经耗尽了他所有精力。

"菀菀——"他俯身,双臂撑着,身子悬在她上方。

唐菀困极,嘤咛一声,翻身,继续睡觉。

江锦上又喊了几声,确定人不会醒之后……小心掀开了她身上的被子,躺在她身侧。

他慢慢调整姿势,侧着身子。两人之间的距离,近得他足以清晰感觉到她的呼吸,温热,均匀,缓缓落在他脸上,将他毫无温度的脸上灼上几分暖意。

"菀菀。"

他声音越发低迷,头略微凑过去,在她嘴角轻轻碰了下。

他知道自己此时体温很低,不敢靠她太近,只是稍稍碰触。

温暖,柔软。

唇边那点热意,好似带着暖流,瞬间要窜遍他的全身,犹豫着,他还是伸手,小心翼翼地想抱着她,只是没经验,动作笨拙,又不敢惊动她。

到最后,也只能虚虚用手臂圈着她。

北方的暖气本就很足,而江锦上屋里的温度更高,寻常人都会觉得热,况且唐菀身上还盖着被子,她不舒服地挪动着身子。

江锦上浑身僵直,不敢乱动,担心她忽然就醒了,那他该怎么解释现在两人的处境。

唐菀非但没有醒来,或者翻身抽离他的怀抱,反而是蹭过来,整个人靠在他胸口,伸手就抱住了他……他呼吸一沉,心脏跳动的频率越来越快,好似密集的鼓点,不断冲撞着他的耳膜,让人艰难地喘息。

他小心抬起手臂,虚虚环着她,将人揽在怀里,嘴角微微扬起。

早上五点半左右,江锦上就听到了上楼的脚步声,他睡眠本就浅,加上此时抱着唐菀,更是无心睡觉。

听着脚步声,他就知道是谁了!江江!

江江敲了敲隔壁的门,低低喊了声:"姐姐,起床了!"

没动静,他在门口站了会儿,门未上锁,他踮着脚就能打开。

江江刚进屋,就傻了眼!

床上没有人就算了……怎么被子都没有?

而两间屋子连通的柜子是完全没有关的,他往前走了两步,就看到了隔壁大床上,隆起的两个弧度——

这分明是躺着两个人!

他整个人傻在原地,甚至忘了要尖叫!这是他看好的后妈啊,为什么现在和他二叔躺在一张床上?他脑子很乱,幼小的心灵受不住这么大的冲击,呆呆愣愣,张着小嘴,不知该怎么办。

而此时一侧被子忽然动了下,江锦上小心翼翼掀开被子,起身下床,两人四目相对……

江锦上伸出食指,放在唇边,对他比了个嘘声的手势。

流氓!你俩为什么躺在一起?

江江脑子一团乱,脑袋嗡嗡作响。

可他毕竟是孩子,怎么可能真的控制得住自己,下意识就想惊呼,却不承想从后面伸出一只手,直接捂住了他的嘴。

他竭力挣脱——爸爸,救命,二叔要杀人灭口了!

江江嘴巴被捂住,整个身子悬空,本能挣扎,小胖腿不停蹬着,瞳孔放大,这不是电视剧里才有的绑架案……

生活终于对弱小可怜又无助的他下手了吗?

"唔——"他挣扎着,可背后那人力气太大,他的挣扎毫无用处。

他死死盯着自家二叔,可江锦上却慢条斯理地下床,穿鞋,转身又帮唐菀掖了下被子,看向他这边,忽然比了个抹脖子的手势。

江江就被后面的人直接拽了出去!

"哇——"江江吓得眼泪汪汪!

爸爸,救命啊!

他想起了父亲昨晚给他讲的小红帽的故事,说小红帽因为没识破狼的伪装,差点被吃掉。二叔这只狼,终于露出了獠牙,准备吃人了!

昨晚江江是在江宴廷房间睡觉的,小孩子就是起得早,江宴廷自然也跟着起床。

帮江江倒了温水,挤了牙膏,叮嘱他好好刷牙,江宴廷就回他房间,给他找衣服,回来时才发现,牙膏没动,人却没了。

这小子,穿着睡衣到处跑什么!

江宴廷拿着他的小外套,下意识往楼下走,走到半路,才忽然想到了什么,转身就往三楼走。

一上三楼就瞧见江锦上正拿着自己儿子的小拖鞋从房间出来。

鞋子?

"江江过来了?"

"嗯。"

江宴廷走到他房间门口时,江锦上正在关门,他余光无意瞥了眼屋内,就瞧见床上的被子微微隆起。

江宴廷瞳孔一缩,咬了咬腮帮:"昨晚你们是……"

睡在一起了?

江宴廷本来看他脸色不大好,还以为他昨夜犯病了,江锦上身体调理了很久,现在通常是换地方后水土温度骤变,容易发病。

此时看到两人同时躺在一张床上,这孤男寡女,天雷略微一勾,地火蔓延,气色不好很正常,也没多问。

"江江呢?"

"这边。"

江锦上走在前面,江宴廷略微蹙眉,为什么儿子人没了,拖鞋却在他手里。

两人前后脚进入一个房间，江江正坐在沙发上，眼睛通红，江就站在他面前，像个面无表情的机器。

"江江？"江宴廷蹙眉，怎么还哭了？

江江看到自己亲爹来了，鼻子一酸，眼泪就啪嗒往下掉，跳下沙发，就朝他狂奔过去。

"哇——"江江哭出声，"爸爸，我以为这辈子再也见不到你了！"

江宴廷略微挑眉，说真的，儿子养这么大，除了带他去游乐园，或者过年给压岁钱，他还从没看过这小子如此急切朝他狂奔而来。

江江光着脚，踩在地毯上，一个不留神——

江宴廷已经做好了接住他的准备，却看到自己儿子"扑通"一下，摔在了地上。

整个房间，瞬时一片死寂。

"哇——破地毯，连你也欺负我——"

江宴廷跨了两步，将儿子从地上捞起来，大掌拍着他的屁股蛋："怎么了？哭什么……哪里摔疼了？给我看一下。"

地毯厚实，小孩子平时嬉皮玩闹，摔倒很正常，倒也不疼，就是太憋屈了。

"爸——"江江搂着他的脖子，哭得那叫一个惨烈。

"小五，怎么回事？"江宴廷问不出所以然，只能看着江锦上。

江锦上手中提着他的小拖鞋，却看向江就："怎么回事？你打他了？"

江就摇头："没有，我还拿了糖果给他。"

他指着桌子上，的确有两粒大白兔奶糖。

"我也不懂他为什么会这样。可能刚才摔疼了。"

江锦上点头："这地毯很厚，以前在这里摔了也没哭过，现在怎么娇气了？"

江江一听这番对话，更是气得说不出话，小脸憋得通红，语无伦次，一大早受了太多刺激，他急得快丧失语言能力了。

他俩分明在胡说八道！

江江洗漱完下楼时，老太太正站在客厅，听着小戏，扭着腰，活动一下，北方气候太冷，并不适合户外活动，就在家里晨练。

"哎呦，谁欺负我们家江江啦，怎么眼睛都红了。"老太太急忙走过去。

19

江宴廷已经带他回屋洗漱了一番，可哭得太久，眼部红肿消不下去，只能顶着两个核桃眼下楼。

"宴廷，你不会一大早就训斥孩子了吧！"老太太蹙眉。

江宴廷："……"

"太奶奶。"江江扑到她怀里！

"你看你把孩子弄的，有你这么当父亲的吗？平时工作忙，本来陪他时间就不多，他是做错了什么，你把他弄得哭成这样？我早就告诉过你，你自己照顾不来，就找个人帮你照顾！给你介绍姑娘，也没让你马上就和人家结婚，就是正常接触一下，你都不乐意，你看江江哭的。我告诉你，待会儿我就帮你物色对象，必须找个人回来照顾江江。"

江宴廷挑眉，这老太太怎么到处钻空子要给他介绍对象。

"江江，别怕，太奶奶在这里。"

可是江江一听要给他爸找对象，想到后妈就想起唐菀，更伤心了。

"这是怎么回事啊？"范明瑜也从厨房走出来，"这一大早的，好端端哭什么？"

江江心底本就憋闷又委屈，被这么多人安慰，觉得更委屈，更难受了，脱口就想把二叔的"恶行"全部抖出来。

"太奶奶、奶奶……"

他刚张了张嘴，就听到后面传来一道熟悉的声音。

"江江怎么了？"

江锦上声音辨识度极强。

江江身子一抖。

"怎么啦？是不是你爸欺负你了，别怕，太奶奶给你撑腰。"老太太看小曾孙眼睛都哭肿了，心疼得要命。

"太奶奶，我做梦，梦到大灰狼差点把小红帽吃了，吓死我了——"

"什么？"老太太蹙眉，怎么扯到小红帽了。

"大灰狼太吓人了。"江江哑着嗓子。

"好了好了，不就是做梦嘛，怕什么啊……"老太太是一脸迷茫地把他搂进怀里安慰。

搞了半天，是做噩梦了？那也不用哭得这么惨烈吧。

江锦上倒是一笑："男子汉，胆子这么小。"

江江瘪瘪嘴，在心底坚定一个想法：二叔就是大灰狼！

唐菀早上要陪唐老去医院，定了六点半的闹钟，手机一响，她没睁开眼，就下意识往床头和枕下摸索，摸到一半，才陡然想起，这不是自己房间。

猛地睁开眼，直接从床上坐起来，才发现整个屋子只有她一个人。

她清晰记得昨晚自己靠在床边睡的，怎么到床上来了？她应该不会自己爬上床吧……

慌忙起身，唐菀这才注意到，自己的被子已经回到了床上，她脑子更乱了，不过和周仲清约了8点半在医院碰面，她没时间耽误，只能快速洗漱就下了楼。

到客厅，所有人都起来了，几乎都在围着江江转。

"菀菀起来啦？你这脸色不太好，昨晚没睡好啊？"范明瑜打量着她。

唐菀眼睛却下意识瞟了眼江锦上，他脸色仍旧白得不见血色，不过能下楼，身体应该还好，他不想被家里人知道，她犹豫着，还是帮他瞒下了。

"可能刚换了个环境，忽然有点睡不着。"

"那你今天别去医院了，我让叔叔阿姨陪着一块去了，这么多人，不会有什么事的，就是体检而已，你在家里，再休息一下。"老太太笑道。

唐云先看她脸色极差，也跟着点头："你在家休息吧，别跟着跑了。"

"我和你叔叔陪着，加上你爸，能照顾好你爷爷，放心吧。"范明瑜劝着。

几个长辈轮番说话，唐菀只能答应。

"江江这是怎么了？"唐菀走过去，蹲下身子看他，"谁惹你生气啦？"

江江咬唇，不想理她！

哼，你别以为我没看到你俩刚才在眉来眼去，都和二叔睡在一张床上了。

"待会儿姐姐不去医院，带你出去玩好不好？给你买好吃的。"

江江挑眉，好吃的？好像可以考虑一下。

可是我也不是能轻易收买的人啊！他咬着唇，还是不理她。

唐菀根本不知道他是在和自己赌气："再给你买个玩具好不好？什么事啊，能哭成这样。"

江江点头：零食加玩具，勉强也能接受吧。

江氏夫妇跟着唐云先一起，带唐老去医院检查，江锦上也跟着一起去了，说想去看医生，他以前在京城会定期与周仲清碰面，江家人就没多问。江宴廷要去公司。整个江家就冷清下来。

老太太正坐在客厅哄曾孙听戏,看到唐菀下楼,微微皱眉:"要出门?"

"嗯,睡不着,今天中午我想自己下厨,给你们做点平江的特色菜。"她哪儿好意思在别人家,真的让人伺候着。

"不需要,你去休息吧,我们家有做饭的阿姨。"

"没关系,反正我也没什么事,闲着也是闲着,最近的菜场在哪边?我过去买点东西,顺便带江江出去转一圈。"

江江早就穿好衣服,随时准备出门。

江家负责做饭的阿姨陪着一块儿出去,老太太看着几人离开,笑得越发欣慰。

"老太太,这唐小姐人还真不错,会做饭,识大体,说话轻声细语的,对孩子也耐心。"江家人笑道。

"这是肯定的。"老太太哼着小曲儿,毕竟,这人是她看中的。俗话说,三岁看终身,她眼光还是不错的。

江锦上和唐老一行人抵达了医院。

周仲清给老爷子检查一番,就给他安排了全面的体检,科室不同,免不得要各个楼层奔波,检查时间不长,就是排队等待比较费时间。

江锦上则与周仲清单独聊了会儿,得知他昨夜又犯了病,周仲清眉头拧紧:"那你现在有什么感觉?胸闷?呼吸不上来,还是哪里觉得疼?"

"没什么事,可能气虚,有点乏困无力。"

"这次没以前严重,难怪昨夜没给我打电话。"

"好在菀菀发现得及时,又照顾了我很久……"

周仲清略微皱眉,总觉得这小子在给自己撒狗粮。

而此时祁则衍也在医院里。这间医院距离他家最近,他的感冒持续了几天,终于引发肺部感染,咽喉发炎,被家里强制绑来了医院。

助理小朱带着自己的下属狂奔到医院时,隔着很远就看到输液室里的老板。

走在他后面的姑娘,面部狠狠抽搐两下。

戴着口罩,还戴着墨镜,手背输液,疾病已经打垮了他,可他的油头,仍旧精致,屹立不倒!真是绝了!

他到底用的是什么牌子的发胶。这要不是那锃亮的油头过分惹眼,还真找不到他。

"朱助理。"两人朝着祁则衍那边走去时,她忍不住问了句,"老板睡觉时候,头发也这样?"

小朱助理挑眉看了她一眼:"我又没跟他睡过,我哪儿知道!"

"……"她悻悻一笑,"您不是他的助理吗?跟了他很久,也会和他一起出差。"

"他的房间,只要我能进去,他的头发肯定都是一丝不苟的状态。"

"咱们老板是不是戴假发了啊!"要不然这头发,怎么保持住的。

小朱脚下一个趔趄,险些摔倒:"别瞎说。"

两人到他面前时,祁则衍又咳嗽两声,等他药水滴完,几人才离开。

"送您回家吗?"小朱低声问。

"回公司,有点事今天要处理完。"祁则衍嗓子已经哑得说不出话。

一侧的姑娘略微挑眉,刚才护士来给他拔针,说他送来时,高烧到了快40度,都病成这样,还工作?果然,优秀的人只会更加努力……

祁则衍恍惚间,好像是看到了唐云先,可是再一回身,人就没了。

他眯着眼,试图看得再真切些,什么都没有。

"你刚才看没看到唐先生?"祁则衍靠近助理,低声问道。

小朱莫名其妙看了眼四周:"没有啊。"

祁则衍蹙眉,难不成是自己发烧脑袋糊涂,眼睛花了?不然怎么会看到唐云先!

再说了,就算日有所思夜有所梦,那看到的也应该是唐菀啊,怎么会是她爸?

"算了,不去公司,回家休息吧。"

自己可能真的病了……

坐车回去的路上,他还给江锦上发了信息:

【江小五,我感冒发烧了。】

江锦上此时正坐在周仲清办公室,等着唐老他们检查回来,眯着眼回了一句:

【吃药。】

【我可能还得了相思病。】

要不然怎么平白无故会看到唐云先的幻象。

回复:【药不能停。】

祁则衍冷哼着,头疼鼻塞,其他的也就没多问,靠在椅背上就昏昏沉沉睡着了。

江家。

唐菀带着江江回去时,先给他买了一串糖葫芦,他吃着东西,却总是时不时偷看她。

江江就是不明白,他家二叔哪里好?她眼神儿是不好吗,怎么看上了一个魔鬼?

"怎么啦?一直看我?"唐菀早就注意到他了,小孩子哪里会偷看,一抓一个准儿。

"姐姐,我能问你一件事吗?"

"你说。"

"你是不是不喜欢我爸爸?"

唐菀抿了抿嘴,还以为是自己表现得太明显,连一个小孩子都看出来了?

"也还好,我和你爸爸不熟,谈不上喜欢不喜欢吧。"

这话在江江听来,那就是不喜欢了。好吧,不喜欢也是没办法的,电视剧上说了,感情的事不能强求,看样子她与父亲,终究是有缘无分吧。

唐菀无奈,怎么年纪不大,还学小老头唉声叹气的。

江江咋舌,算了,不想了,大人的事,他管不着,还是吃东西吧。

唐菀和江江到家时,江家的用人正在收拾茶几,桌上还摆放着一些精致的点心,显然是刚来过客人。

"梅花糕。"江江看到吃的,眼睛就亮了。

"你堂姑刚来过,知道你回来了,特意给你买的。"

"堂姑?"江江抿了抿嘴,没什么喜色,看模样对这个姑姑感情一般。

唐菀想着之前爷爷给自己简单介绍过江家的成员构成,江老爷子还有个兄弟,这个堂姑,估计是那边的人。

"菀菀,你买了什么啊?"老太太已经岔开了话题。

唐菀是跟着江家的阿姨一起出去的,买菜的时候,自然也问了下江家诸位的喜好,当说到江锦上的时候,阿姨似乎有些无奈。

毕竟他家五爷这口味,实在刁钻难搞。

她此时觉得唐菀毕竟是客人,家里的老太太和太太还有意撮合,她肯定不能把江锦上特别难搞的事说出来,所以唐菀询问时,阿姨直接说:"咱们五爷几乎什么都吃,不怎么忌口,只是毕竟身体不好,少些油炸,清淡些最好。"

唐老等人检查结束,回了家,午饭已经准备得差不多,范明瑜虽然嘴上说太辛苦她之类,可看到满桌子的菜,这心底的感觉肯定不一样。

毕竟家里的两个小子,厨艺就停留在煮方便面的水平。

心底更是坚定了,要把她留在家里的想法。

而唐老和唐云先,听着江家人夸奖,也觉得脸上有光。

江宴廷公司事情很多,中午回来时,饭菜早已摆盘上桌,他刚入座,老太太就笑道:"今天饭菜都是菀菀做的,你尝尝。"

"嗯。"江宴廷今日穿着一身笔挺西装,显得干练又犀利,锋芒毕现。

"味道怎么样?"老太太紧盯着他。

"挺好的。"

老太太一听这话,就乐了:"所以我说,你家里应该有个女人,这马上过年了,院子里的什么老黄、老李家的孙女、外孙女都回来了,你把时间腾一下,改天啊,去见个面。"

这桌上还有唐家人在,肯定要给老太太留足了面子,江宴廷不好当面反驳,垂头不说话。

"怎么不说话?你不说,我就当你默认了。"老太太其实想法挺简单的,江江的生母什么情况,江宴廷不说,她也不问。她就希望找个贤惠的人回来,照顾他们父子生活,有个女人知冷知热,那生活的滋味儿肯定不一样啊。

江宴廷看了他一眼:"我拒绝有用吗?"

老太太笑道:"你可以适当反抗,或者垂死挣扎一下,不然就显得我很专制独裁了。"

这顿饭,江宴廷父子俩是吃得没什么滋味,刚吃完,就借着午睡为由,火速离开了一楼。

江锦上也回了房间休息,倒是唐菀陪着老太太看了一会儿电视。

唐菀的手机忽然振动起来,是江锦上发的语音微信,唐菀本想拿在耳边播放的,也不知道自己微信语音开的是扬声器……

"你什么时候上来?我在房间等你。"

老太太手中握着遥控器,虽然在看电视剧,这句话却听得真真切切。

她咳嗽两声:"这都下午两点多啦,我也该午睡啦,菀菀啊,你也上楼休息一下。"

唐菀悻悻笑着:"我送您回房吧。"

"不用不用,你赶紧上去,不然小五该等急了。"

唐菀咬唇,他们提前也没约什么啊,这江五爷好端端的,等她干吗啊……

她到三楼时,江揩正站在楼梯口等着。

"唐小姐,您来啦。"他笑起来,眉眼眯眯,像个狐狸。

"五哥让你等我的?"

"嗯,爷在最里面的屋子,主要是带万岁爷晒太阳,您不回来,我不方便进您卧室。"

唐菀点头,先领他回房带万岁爷,不由得感慨,江家这乌龟待遇也太好了,住豪宅,专人伺候,每天还搞个日光浴。

当唐菀随着江揩到走廊尽头的房间时,门刚打开,只觉得一股暖意扑面而来。

她身上只穿了一件薄针织,却觉得热得有些让人受不住。

"爷,唐小姐来了。"江揩抱着龟缸,将它放置在窗边的太阳底下。

万岁爷坐在缸内的"沙滩"上,许是感觉到阳光,伸了伸脑袋,慵懒地挪了挪位置。

唐菀刚进门,鼻息间尽是暖意,可看到眼前的一幕,却无端觉得浑身更热了……

江锦上只穿了一身颇为宽松休闲的运动服,黑裤白衣,正在跑步机上进行慢跑。

她进门的角度,只能看到他背部被汗水濡湿,衣服呈半透明状,紧贴着背部,随着他的动作,隐约能看到肌肉张弛的幅度。

江锦上已经关了跑步机,转身看她:"站在门口做什么?进来吧。"

唐菀点头,这才关了门,许是屋内暖气太足,她莫名觉得浑身都烫。

"我如果不叫你上来,依我奶奶的性格,会拉着你看一下午电视剧。"江锦上笑看看他,"她看的那些剧集,你应该是不喜欢的。"

江揩也在房内,立刻给他递了毛巾。

唐菀低声笑着:"还行。"余光瞥了眼江锦上,他头发都湿透了,紧贴在额前,随手往后拨弄着,拿着毛巾,随意擦了擦脸,略微仰着脖子,下颌线优越得无可挑剔……

她视线再往下一点，因为衣服完全湿透，精瘦的腰身看得越发分明。

江锦上知道唐菀在打量着他，仍旧镇定自若地打开保温杯，温水入喉，喉咙微微滑动着，似有汗珠沿着脖颈往下滑落……

唐菀目光盯着那粒水珠，看它逐渐下滑，直至没入白衣领口——

"嗞啦——"就好比水珠溅入热油锅内，油星四溅，烫得人皮肤发麻。

他的皮相、骨相……真的无一不诱惑。

整个房间没人说话，气氛总有些闷，唐菀清了下嗓子，移开视线，干脆走到窗边，去看晒太阳的万岁爷。

江措和江就早就退了出去。

虽然很想留下看戏，可求生欲告诉他们，还是趁早离开的好。

唐菀还是第一次看到乌龟晒太阳，它在砂石上挪动着，显得非常慵懒惬意。

"你就这么喜欢看它？"江锦上已经走了过来，离得近些，就能清晰听到他略显急促的呼吸。

江锦上紧盯着万岁爷：难不成自己还不如一只乌龟有吸引力？

房间本就很热了，运动完的江锦上更像个发热源，单单是站在她身边，唐菀都能感觉到他身体散发的热量。

"它挺可爱的。"唐菀说着，余光瞥了他一眼，"你身体还好？这么运动真的没问题？"

"今天咨询过周医生了，其实……"江锦上轻笑，"再激烈的运动应该也可以。"

莫名其妙的，唐菀心脏猝然收紧，她抿了抿嘴……

"我叫你上来，不只是因为我奶奶，最主要的是，我想和你道谢。"江锦上偏头，认真看她，"昨晚要不是因为你，我可能……"

"没事，这都是应该做的。"

毕竟是道谢，出于礼貌，唐菀肯定要看着他，许是极少有机会这么两个人，面对面……她也是第一次觉得，江锦上个子很高，尤其此时只穿了双地板拖鞋，她只到他胸口位置。

"我昨晚是不是挺吓人的？"

"是有点，因为我没经验，想去叫人，你又不让我去，想着是有点后怕，而且你浑身冰凉……"

唐菀此时想来，还觉得有些后怕，他身体真的凉得让人心惊。

就在她回想昨夜时，手腕忽然被人挑起，她还没回过神，已经被人握在了手心，他刚擦完汗，手心炽热干燥……

"现在呢？不凉了吧。"江锦上垂眸看她，他声音本就自带暖意，此时嘴角缓缓勾着，更让人心动。

"嗯。"唐菀闷声应着。

"不用怕，我不会有事的。"江锦上说着已经松开手，转身继续去逗弄万岁爷，只是这龟脾气实在是大，瞧着他故意逗弄，干脆缩进壳子里，不搭理他。

唐菀下意识伸手摸了摸手腕，被他触碰过的地方，好似被烙铁烫了下，留了印子，热辣辣的。

"明天你如果没有安排，我可以带你去京城四处看看。"

唐菀虽然点头应着，却颇有些心不在焉。

第十二章 托孤？同居？在一起试试

江锦上要洗个澡，唐菀在这边待了一会儿，等太阳晒不到这块儿了，才抱着龟缸回屋。

她今天本就没有陪唐老去体检，什么情况都不了解，唐云先只告诉她没什么大问题，可她还是不太放心，又专门给周仲清打了电话了解。

无人接听，约莫十多分钟后，他回了电话过来。

"唐小姐，抱歉，刚才在开会。"周仲清对唐菀态度格外好。

他一直觉得江小五这种人眼高于顶，加上脾气古怪，怕是要孤独终老了，没想到还能让他碰到感兴趣的。

"应该我说抱歉,是我打扰了。"

周仲清笑了笑:"已经没什么事了,你打电话找我,有什么事?"

"我想问一下我爷爷的情况。"

"唐老身体挺不错的,不用太担心……"

周仲清并没和她透露太多,点到即止,唐菀有他说的几句话,也就放心了,唐老爷子的事情聊完,按理说,也该挂电话了,可是唐菀支吾着,似乎还有话要说。

"有事直接说,只要我能回答你的。"

"我想问一下,五爷身体到底是怎么回事?我知道可能有些唐突,您不方便说也没关系……"唐菀和江锦上毕竟非亲非故,病情这些又属于他人隐私。

"我听他说,昨晚犯病,是你照顾的?处理得不错。"

"因为我看他今天在运动,会不会不太合适……"毕竟刚生了病。

"他在运动?"

周仲清一听这话就乐了,其实江锦上是个非常难搞的病人,并不是很配合治疗,他的病是娘胎里带来的,这种病光靠吃药、手术肯定没法痊愈,还得要自己锻炼。

体质虚弱的人,锻炼会比寻常人更耗费体力,江锦上并不喜欢。

为了这件事,周仲清没少着急跳脚。

没想到有一天,他会主动运动,爱情的力量果然可怕。

唐菀听他语气不太对,略微蹙眉:"是不是他现在还不适合运动,身体会吃不消?"

"其实吧……"

周仲清接下来的话,唐菀压根没怎么听清楚,因为她与江锦上之间的那个柜子已经缓缓移开。

江锦上刚洗了澡,换了一套浅灰色的家居服,就连头发都没擦拭干净,发梢滴着水,就靠在墙边,盯着她。

她正在向别人打听他的情况,那种感觉,就好比背地说人坏话被抓包,尴尬至极。

周仲清见她一直不回答自己问题,还以为自己手机出问题了。

"喂——喂,唐小姐?"

江锦上走过去,直接从唐菀手中拿过手机,唐菀手指紧紧攥着,不

29

想松开……

"听话,我就和他说两句话。"

唐菀抿着嘴,真的想找个地缝钻进去。

周仲清也听到了江锦上的声音……这小子还能怎么温柔?

紧接着,他就听到电话那头传来江锦上的声音:"周叔——"

"啊,小五啊。"周仲清悻悻笑着。

"我奶奶今天还说,让您有空来家里吃顿饭。"

"我最近特别忙,明天还有台手术,我还有点事,先挂了!"

周仲清可不想见江家这老太太,他这辈子没结婚,这纯粹就是因为遇不到合适的,而且医生真的特别忙,错过了最佳恋爱结婚时间,一个人习惯了,就更不想恋爱结婚。

老太太总以为,他不结婚,是因为以前要照顾江锦上,所以被耽误了,心底一直愧疚。

一看到他,就一个劲儿要给他介绍对象。

理由很奇葩:我们江家欠你一个媳妇儿!

这马上要过年了,某个老太太只会变本加厉,他连江家的边儿都不想沾。

周仲清挂了电话之后,江锦上才把手机还给唐菀,她接过手机,好似拿着烫手山芋,脸都涨红了……

江锦上不说话,也不走,就这么直勾勾看着她。

唐菀认识他这么久,就私下找人打听了他这么一回,居然还被抓包了,羞得她面红耳赤。

"五哥,对不起。"她强忍着羞意,觉得简直丢死人了。

"什么对不起?"

江锦上看着她红透的脸,一时竟恨不能捏上两下。

"我不是故意向周医生打听你,只是……"唐菀平时也算能说会道,被他这么看着,忽然就觉得嘴笨得要死。

江锦上略微俯低身子,身高约莫与她齐平。

"关心我?"他浑身都有股子薄荷味,吸上那么一口,本该是提神醒脑的,可唐菀却觉得意识更加模糊了。

"因为你昨晚的状态,我怕你运动太多,容易出事。"

"我之前和你说的话,你好像没听进去。"江锦上那语气颇为无奈。

"什么话？"

"我和你说了，我身体没有你想的那么差。"

唐菀悻悻笑着，她略微错开身子："这个房间隔音好像不太好……"

要不然她打个电话，怎么他都听得到。

江锦上直起腰，点了点头："确实不太好，会对你造成不便吗？如果你觉得住得不舒服，我给你换个房间。"

唐菀本来就在人家借住，有个能睡的地方就不错了，哪儿好意思挑三拣四。

"也没什么不方便。"

"那就好。"

江锦上是笃定她不会换房间，才说了这种话。

"关于我的事，你想知道什么，可以直接来问我，无论是身体情况，或者……"他最后两个字在舌尖打着转，总透着一股暧昧缱绻的味道。

"其他任何事。"

唐菀闷声应着，低头去戳万岁爷……

万岁爷躲在龟壳里，压根不想理她。

这房间不隔音，就这么一个柜子挡着,这和同居一室,压根没两样吧！

唐菀昨夜没怎么睡，又忙了一上午，江锦上回去后，她躺在床上，头沾了枕头就睡着了，直至手机振动，她艰难地睁开眼，来电显示："五花肉"。

"喂，西西。"

"唐小菀，你太不够意思了，来京城居然都不通知我，十几年的感情，我这一腔热情，终究是错付了吗？"阮梦西开口就是嗔怪。

唐菀低笑出声："你从哪儿知道的。"

"你甭管，我反正就是知道了。"

"我是带爷爷来看病的，刚过来，一堆事，乱糟糟的，就没通知你。"

"唐爷爷没事吧？"

"今天去检查了，明天才出结果。"

"你们住哪里？我下班来找你。"

"不用了，我们住在别人家，怕是不方便，等我缓两天，我们找时间碰个面。"

"别人家……该不会就是……"阮梦西笑得揶揄，"你们发展这么快？"

房间隔音很差，唐菀打电话都小心翼翼："你别胡说八道，赶紧工作去，有空我们再聊。"

说完就把电话给挂了，气得对面那人冷哼出声。

昨晚守着江锦上，她睡得不好，挂了电话后准备补个午觉，当她再度醒来时，发现天色已然黯淡下来。

下楼时，老太太和唐老都在，范明瑜则坐在边上，陪两人聊天。

"睡醒啦？"老太太笑着看她。

"嗯。"在别人家睡到现在，总有些不好意思。

"正说到你，你就来了。"老太太笑着朝她招手，"到我这里坐。"

"说我？"唐菀挨着她坐下。

"刚才家里来了客人，见面就夸我这个胸针好看，说她也想要一个，我说这东西是独一无二的，有价无市。"

唐菀笑了笑，以为就是一般的奉承话。

"这个人很挑剔的，一般东西入不了她的眼，她说好，那就是真的好，这不快过年了嘛！给我送了几张戏票。"

唐菀早就注意到桌上放了一个红封，只是刚才离得远，看不清上面的字，此时坐近才看到，这是京剧梨园的过年戏票。

"唱京剧的？"

"是啊，一直问我胸针在哪儿买的，我想着，还能给你介绍几单生意。也没提前和你打招呼，就把你联系方式给她了，你不会介意吧。"

"没事。"

唱戏人戴的点翠头面，她也有做过，如果是学戏出身，肯定是懂这个的，被人肯定，她心底自然是高兴的。

而此时江锦上也从楼上走下来，与唐老打了招呼，就挨着他坐下，膝上搭着条毛毯。

老太太扫了他一眼，拉着唐菀的手继续说话："菀菀，你明天没什么安排吧？我带你去听戏，顺便介绍这个人给你认识。"

"她明天没空。"

客厅内所有人视线都齐刷刷射过去，江锦上倒是颇为淡定地抬手整理着腿上的薄毯："都看着我做什么？"

老太太偏头看向唐菀："你明天有安排？"

唐菀一脸蒙，她不知道啊。

"小五？"范明瑜询问，"什么情况？"

江锦上看向唐菀："之前你不是和我约好，明天没事，我带你去京城转转？"

唐菀隐约记得，是有这么个事儿。

客厅几人的目光瞬间就变得不一样了，尤其是范明瑜，一方面感慨，自家的猪终于开始学着拱白菜了，可另一方面，也觉得心酸。以前想让他陪自己出去转转都不肯，说自己体弱不舒服，不想动，她也不能勉强，现在倒好……

客厅几人眼神奇奇怪怪，江锦上又解释了一下："当时我在平江，你也带我出去转过，礼尚往来。"

众人都是一副恍然的模样，可是那小表情都在说：我们都懂，不要解释了！

老太太咳嗽着："既然你们先约好了，那我改天再带你去听戏，菀菀啊，你们明天就好好跟着小五去京城转转，好玩的地方很多，要早点出门，可以多玩几个地方。"

"我要不是身体不行，也想跟着出去溜达一下。"唐老笑道。

范明瑜接着说："菀菀，你看过升旗吗？要不要去感受一下，不过要起得特别早，因为从家里开车过去要一个半小时，这大冬天起早，是真的很难。"

说起升旗，唐菀倒是真的有点心动。

老太太看得出来她挺想看的，直接说："要不你们吃了晚饭就出去，感受一下京城的夜景，然后就近找个酒店住下，明天也不用起那么早。"

唐菀蹙眉：什么？出去住？

范明瑜咳嗽两声，提醒自家老太太：就算助攻，也要点到即止。

老太太笑道，拍着唐菀的手："我是开玩笑的，哈哈……"

此时客厅的几个人，都是恨不能他俩原地结婚、就地领证才好，一听说两人明天要出去"约会"，肯定火力全开，各种助攻。

不过唐云先过来时，瞧几人聊得开心，问了一句："在说什么，这么开心。"

老太太直接说："在说我的胸针，菀菀手艺是真不错。"

众人立刻附和，唐云先自然没多想……

直至他第二天要去医院帮老爷子拿体检报告，起得很早，原本还想打电话给唐菀，他们父女还能一块早起出去溜达一圈，顺便买点早餐回来。

电话接通："菀菀，还没醒？"

"爸，您有事？"

"我想叫你早点起来，我们出去买点吃的回来。"谁都不好意思在别人家饭来张口。

"可是我已经出门了。"

"你出门了？"唐云先看了看屋外，冬天昼长夜短，此时天才蒙蒙亮，她出去干吗？

"我和五哥出去看升旗。"

"……"

"爸，你怎么不说话？"

"没事，玩得开心。"

这段时间唐菀也忙疯了，做父亲的总归心疼女儿，她出去放松一下，他应该高兴，可是不知怎么的，却怎么都高兴不起来，总觉得什么地方怪怪的。

堵得慌！

唐菀挂了电话，车子也快到了天安门，推门下车时，一股凉意窜入肺部，唐菀忍不住打了个冷战，可下一秒，整个人就被人从后面拥住……

一张薄毯落在了她身上。

"披着暖和点。"江锦上给她披毯子的姿势，就像是从后面紧紧抱着她一般，唐菀伸手拢着毛毯，低声和他道谢。

"走吧，待会儿人多，就找不到最佳观赏位置了。"江锦上带她往前走。

江措跟在后面，忍不住打了个喷嚏，余光瞥见江就居然穿着一件军大衣，忍不住蹙眉："你居然穿这么多？"

"冷。"江就扶了下鼻梁上的眼镜。

"我都要冻死了。"江措咳嗽着，已经暗示得很明显了——你穿这么多，不能分一件给我吗？

结果江就只说了一句话，差点把他活活气死。

"你如果感冒了，请假在家，千万不要传染给我，更不要传染给爷，他身体不好。"

"我去，我踹你信不信！"江措个子没他高，腿短，小跑着追他。

唐菀以前只是在电视里看过升旗，亲眼见到时心潮澎湃，紧盯着冉冉升起的国旗，江锦上看了一会儿，偏头紧盯着她。

"和你想的有什么不同吗？"

"感觉更激动。"

"以后天暖和了，你要想看，我随时都能带你过来。"

"等天暖和，我就要回平江了。"

"留在京城不好吗？"江锦上声音很低，北风一吹，就被打散了……

"你说什么？"唐菀只听到最后什么好不好。

"没什么，问你想吃什么，待会儿去吃早餐。"

……

而此时的江家餐桌上，江江下楼比较迟："二叔和姐姐还没下来？"

老太太笑道："你二叔带她出去看升旗了。"

江江咬了咬唇，冷哼着咬着包子：我真的一点都不生气，一点都不嫉妒！

唐老爷子和老太太晨起出门溜达，已经对撮合两人达成了共识，两人忽然就相视一笑……

江宴廷眼观鼻鼻观心，总觉得这两个人要开始搞事情了！

江锦上带着唐菀，参观了故宫，中午吃了烤鸭，下午参观了博物院，原本还定了晚上去什刹海那边转转，据说非常热闹，可家里一通电话打来，两人就匆匆往回走。

"唐叔怎么说？"江锦上看唐菀接了唐云先电话，神色就异常紧绷。

"也没说具体怎么回事，就让我早点回去，会不会是爷爷体检结果不好？"

唐菀昨天打了电话给周仲清，他说没什么大碍，这才放心跟着江锦上出来的。

"应该不会有问题，别太担心。"

两人回到江家时，夜幕低垂，宅子灯火通明，江锦上下车时，就瞧见院子里停着一辆熟悉的大众车。

那是周仲清的！他也在？

江锦上知道他最近在躲着自家老太太，没有特别的事，肯定不会来，难不成真的是唐老爷子身体出了什么状况？

进屋时，客厅并没人，范明瑜从一楼一间客卧走出来："回来啦，赶紧进来。"

她面色少见的凝重。

唐菀快步跟她进到卧室,这是唐老住的屋子。

此时房间挤满了人,还有周仲清和他的助理,老爷子躺在床上,唐云先站在边上,同样面色沉重。

"怎么了?"唐菀一看气氛不对,当时后背就凉透了,手指都在发麻。

"把孩子带出去。"范明瑜招呼家里的用人。

江江也是察觉到气氛不对,没做声,就安静跟着出去了。

门被关上,周仲清才叹了口气。

"周医生,是不是我爷爷体检出来,哪里不太好?"唐菀试探着问,"他最近都是按照您的要求,吃饭吃药,一点都不差的,当时在平江检查不也没什么大问题吗?应该不会……"

"唐小姐,您先冷静点。"周仲清安抚她。

"没事,有什么事您说。"唐菀虽然这么说着,可手指却不自觉地抓紧身侧的衣服,紧张得呼吸都要停滞了。

"其实体检下来,其他问题不大,主要是发现他身体里有几处血栓。"

"血栓?"唐菀蹙眉,忽然想着老宅隔壁有邻居,似乎就是血栓什么的,忽然就走了。

"这个其实挺危险的,如果处理不好,一旦造成栓塞,人很容易就突然……"

周仲清给她说了一堆医学术语,她根本听不懂,反正听了一圈下来,总结就是两个字:危险!

"周医生,那现在怎么办?"专业的医学知识,唐菀一窍不通,只是看周仲清说得很吓人,心慌也只能故作镇定。

"这会给我们手术带来很大的风险,说一句难听的,真有可能上了手术台就……"周仲清点到即止。

"如果不做手术呢?"唐菀追问,毕竟唐老现在身体还行,手术并不是非做不可。

"冬天气温下降,温度刺激会引起冠状动脉痉挛,影响心脏和大脑供血,很容易引起脑血栓,况且他本身就有血栓,那风险就不用我多说了吧……"

唐菀咬咬唇,没说话。

江锦上倒是深深看了眼周仲清，久病成医，他虽然不是什么科班出身的大夫，医学常识却可能比一般医学生知道的都多。

周仲清这话说得吓人，其实仔细深究，并没他说得那么恐怖。

可是唐家并没有懂医的，唐菀垂头不语，唐云先也是同样凝重。

"菀菀，没事的，周医生医术很好，你别太担心。"范明瑜拉着她的手，"别怕，你爷爷不会有事的。"

唐云先吸了口气："周医生，那您看来，目前我们怎么做比较好？"

"还是按计划做手术，只是手术风险比较大……"

唐老叹息："我早就说了，做什么手术啊，又来京城，麻烦别人家，这不是瞎折腾吗？这手术啊，我不做了，生死由天。"

"爷爷——"唐菀蹙眉，做子女的都听不得这种话。

"老唐啊，你这说的是什么话，你来我家，我很欢迎，你就是住个几年都没事，我们是什么交情啊。"老太太叹息，"这把年纪了，别整天死不死的挂在嘴边，也不嫌晦气。"

"这都是孩子的一片孝心，你就不想多陪菀菀几年啊，看她结婚生孩子？"

唐老无奈摇头："每个人命数不同，不能强求，周医生，我知道给我做手术，你也承担风险，要是出问题，对你影响也很大……"

毕竟有人在他手术台上出事，他职业生涯肯定受损。

"唐老，您这……"周仲清叹气，"我担心的不是这个。"

"就这样吧，不做手术了，我都到这把岁数了，活得够本了。"唐老这语气，倒是看得开。

"爷爷……"唐菀站在边上，却急得眼眶都红了。

按照周仲清的话，就算不做手术，血栓风险也在，左右都不是个事儿。

"好啦，爷爷没事。"唐老招呼她到自己面前，拉着她的手，"要是做手术真的出了事，我怕连你最后一面都见不到，当年你奶奶就是……"

"一声招呼不打就走了，狠心啊！"

"多年夫妻，好歹和我说一声啊，不声不响就走了，我这心里啊，哎——"

老爷子想起往事，悲从中来，惹得唐菀站在边上，也跟着落泪。

江家人站在边上，也不知该做什么，江锦上不知从哪儿拿了块帕子递给唐菀。

"周医生,如果先把血栓手术做了怎么样?"范明瑜提议。

周仲清抿了抿嘴:"他这个年纪,一次手术都是伤害,如果真的要上手术台,我是建议把别的手术一起做了,血栓这个也不是没风险的……"

"好了,不提,我不做了,这次来京城,就当看老友,出来玩了。"老爷子拉着唐菀的手,"手术风险太大,我要是下不来,还不如就别做,兴许还能多活几年。"

"我啊,这辈子最大的愿望,就是看着我们菀菀找个好人家嫁了,也算圆了她奶奶的心愿,要不然,以后下去了,我都不知道该怎么面对她。"

"爷爷,您别乱说,您不是还要等着抱曾外孙的吗?说要帮我带孩子。"唐菀咬着唇。她是亲眼看着母亲与奶奶离开的,根本受不了他说这种话。

"带啊,只要你有了孩子,爷爷就帮你哄,我身体还是很硬朗的。"老爷子说着还拍了拍胸脯,却忽然猛地咳嗽两声,又把众人给吓了一跳。

周仲清站在边上,迟疑片刻:"唐先生,唐小姐,我的建议还是按照计划做手术,我会尽全力的,什么手术都有风险,可是熬过这一关,按照老爷子的身体,活个九十岁肯定没问题。"

唐菀和唐云先互看一眼,现在就是个两难的选择摆在他们面前。

不做手术,其实老爷子随时也会走掉,做手术,就还有一搏的机会,但同时风险也很大,他们一时也做不出决定。

"你们尽快给我一个答复,如果决定手术,医院那边就要开始安排了。"周仲清直接说。

"我知道,辛苦您了。"唐云先眉头拧紧。

"周医生,留下吃晚饭吗?"范明瑜招呼他。

"不了,医院还有点事,我得先走了……"

"周叔,我送你。"江锦上说道。

两人四目相对,周仲清咳嗽两声,招呼助理跟上,出门时,周仲清还叮嘱江锦上要注意身体,有事随时联系他。

"周叔……"

"怎么了?"周仲清被他看得心里发毛。

"唐爷爷的身体真的像您说的那么夸张?"医学术语堆叠起来,就是得个阑尾炎,在医学小白听来,可能也像是绝症。

"我也是有职业操守的人,我说的都是真的。"

"是真的，可事情真的到你说的那个地步了？"

"这事儿你得去问唐老和你奶奶……"周仲清缩进衣服，"这天儿真冷，我要赶紧回家了，有事电话联系。"

周仲清这话说完，江锦上就猜到一二了，只是他不清楚，自己奶奶和唐爷爷合起伙来，在搞什么？菀菀都急哭了！

江锦上回去时，江家人已经从客卧走出来，准备吃晚饭，只是出了这样的事，所有人都没什么食欲。

"菀菀，今天都和小五去哪儿玩了，和我说说。"老爷子笑道。

"就随便逛了逛。"唐菀抿着嘴，根本没心情聊这些。

江家人离开后，唐家三人在屋里聊了会儿，唐云先还是建议做手术，唐菀心底也是倾向如此，毕竟还有一搏。

要不然按照周仲清说的，他随时都会走掉，这个风险，他们更承担不起……

"我知道你们是为我好，可是万一我在手术台上出事怎么办，云先，你说你工作这么忙，你能照顾到菀菀吗？"

"爷爷，我已经是成年人了，不需要爸爸照顾。"唐菀蹙眉。

"我就担心我走了，你找男朋友，以后被人欺负了怎么办？我不放心，坚决不做手术。"老爷子脾气上来，也很拗。

唐菀无奈，只能耐着性子劝他："万一手术成功了呢？您不能总往坏的地方想啊。"

"是啊爸，周医生是权威，手术成功率还是很大的。"唐云先跟着劝说。

"不行，我坚决不去！我要是这么走了，最起码是个全乎人，这上了手术台走掉，那算什么啊……"

江家人在客厅，听得里面传来争执声，面面相觑。

"小五，你唐爷爷喜欢你，你去劝一下。"范明瑜催江锦上进去。

"我也去吧，这老东西，这把年纪了，为难孩子干吗啊！"老太太叹息。

两人叩门进去，屋内才停止争论，唐菀站在床边，已经急得眼眶通红，觉得自己爷爷脾气太拗，又气自己无能。

"有什么事不能好好说，吵什么啊。"老太太叹了口气，"老唐啊，孩子也是为你好，手术是最好的选择。"

"我就担心万一我走了，我们家菀菀怎么办，这孩子从小没了妈，这云先后娶的媳妇儿吧……哎，不提这个，总之我不放心她。"唐老态度很硬，这件事似乎没有任何回旋的余地。

"你不就是担心你出事，菀菀没人照顾吗？"老太太坐到床边，"你的心情我都能理解。"

"我就怕她被人欺负了。"

"没事啊，以后我们家照顾她也行，我拿她当亲孙女。"

"这怎么行，我只是与你和老江有些交情，又不是一家人，怎么好意思麻烦你们。"

"不是一家人，变成一家人不就行了！"

"你这话什么意思？"唐老挑眉。

"这原本菀菀就是我定下的孙媳妇儿，以后要是嫁到我们家来，我们家人你还不清楚？菀菀嫁过来，没人敢欺负她的，这样你就能放心去做手术了吧！"

唐菀还沉浸在悲伤中，被这措手不及的消息打得手足无措。

不是在聊做手术？怎么扯到她嫁人了？

唐云先站在边上，也是一时没缓过劲儿。

"这孩子也不乐意啊，又没感情，算了算了！"唐老无奈摆手。

"处处就有感情了，也不是让他们立马就结婚，可以先试婚呀！体验一下同居的夫妻生活，保不齐就很合适呢？"

老太太一个劲儿给唐菀使眼色。

唐菀知道老太太是在帮他们劝爷爷做手术，此时这种情况，不可能驳她面子，只能点头答应："是啊爷爷，其实我觉得什么都是可以试试的……"

"宴廷那小子就算了，你和我们家小五试试吧。"老太太看向江锦上，"小五，你觉得呢？"

江锦上站在床边，他刚才隐约已经猜到会发生什么，只是没想到这二老玩这么大！

同居……试婚？

"怎么着？菀菀都答应了，你还不乐意？又不是让你俩立刻结婚，就是试试看。"老太太冷哼，"你到底想不想让你唐爷爷多活几年啊！"

让唐老多活几年？

这么大一顶帽子扣下来，就算江锦上不乐意，也得答应啊。

况且……他倒是挺愿意试试的。

"我没什么问题。"

老太太一听这话乐了,扭头看向唐老爷子:"老唐,这下子你总安心了吧,以后菀菀就是我们家的人,这么多人照顾,你也没后顾之忧了。"

唐老无奈,长叹一声:"既然你都开口了,这手术还是做吧,总不能一直为难孩子。"

唐菀:"……"

唐云先原本想着,老太太说什么亲孙女,要不就认个干亲得了,哪承想莫名其妙就把自己女儿给"嫁"了。

"你看,这事儿不就解决了吗?瞧你把菀菀急得,眼睛都红了,多大的事儿啊。"老太太笑着安抚唐菀,"小五,带她去洗个脸啊,待会儿出去吃饭。"

"菀菀?"江锦上从善如流。

这二老玩了一出"托孤"大戏,他要是不配合,转头,他家老太太就能拿拐杖把他捶死。

唐菀点头,跟着江锦上去洗手间。

老太太一转头,好似刚看到唐云先:"云先啊,你没什么意见吧?就是试婚,也不是要去领证。"

她也是为了他家着想,唐云先此时哪儿敢反驳,生怕自己父亲尥蹶子,又不做手术了,只能点了点头。权宜之策,又不是真的领证,可唐云先总觉得这事儿不对味儿啊。况且退一万步,说难听点,老爷子真出事,唐菀也还有他这个父亲啊,怎么就要"托孤"了。

江家人原本还担心,唐老脾气那么拗,怕是要争执许久,没想到他拄着拐杖,笑眯眯走了出来。

餐桌上,老太太就直接宣布了唐菀和江锦上要试婚的事情。

江家人表情皆不相同,江震寰属于没表态,唐菀这孩子他看着还不错,只要小儿子喜欢,他肯定没意见,范明瑜自然是喜出望外。

江宴廷可能猜到了一些,只是看着两个人,没想到他家老太太还知道试婚这么新潮的东西,低低说了句:"恭喜。"

江锦上回复:"谢谢。"

唐菀错愕,又不是结婚,恭喜什么?

老太太倒是冷哼一声:"宴廷,看看你弟弟,你也要抓紧啊。"

江江咬着筷子:"那以后我是不是不能叫姐姐,要叫二婶了?"

范明瑜笑着给他夹了个鸡腿:"多吃点。"

江锦上有样学样,给唐菀夹了点菜:"你也多吃点。"

"谢谢。"唐菀垂头吃饭,耳朵涨得通红,关系不同,心境自然不一样。

"奶奶,二婶是不是害羞,耳朵都红了!"江江好像发现了什么新奇的事。

江宴廷又给他夹了个鸡翅:"多吃饭,少说话!"

吃了晚饭,唐老靠在沙发上,和江家老太太,正说着等老爷子术后痊愈,去梨园看戏的事。

"……年后会有一些新戏,到时候啊,我们一块儿去。"老太太笑道。

"听说他家那个儿子,也找着对象了?我没见过那孩子,不过他在外面的名声并不好,久不露面,怎么找到的媳妇儿啊……"唐老低声问。

老太太一听这话,忍不住咋舌:"这过程我是不懂的,不过连他家的儿子都有对象了,再看看我们家哦,在外面也混得人模人样吧,怎么就……"说着,眼睛就落在了江宴廷身上。

"哎呦——这两年啊,京城各家喜事连连,可怎么都轮不到我们家,糟心哦。"

江江此时正趴在地毯上玩拼图,江宴廷抬脚踢了踢他的小屁股:"上楼,我带你去洗澡。"

"嗯?"江江一脸蒙,他刚开始玩,"我现在不想洗澡。"

"你想洗澡!"

江江再想说话,整个身子就被人捞起来,直接扛上楼。

老太太冷哼,无奈得直摇头:"老唐啊,你看看,每次我只要一说这话,马上就跑了。"

"孩子都这样……"

唐菀和江锦上坐在边上,只是安静听着,却不承想,这把火,忽然就烧了过来。

"菀菀,小五,你俩也赶紧回去休息吧,不早了,出去逛了一天,也该累了。"老太太看着两个人。

"还好,也不是很累,想再坐会儿。"唐菀悻悻笑着,忽然变了个身份,总觉得哪里都别扭。

"回屋歇着不好吗?在这里坐什么?"老太太笑道,"老唐啊,你看这两个孩子,怎么突然还生分起来了。"

"是有点别扭了。"

"像不像新婚小夫妻……"

唐菀坐在边上,只恨自己没有龟壳,这样就能学万岁爷,缩进龟壳躲起来了。

"菀菀……"江锦上忽然凑近,压低了声音,"等我几分钟,我们一起回房。"

"啊?"唐菀一脸蒙,还没缓过劲儿,他已经起身走了,也不知是去后院,还是上洗手间。

老太太一看两人这模样,忍不住又调侃了两句:"已经开始说悄悄话了,啧啧——"

唐菀垂着头,只求江锦上快点回来。

吃了晚饭,唐云先又给周仲清打了个电话,无非是说一下老爷子决定手术的一些事。

"……周医生,实在抱歉,这么晚还打扰您。"唐云先对他客气有加,此时说话,都是敬谦之词。

"唐先生,您太客气了,治病救人是我的本职工作。"周仲清一听这话,心下明白,这二老的计划成功了。

自己作为帮凶,根本受不起唐云先这声感谢,周仲清心里很是过意不去。

"这以后还是要麻烦您了。"

唐云先与他又客气两句,方才挂了电话,转身就看到江锦上不知何时出现在自己身后:"这么晚,还不休息?"

"想和您聊几句。"

唐云先大概猜到他想说什么,只是一笑,却还是问了句:"聊什么?"

"关于我和菀菀试婚的事情,我知道您心底大概是不舒服的,不过当时那样的情况……"江锦上抿了抿嘴,"不过您放心,我做事有分寸的,什么该做,什么不该做,我还是清楚的。"

"这件事也不能怪你。"唐云先轻哂,"我父亲本就很喜欢你,这次无非是借题发挥,故意撮合你俩罢了。"

唐云先也不傻,事情一开始都很正常,到后面,老爷子做戏太明显,他看得出来……

只是目前为止，他并不知道，周仲清也是同伙，所以并没怀疑老爷子的病情，只觉得江锦上也是受害者，他也是被迫接受了这一切，心底还觉得很抱歉。

"我原本想找机会和你聊聊的，毕竟你也是受害者，父亲那脾气，有时真能气得人跳脚，只怕这段时间要委屈你和菀菀了……"

"不会。"江锦上巴不得和唐菀相处，自然不会觉得委屈。

"你放心，等父亲做了手术，这件事我会处理，不会给你带来其他困扰。"

江锦上只是一笑……

只是等到唐云先再想处理，只怕真的迟了。

唐菀看到江锦上是和自己父亲一起回来的，大抵也猜到了两人肯定聊了点什么。

这件事大家都是被赶鸭子上架，做手术的是自己爷爷，唐菀牺牲点什么，那都是应该的，可她家的事，和江锦上没关系啊……

他完全就是被无辜牵连进去了。

唐菀越想越觉得对不起他。

直至两人上楼，她还是心不在焉。

老太太不断给江锦上使眼色：加油啊！奶奶都帮你到这里了，你要是再不争气，我真的没办法了。

江锦上无奈，这老太太到底在着急什么？

虽说是试婚，可到了三楼，也只有他们两人，仍旧是各自回房，好像与寻常没什么两样，唐菀简单洗了个澡，心底有事，差点把沐浴露当洗发水给用了。

从浴室出来，一边擦拭着头发，一边盯着万岁爷，唐菀抿了抿嘴，还是走到了衣柜前，低声问："五哥，你睡了吗？"

"还没。"

江锦上似乎早就猜到她会过来，听到声音，嘴角缓缓勾起。

"方便过去吗？"

"可以。"

柜子移开，江锦上那屋过分充足的暖气瞬时扑面而来，两间卧室装潢相似，可给人的感觉却截然不同。

可能是暖气太足，过分干燥，他屋里开着加湿器，混着柠檬精油，味道清新又爽利。

他正靠在一张沙发上,一侧立着昏黄的落地台灯,江锦上手中正拿着一本书,隔得远,看不清书名。

他穿着深灰色家居服,衬得皮肤愈白,神色越发慵懒,都说灯下看人,好似雾里看花,绰约姿容俏,果真如此。

"这么晚,还不休息?找我有事?"江锦上放下书,坐起身来。

唐菀的手中还拿着擦头发的毛巾,有些局促地擦了两下头发,不知该怎么开口说今晚的事。

江锦上走过去,抬手就把两个房间之间的柜子给关上了,唐菀心底咯噔下,莫名有种后路被堵死的感觉。

"我怕冷畏寒,暖气会跑过去,这个温度,你可能会受不住,觉得太热。"江锦上似乎看穿了她的担忧,开口解释。

"你今天身体没什么问题吧?"

"挺好的。"江锦上偏头看着她,"刚洗完澡?"

"嗯。"

"找我什么事?"江锦上手握主动权,说话自然游刃有余。

唐菀擦了两下头发,还是硬着头皮开口:"还是为了今晚的事……"

"试婚?"

"对。"唐菀点着头,"这件事原本是我们家的事,和你没什么关系,我也没想到后来怎么就把你也牵扯进来了。不过你放心,试婚而已,最多就是做做样子,不会真的领证结婚,我也尽量不给你造成什么困扰。"

江锦上此时就站在她面前,敛眸垂眉,认真看她。

唐菀以前没处理过类似的事,虽然话是这么说,但对江锦上来说,只怕终究是困扰,她越说越没底气,声音也越来越小。

江锦上只能微微俯低身子,靠得近了些,好似这样才能听清她说的话。

"等爷爷手术完成,我肯定会……"

唐菀话没说完,手中的毛巾忽然就被人扯了出去。

江锦上抬手抖了下毛巾,将它彻底展开,双手拿着毛巾,唐菀正费力组织语言,毛巾轻飘飘落在自己头上,隔着一层布料,他伸手,给她揉了两下头发。

她的整个视野都被毛巾遮住,目光所及之处……

只有他的胸口,脖颈,与下颌角。

"你的头发一直在滴水。"江锦上低沉的声音好像也被困在了毛巾里，直往她耳朵里面钻。

"是吗？"唐菀伸手，准备扯住毛巾，掌握主动权，只是手指没碰到毛巾，却蹭到了江锦上的手。

不若昨晚的一片冰凉。

温温热热的。

江锦上比她高出不少，抬手认真给她擦着头发。

原本唐菀刚洗了澡，头发未干，头皮还有些凉，此时她只觉得头皮热得发麻："五哥，还是我自己来吧。"

唐菀伸手接过毛巾，江锦上也就自然松开手，可是两人之间的距离却并未缩短，他就这么直勾勾盯着她。

"你觉得，我是那种会委屈自己的人吗？"

唐菀略微抬眸，看着他。

"很少有人能强迫我做不喜欢的事……所以你根本不用想太多，更不要觉得有什么对不起我的地方，如果真的不乐意，我当时就会拒绝的。"

可能是他一直俯着身子，垂头说话，声音好似被什么压着，舒缓却又暗哑，声线低迷得撩人。

"和你相处，我觉得很舒服自在，心底喜欢，才会答应。"

喜欢二字，他咬得很慢，清晰得要命。

唐菀只觉着呼吸一紧，原本是四目相对，他瞳仁很黑，只有一侧台灯的光亮在他眼底跳跃着，将她的影像衬得越发清晰。

她移开视线，率先败下阵来。

"这件事，最起码要等到唐爷爷手术完成，还是说你觉得和我相处，会让你很不自在？"人都在自己屋里了，许多事江锦上倒没那么着急了。

温水煮着，媳妇儿也跑不掉。

"不会。"

江锦上很会为人处世，做事分寸拿捏得很好，从不让人不舒服。就好比今日出游，他几乎什么都懂，挑着她喜欢听的讲解，一天下来，只会觉得时间过得很快。

"那就好，和你相处，我觉得很舒服，只是怕你委屈自己罢了。"

"没有委屈。"

江锦上其实和她很合拍，哪儿会委屈。

"要睡了吗？"

"还不困。"

"等头发干了再回去吧。"江锦上说着，就抬手准备帮她擦头发，唐菀自然是想拒绝的。

"我自己来就行。"

"就算是为了在唐爷爷面前做戏，你也该学着与我亲近些。"

唐菀抿了抿嘴，这话说得倒是没错。

擦完头发，江锦上就很自然地拉着她，给她寻了个地方坐下，江锦上还在看书，唐菀则玩了会儿手机，氛围倒也融洽。

唐菀偶尔将视线从手机上挪开，看了看不远处的人。

说真的，江锦上这人什么都好，就是作为结婚对象，也是没什么可挑剔的，就是这身体实在太差，她真的很怕一不小心半夜就……

心底就算有些好感，也不敢贸然把自己的一辈子托付给命不久矣的人吧。

她抿了抿嘴，神色越发凝重。

江锦上余光一直在打量着她，他心底清楚唐菀时不时在偷看他，表面装得若无其事，这心底总归有些小雀跃，只是她这眼神，好像越发奇怪了……

从一开始的羞怯，到后面疑惑，最后好像变成了同情悲悯？

昨夜，唐菀在江锦上屋里待到九点多就回去了，早起看升旗，又再逛了一天，爷爷的事也大概有了个着落，她这一觉睡得深沉。

翌日起身出门时，江锦上正好从走廊尽头的屋里出来，显然刚运动完，一身汗。

"要下楼？"

"嗯。"

"我要洗个澡，你如果不急，等我一下。"

唐菀一早起来，也没什么事，就点头同意了。

两人原本是前后脚下楼的，快到二楼，就隐约能听到一楼的笑声，唐老笑声洪亮，颇具穿透力。

江锦上走在前面，忽然回头，朝她伸手。

唐菀怔了下，方才想起两人现在的关系，而且他们昨晚也约好了，在长辈面前，要亲近些，她迟疑着，伸手过去，手指碰到他的手心。

江锦上手指合拢、收紧、牢牢攥住。

那种感觉，就好似将她整个人都交托给了他。

被攥紧的好似不仅是自己的手，还有她的心。

可能是刚洗完澡，他的手心莫名滚烫。

两人拉着手，相携往楼下走，到了二楼，刚巧看到准备下去的江宴廷父子，江江背着小书包，应该是要去补习班的，看到两人拉着手，略微蹙眉。

"哥，早。"江锦上先打了招呼。

唐菀心底天人交战，两人关系变了之后，总不能还喊江宴廷二爷吧，突然改口，也不适应，最后还是喊了声"二爷"。

"你和小五都这种关系，还喊我二爷？"江宴廷笑道。

唐菀也觉得怪怪的，倒是江锦上开口帮她解了围。

"改称呼，是要红包的，你红包都不拿，就想白占了便宜？"

江宴廷倒是一笑："刚试婚，就护上了？"

"二叔，二婶，早！"江江开口与两人打了招呼。

唐菀对这个称呼，还是觉得别扭，却也笑着应了，几人下楼时，江江抬手，握住了自己爸爸的手。

江江还算独立，加上江宴廷本也是个性冷的人，若非外出或者过马路，两人极少牵手。

"怎么了？"江宴廷以为他有什么事。

"我就是觉得，您看到二叔和二婶拉手，可能心里也痒痒的。"江江说得分外贴心。

几人下楼时，众人一看到江锦上与唐菀交握的手，笑得越发高深莫测。

只有唐云先嘴角抽了下，做戏而已……这么认真？

"菀菀啊，来我这里坐。"老太太那表情，好似真的把她当孙媳妇儿了，"你们两个人，今天有什么安排吗？"

"白天想带她出去转转，晚上想约几个朋友吃饭，不过只有则衍目前在京城，所以准备约他出来。"江锦上说道。

江宴廷听到这话，略一挑眉。祁则衍那点心思，他是清楚的，自己弟弟这种做法，这都不是扎心，而是直接给他捅刀子啊。

"行啊，出去见见朋友。"范明瑜出声支持。

只有唐云先略微挑眉：见朋友？这出戏未免太足了吧。

唐菀事先并不知情,心底诧异,却也只能配合他的演出。

"哥,晚上你要是没事,带着江江一块儿来吧,我就约了则衍一个人,不然也挺冷清的。"

"我们晚上要出去吃饭吗?"江江一听这话,眼睛就亮了,小孩子大多喜欢下馆子。

"嗯,你想吃什么,今晚二叔请客。"

"我想吃水煮鱼、烧鸡、烤鸭……"

江江显得很亢奋,江宴廷却抿了抿嘴,自己去宣誓主权,还要带上他,这不是间接告诉祁则衍,他与唐菀的事,他是知情人。就那家伙的德性,肯定要找自己算账的。

有唐菀在,祁则衍肯定不方便找他弟弟麻烦,这火怕是要泄在自己身上了。

江宴廷本不想去,可是老太太已经开口帮他答应了:"宴廷,你带江江一起去吧,毕竟是做大哥的,你请客。"

江宴廷抿了抿嘴。他要被拉出去挡刀子的,还要付账?这不就是典型的花钱找罪受?

可目前的情况,由不得他不答应,他点头应了声:"我知道了。"

老太太这才满意地点头。

早饭后,江宴廷要带江江去兴趣班,江锦上则带着唐菀到京城一些著名景点逛逛,约了一起吃晚饭。

出门上车,唐菀才问出了心底的疑惑:"你和祁总提前约了?"

"和他吃饭,不需要提前约。"

"你真打算把我们的关系和你朋友说?我们本来不也是……"假的!

"我今天如果不带你出来,按我奶奶的脾性,就会拉着你,把整个大院溜一圈,但凡遇到熟人,都会给他们介绍一遍。"

"……"

唐菀语塞,不过想到老太太的热情程度,这事儿她还真做得出来。

"则衍本就认识你,也算熟人,就算我们真的在一起,他也不会对外说什么的,对你没什么影响。"

"我不是那个意思,我无所谓的,我是怕消息传出去,对你名声不好,如果你有喜欢的人,被她知道……"

江锦上偏头看她："谁告诉你，我有喜欢的人了？"

"我就是做个假设。"其实两人认识时间不算短，也算是见过了家长，可严格算起来，唐菀对他不算特别了解。

最起码他的朋友圈，她并不了解，京城这地方水很深，各大家族盘根错节，唐家在平江别人认识，到了京城，压根不够看。

更别提京城有多少名媛了，难保没有江锦上喜欢的人。

江锦上却认真看着她："菀菀——"

被叫了名字，唐菀本能地看向他。

四目相对时，他低低说了一句："我几乎不认识几个异性，若说走得最近……就是你了，若说喜欢，可能……"

也就剩你了。

这话江锦上没说完，留给唐菀自己自己想。

唐菀也不傻，他的言外之意就是自己没有喜欢的人，如果真的有喜欢的人，那可能就是……

她偏头看向窗外，许是今天的阳光过分刺眼，照得她睁不开眼，心脏也跟着突突直跳。只是莫名的，这心底无端生出一些难言的欢喜。

祁则衍接到江锦上电话时，正躺在床上养病，打了几天点滴，整个人才缓过劲儿。

"喂——"声音嘶哑。

"感冒还没好？"

"嗯，快好了。"祁则衍说着还打了个喷嚏，"你怎么会主动找我？"

"我回京了，晚上有空吃个饭吗？"

"你什么时候回来的！"祁则衍激动地从床上一跃而起，"你回来，那她……"

"唐爷爷要来京城做手术，他们一家目前住在我们家。"

"你不早说！我去，我都没准备好……"

江锦上挑眉："今晚一起吃饭，她也会去。"

"江锦上，不愧是兄弟，真够意思！"

"时间地点，我晚一点发给你。"

"谢了哥们儿，我们要是成了，少不了你的好处，等你有了喜欢的人，结婚了，我肯定给你包个硕大的红包！"

"这话我记住了。"

"我从不骗人！大红包，就这么定了！"

祁则衍挂了电话，就跳起来，精神抖擞地开始换衣服，拾掇自己。

有人敲门，他也没空去开："门没锁，自己进来。"

进来的老爷子，扫了眼床上堆放的衣服，又看了看某人拿着发胶，正风骚地给自己头发做定型，忍不住挑眉："要出门？"

"晚上约了江小五。"

"现在才早上十点，你晚上约了人，现在就捯饬？"又不是出去见姑娘。

"爷爷，您有事？"

"没事儿，就是来看看你，看你生龙活虎的，我也就放心了。"

老爷子说着双手背在身后，哼着小曲儿就走了出去。

祁则衍还对着镜子在做造型，伸手摸了摸自己脸，几天不捯饬，憔悴又邋遢，就这模样，怎么见唐菀。

越看越不满意，直接去他母亲那屋，偷拿了一点精华什么的，往脸上拍了拍，这才觉得像个人，还在群里炫耀今晚要去约会。

【江小五，是兄弟，太够意思了。】

【你这份恩情，我没齿难忘啊。】

【以后只要我有一口肉，我肯定有你一口汤。】

……

江宴廷看到群消息，都不忍心戳穿这个二傻子，而其他人则缄默不语，大抵是了解江锦上的性格是闲事不会管，这事儿分明有古怪。

冬天的夜幕，总是降临得格外早，江宴廷父子到餐厅时，与江锦上和唐菀撞了个正着。

"二婶。"江江已经接受现实，叫得也顺口，还是抱紧大腿更重要。

唐菀笑着拉着他的手："今天去补习班了？学了什么？"

"踢足球，我踢得特别棒，过年的时候还有个比赛，到时候你能来给我加油吗？"

"可以啊，江江喜欢踢足球？"

"喜欢，我踢得可好了。"

"你踢的是什么位置啊。"

前面两人聊着天，江家兄弟走在后面，江宴廷直接问："你不怕则衍待会儿掀了桌子，把筷子甩在你脸上？"

"有菀菀在，他要脸。"

江宴廷戏谑道："他现在还以为，你约唐菀出来，是为了给他制造机会。"

"你不知道他这个人，从小就有个最大的毛病吗？"

"什么？"

"喜欢自作多情。"

"……"

服务生领着他们到了包厢，唐菀是走在前面的，门一推开，就看到了祁则衍。

"唐小姐。"祁则衍立刻起身。

"祁总，好久不见。"唐菀打量着他，就是出来吃个便饭，他需要穿得这么精致？一丝不苟的大背头，剪裁得体的三件套西服，本就长得不错，这下更是被衬得丰神俊朗。

"好久不见，你说你来京城，怎么也不提前联系我，我也好招待你啊。"

"也是怕麻烦您。"唐菀把他当金主客户，说话自然客气有余。

"祁叔叔！"江江蹙眉，我也在啊，怎么也不看看我，难不成是我长得太矮，他踮着脚，冲他挥手。

江家兄弟进来时，打了招呼，就各自入座。

包厢是一张足以坐八人的四方桌，各边都能容两人。

江宴廷父子自然坐一个顺边，按理说，本该江锦上、祁则衍、唐菀各坐一边，所以江锦上坐下后，祁则衍就招呼唐菀坐另一侧，还贴心帮她拉开了椅子："唐小姐，你坐。"

"祁叔叔，不对！"江江蹙眉。

"什么不对？"祁则衍挑眉。

"二婶应该和二叔坐一边啊。"

祁则衍如遭雷劈，从嘴角硬生生挤出一丝微笑："江江，你说什么？"

"我和爸爸是一家，二叔和二婶是一家，我们肯定要坐一起，你就一个人，只能自己坐！"江江伸手，将五人关系划拨清楚。

祁则衍看着他扒拉着小手，将江锦上与唐菀归为一家，呆呆站在原地。

刚才他还觉得，大病初愈，就能见到唐菀，饶是天寒地冻，也觉得这是好时节，此时平地一道惊雷，炸得他整个人，外焦里嫩，浑身透酥。

包厢里静得出奇，祁则衍一脸蒙地看看江江，瞧瞧江宴廷，最后把目光落在了江锦上身上。

他原本已经坐下了，此时却忽然站了起来，拉开自己身侧的椅子，看向唐菀："抱歉，没照顾到你，可能还有些不适应我们的关系，我以后会注意的。"

祁则衍嘴角狠狠一抽：你们到底什么关系！

"没关系。"唐菀自然地挨着他坐下，看了眼站在原地的祁则衍："祁总，别站着，您坐。"

祁则衍此时脊背僵直，胸口震动着，双手不自觉地收紧，原本感冒也没彻底好，咳了几天，觉得肺都要咳出来了，现在好了……

心尖肉也被挖了，此时服务生推门进来，招呼他们点菜，一股子冷风吹来，他觉得身上好像被人豁开了口子，冷风灌进来，这窟窿没有个三年五载，怕是堵不上了。

他死死盯着江锦上，因为位置靠近服务生，他伸手接过点单的平板，先递给了江江，却对唐菀说了句："等江江点完你再看。"

"没事，江江看完让祁总点吧，毕竟今天是我们请客。"

"祁叔叔，既然您是客人，要不您先点吧！"江江把平板递给祁则衍。

"你点吧。"祁则衍感觉自己呼吸有点急促，强忍着怒意坐下，他从嘴角挤出一点微笑，看向对面的两个人，"你们什么时候在一起的。"

"昨天。"江锦上说着，还给唐菀倒了杯茶。

昨天？祁则衍攥紧面前的空杯，可是这两人的相处方式，可不像是昨天才定下来。

他刚把杯子伸过去，试图让江锦上也给自己倒杯水，他现在嗓子又痒又干，急需水救命。

江锦上却直接把水壶递给他，意思就是：想喝水，自己倒！

祁则衍气得胸闷，差点没背过气去，不过唐菀在，他忍了。

我让你帮忙照顾嫂子，你把她照顾成了自己媳妇儿？

江锦上，你……

"祁总，您是要喝水？我帮你倒吧。"唐菀看他拿着杯子，又久不动作，忍不住开口。

"不用，我自己来。"祁则衍手有些抖，热水还洒出少许。

"您没事吧？"唐菀蹙眉，不然手都抖什么？

"他之前感冒，大病初愈，估计还没恢复。"江锦上解释。

"那你要吃点清淡的，待会儿主食，给您点一份清粥吧。"唐菀觉得自己很贴心。

祁则衍是肉食动物，就喜欢浓油赤酱的，清粥是什么玩意儿！

等菜过程中，江江还忍不住多看了祁则衍两眼："祁叔叔，您的脸色好差啊，生了很严重的病吗？"

祁则衍就是没病，也要被刺激得昏厥了，脸色怎么可能好看。

"都不爱说话了，您以前很活泼的。"江江瘪瘪嘴。

活泼？祁则衍轻哼，你二叔对我做了那样的事，你还让我活泼？

不过他就是心底窝火，也不会在唐菀面前表现出什么，教养使然，吃饭过程中，饶是内心翻江倒海、五雷轰顶，表面还是笑着……

就算是唐菀和江锦上在一起，自己大不了就是失恋，可不能失了风度。

"唐小姐，小五，恭喜你们在一起，我敬你们一杯。"祁则衍端着酒杯起身，"唐小姐，到了京城，如果有需要，随时找我。"

"谢谢。"唐菀和江锦上同时起身。

祁则衍心底在流血，这怎么搞得在和新人敬酒一样！

关于试婚这些，唐菀自然不会和祁则衍多说什么，解释起来也很费劲麻烦。

祁则衍的位置刚好在两人对面，这顿饭吃下来……

都不能叫被塞狗粮，或者是虐狗。

简直就是单方面，大型屠狗现场！

江宴廷权当没看到，只是照顾自己儿子……

直至江江说要出去洗个手，唐菀又是包厢唯一的女性，就主动起身帮忙照顾："走吧，我带你出去。"

江宴廷知道，祁则衍这口气不发泄出去，迟早会找上自己，不如就给他俩制造这么一个机会。

所以唐菀主动照顾江江，他也没拒绝："麻烦了。"

"不用客气。"

"以后我们和二婶就是一家人了，太奶奶说，一家人不需要这么客气的！"江江笑得人畜无害。

殊不知，这句话，又是一记狠刀子，戳得祁则衍胸口隐隐作痛。

还太奶奶说，就是说，他俩这关系，江家人都知道，那唐家肯定也知道，他此时可算知道,心梗发作,是个什么滋味了。

这两人刚走,门一关,整个包厢顿时变成一个大型修罗场!

祁则衍搁了筷子,双手抱胸,怒视着对面的人,而江锦上刚动手剥了几个虾,丢了几个在唐菀面前的盘中,余下几个尽数给了江江,慢条斯理扯着湿纸巾擦拭着手指。

而江宴廷则喝着茶,作壁上观!

"江锦上,我们是不是兄弟!"

"是。"

"你就这么对我?"

"所以我们确定了关系,我第一个就通知你了,请你吃饭。"

"我谢谢您!"祁则衍说得咬牙切齿。

"不客气。"

"你……"

祁则衍本就说不过他,现在急火攻心,说话都不利索,更说不赢他,急喘两口气,喝口水压压惊:"我把你当兄弟,你居然挖我墙脚,追你嫂子?你是人吗?我告诉你,我要和你割袍断义!这兄弟没得做了。"

江锦上倒是不紧不慢将湿纸巾扔进垃圾桶:

"首先,我和菀菀本就定了亲,就算是挖墙脚,也是你先挖我的。再者,我从没和你说,我不喜欢她。而且在平江的时候,我已经暗示过你很多次了,尤其是最后给你送行的时候点的几首歌,作为兄弟,有些事不好当面戳破,给你留点面子,我选择了一种比较委婉的方式,可惜你一直不明白。"

几首歌?祁则衍这才猛然醒悟。

某人又淡淡说了句:"我已经隐晦告诉过你,这一切都是你的独角戏,不要做破坏别人感情的第三者。"

江宴廷挑眉看着祁则衍:"小五都这么暗示过你,你没明白?"

"咱们去唱歌,他点了一堆乱七八糟的歌啊,我哪儿知道他是暗示我。你是不是缺心眼!江宴廷,你还有脸说我,你也知道我对她有意思,他俩这件事你肯定早就知道了,你现在还敢说风凉话。"

江宴廷倒是一乐:"你也说了,就是有意思,你了解唐菀吗?知道她喜欢吃什么喝什么?喜欢什么类型的男生,甚至于她现在想要什么,需要什么帮助,你都知道吗?"

祁则衍被问得一愣，这些他的确不是很清楚。

"你什么都不知道，你这种喜欢就和追星一样，觉得长得不错，人设合你胃口，就以为遇到了爱情。"

"你有没有问过自己，是不是真的喜欢她？这辈子唯她不可？非她不娶？"

非她不娶？祁则衍好似对唐菀也没到那个地步。

江宴廷喝了口茶："人一旦遇到了那个对的人，就很难再接受别人了，这世上可能比她好的人有很多，她也有一堆缺点，可就是没人能替代。"

"这是爱，你那个，最多就是有好感。"

祁则衍倒是莫名陷入了沉思，他对唐菀的确是有好感没错，若说无可替代，总觉得没到那个份上。

江锦上看了眼自己大哥："哥，你体悟这么深，那你当年和嫂子是为什么分开？"

江宴廷瞥了他一眼。自己帮他解围，他倒好，往他伤口撒盐。

江锦上是真的好奇，他哥不是那种喜欢玩一下然后始乱终弃的人，所以当年发生了什么，他真的好奇。

一个做母亲的人，怎么会舍得丢下孩子？江家人数度怀疑，江江生母是不是已经过世了，要不然当年又是发生了什么。

对于这个问题，江宴廷却始终绝口不提。

唐菀很快就带着江江回来了，发现包厢里气氛格外压抑，还笑着问了句："怎么了？"

"没事儿，坐吧。"江锦上仍旧贴心。

只是祁则衍闷头吃东西，却再也没说过话。

唐菀能察觉到他的不对劲，以为他是不舒服，就算有疑惑，出于礼貌，她也不会多问。

吃了饭，大家各自回家。

唐菀准备去江锦上屋里借两本书。他卧室里有一堆藏书，里面有不少清朝史料，睡前无聊可以用来打发下时间，却发现他换了衣服，正打算出门。

"现在出去？"唐菀狐疑地打量他，"见朋友？"

"嗯。"江锦上点着头，"架子上的书，你随便看，有些比较高，你够不着，可以让江就帮你拿。"

"没事，我随便看看，你先去忙。"以前在平江，江锦上不认识任何人，整天在家也能理解，现在回了家，自然有自己的交际圈。

"我会早点回来的。"江锦上说完就匆匆出了门。

在门口，遇到了正准备开车出门的江宴廷，兄弟二人对视一眼，似乎都明白了彼此想干吗。

江锦上上了他的车，坐在副驾，系上安全带。

"则衍这次肯定被你伤透心了。"

"其实就算不是我，也可能是其他人，因为菀菀对他真的没什么意思。"

"你过去，我怕他拿酒瓶子，给你脑袋开瓢。"

"那就受着。"江锦上出来，早就做好被砸的打算。

两人到了几个朋友经常小聚的会所，固定包厢，祁则衍果然在，他已经喝了不少酒，一侧的电视上，正放着《单身狗之歌》。

"唔……是宴廷啊。"祁则衍一手拿着酒瓶，一手撑着沙发站起来，"是兄弟，来，陪我喝一杯。"

只是江宴廷进屋后，走在他后面的江锦上就出现了。

"我去，你还敢来，真不怕我抽你？怎么着，来和我炫耀的？"祁则衍晃着手中的酒瓶子，在江锦上头上比画着，似乎在找从哪个地方下手比较好。

"没什么可炫耀的，担心你而已，感冒刚好，别喝这么多酒。"江锦上压根不怕他拿酒瓶子砸自己，走过去，从他手中强行夺过酒瓶，"今晚喝得够多了。"

"江锦上，你说我哪里不如你，她怎么就没看上我？"

江宴廷轻哂：动作没他快吧。

江锦上拽着他坐下："你什么都好，只是互相喜欢是要看磁场的，就像正负两极，天然互相吸引，你俩的磁场可能是一样的，互斥。"

"……"

祁则衍被他这话说得蒙了下，他和唐菀互斥？

他心底也清楚，感情这事儿，讲究个你情我愿，他最多就是剃头挑子一头热，骂江锦上横刀夺爱有点耍无赖。

毕竟唐菀如果真的就是不喜欢他，她和江锦上两情相悦，也不可能真的为了自己,就阻止兄弟找真爱。

可能在唐菀眼里,自己就是个甲乙丙丁,他压根没那个身份和江锦上吃醋生气。

道理都懂,就是这心底一时难以接受,不大舒服。

而且江锦上肯出来陪自己,到底也是拿他当朋友的,自己真没必要那么矫情,对他各种颐指气使。

唐菀自然不错,可江锦上是他朋友,自然也不差,他俩在一起,也没什么不合适。

祁则衍给一个空杯注满酒:"锦上,无论怎么样,我祝福你。你俩最好给我狠狠幸福下去。要不然我真的要郁闷死了!"

祁则衍素来不是个矫揉造作的人。

"我会的。"江锦上给自己面前的杯中同样倒满了酒,举杯准备一饮而尽。

"意思到了就行,你又不是我这种单身狗,唐家人也在你家,喝太多回去不好,喝一点就行了。"祁则衍此时醉得还不算厉害。

"我这件事,你回去也别和她说,要不然以后见面多尴尬啊。反正这段感情还没萌芽,现在掐了也好,不然真不懂要怎么处理了。"

江锦上应声点头。

他也是考虑到了这一点,祁则衍本就是个听风是雨的性子,有些事大家心底有数就行,若是挑明,以后难免尴尬。

一个小时过后。

祁则衍抱着江宴廷:"江锦上,你一定要对她好,知道没,好歹也是我看中过的人……"

江锦上坐在一侧,低头闷笑。

江宴廷一脸无奈,准备推开他。

满脸都写着:嫌弃,别碰我。

可某人偏像个狗皮膏药,喝醉酒就贴过来,踹都踹不走。

"我好歹也算失恋了,你抢了我看上的人,我都这样了,你还想推开我?让我靠一下会死啊,我知道你身体不好,我又不会压着你。"

江宴廷:"……"

江锦上垂眸看了眼时间:"哥,时间不早了,菀菀还在家等我,我先回去了。"

"你说什么?"

"不用送我,我打车回去。"

江宴廷轻哂:你哪只眼睛看到我要送你了。这烂摊子是你搞出来的,你丢给我?

"江小五,来,咱们继续喝!今天我们不谈女人,一醉方休。"祁则衍显然早就醉了。

对于醉鬼来说,你如果不满足他,他只会无休止地纠缠你,江宴廷没法子,端着酒杯,应付性地喝了两口。

江锦上回家时,发现自己那屋还有光亮,以为是唐菀离开时,帮自己留了灯,等他推门进去时,才发现唐菀压根没走,斜靠在沙发上,已经睡着了。

只是她被开门声惊醒了:"你回来了?"

"嗯,怎么在这里睡着了?"

"也不知怎么的,现在看书就犯困。"唐菀整个人是斜倚在沙发上的,姿势别扭,脖子别在一侧,稍微扭一下,酸疼不已。

"那你洗漱一下,早点休息,我也回去睡了。"唐菀起身时,才察觉自己一条腿发麻酸软,猝不及防,整个人又跌回了沙发上。

江锦上以为她要摔了,慌忙上前。

"我没事,可能刚才姿势不好,压着腿了,有点麻,待会儿就好。"唐菀扶着一侧沙发站起来,她是一条腿麻,就是瘸着也能走回自己房间。

只是她刚起身,就觉得身子忽然失重腾空,人就落在了江锦上怀里……

"五哥。"唐菀瞬间睡意全消,"你快放我下来。"

"别乱动。"

"我很重。"

"再重不过就是个姑娘,我抱得动。"

"可是……"唐菀咬牙,她又不是不能走,哪里需要人抱啊。

"菀菀。"

"嗯?"唐菀手足无措,几乎不知该如何自处。

"我喝酒了。"

"我知道。"刚进门,她就闻到了。

因为两人位置问题,他每次呼出的热气,好巧不巧就落在她脸上,酒气又热又熏人,加上他低迷喑哑的声音……

"你抱着我,我怕摔着你——"

唐菀觉着自己心跳快得不正常,距离濒死怕是只有一步了。

夜,静谧,沉得幽邃,外面北风扑朔,屋内暖气却热得让人浑身发燥。

唐菀整个人被江锦上打横抱在怀里,他的呼吸落在她额角上,可能是酒太烈,吹得她大脑缺氧,身子也酥了。

"你抱着我,我怕摔着你——"声音从头顶幽幽传来,温缓得让人头皮发麻。

可唐菀却并没理会他,他也没继续再说,反而是抱着唐菀朝她那屋走。

只是走到了半路,他可能真的是酒喝了太多,抱着她的手,莫名一抖,唐菀感觉自己身子瞬间失去了依托,整个人都在往下滑。好似马上就要摔了。

人本能的反应让她立刻伸手抱住他的脖子,周围静得好似能听到心跳声。

也不知是谁的,急促得好似擂鼓般,撞击着耳朵,像是生生要把谁的肋骨挤压得变了形。

唐菀惊魂未定的时候,头顶却传来某人低低的笑声。

江锦上做事有分寸,喜怒不形于色,就算有些小情绪,微笑嗔怒,表情都是淡淡的,极少笑得这般放肆。

她略微仰头,看着他。

"你在怕什么?"他声音被酒烧得有些嘶哑。

"你还是放我下去吧,我的腿不麻了。"

"就算摔倒了,我也会垫在你下面的,不会让你受伤的。"他尽量让自己声音放缓,可嗓子哑了,如此刻意地放慢语速,无意之间,反而更撩人了。

唐菀双手环着他的脖子,两人距离无形中拉得太近了。

江锦上抱着她往衣柜前走,唐菀按下按钮,柜子随之移开,他便抱着她,朝着床边走去……那感觉,莫名让人心跳加快。

只是到了床边,却出了意外,唐菀是想让他半路将自己放下来就行,可他喝了酒,硬要坚持,怎么说都没用。

可对于一个喝了酒的人来说,压根把握不好什么叫做分寸。

他原先的设想,就是把她放在床边坐下,这就需要他稍稍弯腰才行……

可江锦上略微俯低身子,唐菀连屁股都没挨到床,天旋地转间,只觉得江锦上整个身子压过来。

唐菀感觉到唇角被什么轻轻碰了下,她呼吸一沉,搂着他脖子的双手,下意识就收紧了。

亲到了!

江锦上眸子更深,看着她,四目相对,却没抽身离开,就这么挨着她。

一时间,两人都没动弹,就这么看着,空气都仿佛凝滞了。

一侧的万岁爷,从龟壳里,探出脑袋,盯着看了一会儿,又缩进去睡觉了。

非礼勿视!

唐菀眨了眨眼,心跳加速。后面俩人互道晚安,各自休息。

这一夜,很多人难以成眠。

吃早饭的时候,大家好像都察觉到这两人关系似乎有些微妙的变化。

江锦上瞧着唐菀一个劲儿在喝稀粥,给她夹了个蒸饺放在面前的盘中:"今天的蒸饺很不错。"

"谢谢。"

"你今天有什么安排吗?"

唐家是来给老爷子看病的,所有安排都是围绕着他转,压根没有私人行程,唐老如果没事,唐菀就很闲。

"没有。"唐菀低声说。

"待会儿抽几分钟给我,我们聊一下昨晚的事。"

昨晚?所有人瞬间眼睛亮了下,毕竟,三楼就他们两个人,孤男寡女的,又是大晚上,难免会让人浮想联翩。

江锦上神色泰然,唐菀却不知想到了什么,耳朵瞬时变得血红。

这一幕更加剧了大家的想象。

加上两人看着都没休息好,大家不自觉地就想歪了,一时间,餐桌上的气氛变得更加微妙。

唐菀吃了饭,几乎是落荒而逃,狂奔回了三楼!

"我也吃好了。"江锦上紧跟着往楼上走。

老太太笑得合不拢嘴,所有人皆是神色各异,只有江江不明所以,看向江宴廷:"爸爸,二叔和二婶怎么啦?"

"大人的事,小孩子别问那么多。"

"为什么小孩子不能问,是羞羞的事吗?"

唐云先原本脸色就不大好，一听这话，攥着筷子的手指忍不住抖了两下。

"吃饭！"江宴廷说着，舀了一勺胡萝卜丁放在他碗里，江江小脸瞬时就垮掉了。

唐菀知道江锦上随着自己上来了，两人在房间门口停住了脚步，四目相对，气氛微妙得有些诡异。

江措和江就站在不远处。

"爷和唐小姐到底发生了什么？早上也是从各自房间出来的啊？"

"房间互通，从各自房间出来，不等于昨晚就在各自房间休息。"江就推了下鼻梁上的眼镜。

江措张了张嘴："我去，江就，真没出来，你居然是这样的人。"

"客观分析。"

唐菀站在房门口，对面的人不说话，让她显得有些局促。

"其实我知道昨晚的事，只是一个意外，你不用放在心上，我们就和以前一样相处就行。"唐菀率先开口，她觉得作为女生说这样的话，已经足够大度了。

"你的语气这么随意，是经验很多？"江锦上挑眉。

说起来，他从未过问唐菀的过去，他没参与的二十多年，是否有男人曾介入她的生活，他并不知道。

他们有些事，并不会如实告诉长辈，所以唐老的话，有可信度，却并不一定百分百准确。

"经验？"唐菀声音略显诧异。

"对我来说，你是第一个。"江锦上敛着眉眼，认真看她。

"初吻？"唐菀都不敢直视他的眼睛。

按理说，发生这样的事，通常女生才是吃亏的那方，怎么他俩的处境正好颠倒了？

"你不是？"江锦上反问。

"我……"

唐菀刚想回答，江锦上猝不及防地靠近，吓得她呼吸一沉："在我之前，你还有别的人？"

"没有！"唐菀心头一跳，脱口而出。

"我也是。"江锦上冲她一笑。

除你之外……再无别人。

那种感觉太微妙了，就好似两人间有电流簌簌作响，让她整个人瞬间就变得阳光明媚起来。

"今天要不要出去？带你出去转转？"江锦上询问。

唐菀原是打算跟着江锦上出去的，却在一楼被老太太给拦住了。

"小五，你俩都在一起腻歪这么多天了，今天就不能让菀菀陪陪我？"老太太那语气还显得有些委屈。她本就没孙女，孙子也不贴心，好不容易家里来个姑娘，住了这么多天，也没好好说上话。

"不能。"江锦上直接回绝。

倒是把老太太逗得一乐："就一刻都不能分开啊！"

反而把唐菀给羞得无地自容："奶奶，我今天陪您。"

江锦上再想说什么，唐菀用胳膊肘抵他，示意他闭嘴，他便没再说话。

这一幕落在老太太眼底，那感觉就不一样了，江小五是她看着长大的，久病乖张这话并不是空穴来风，那是真的张狂，压根不会听劝，更别提听话了。

发现有人治得住他，老太太自然开心。

"待会儿我带你去梨园听戏，中午咱们在外面吃饭。"老太太笑着看着唐菀。

"嗯，您安排就好。"

第十三章 挑衅，高人一等的圈子

唐老身子骨毕竟不好，术前这段时间，虽没住院，也需要静养，没跟着一块儿去，范明瑜就留在家照顾着，唐云先对京剧本就没什么兴趣，自然也没去。

老太太明显想和唐菀独处,江锦上犯不着跟着,带着万岁爷在家晒太阳。

唐菀帮一些唱京戏的人做过头面,对这个行当有所了解,倒也听得懂,去梨园听戏并不觉得乏味。

这不是京城最大的一处梨园,但绝对是最高端最雅致的。不仅是装潢布局,连格调也不同。

唐菀这一路上,一直担心老太太会问昨晚的事,忐忑不安,没想到两人一直在聊别的,譬如她以前上学、生活的情况。

老太太又不傻,看两人的反应和小动作就知道,昨晚肯定发生了一些难以宣之于口的事情,估摸着是有进展了。

只要他俩发展顺利,具体进度如何,她好奇,却并不一定非要知道。

做长辈的,和晚辈接触,把握分寸很重要,知道他们过得好就行,细节什么的,完全不用在意。

今天园子里唱的是一出《贵妃醉酒》。

戏台上的伶人,青衣水袖,唱调抑扬顿挫,老太太手指轻轻叩打着膝盖,听得入神,唐菀听不太懂,倒是盯着有些青衣花旦的点翠头面看得出神。

一出戏结束后,中间有十多分钟休息,老太太看唐菀拿着桌上的笔和便笺纸,垫着桌子,画了几个图样。

她歪头打量着:"对她们的头面感兴趣?"

"嗯,平江那边评弹多,几乎没有这样的园子。她们的头面也特别精致,有许多我没见过的款式。"

"那我回头和他们说一下,让你去后台看看。"

"这怕是不方便。"

"没关系,我和他们很熟,这东西也不是什么绝密的,看两眼总是没问题的,这点面子我还是有的。"

老太太刚准备叫人过来,就有几个人走了过来,这边算是包厢,却不是传统意义上的那种。

唐菀的角度,正迎着那几个人。模样最出众的,莫过于走在前面那个女生。二十出头的模样,乌发肤白,五官不是过分张扬的那类,却也不小家子气，显得温柔无害。

唐菀见她第一眼，印象最深的，莫过于她臂弯搭着大衣，穿了件素色旗袍，剪裁得宜，束着纤细的腰肢，随着她走动，白皙修长的双腿在开衩下若隐若现，倒也有些风情，只是年纪毕竟小，穿不出太多韵味。

京城到处都是暖气，倒是不冷。

"奶奶，您也在啊。"她笑着走过来，声音也是温温润润，端着一副大家闺秀的做派。

老太太抬手扶了下金边眼镜，眯着眼打量，直至她走近才好似忽然回过神："呦，这不是姝研吗？你看我这眼神，年纪大了，看不清人啦，都没看清你。"

"没事，您来听戏也不喊我一声。"

"大周末的，你们肯定有其他安排，陪我这个老婆子干吗。"

跟着她一起来的几个小姐打了招呼后，寒暄客套几句话，就不再说话，显然与老太太并不熟。

"这位就是唐家的那位姐姐吧。"她冲着唐菀一笑。

"介绍一下，菀菀啊，这是小五堂妹——姝研。"老太太搭线。

唐菀随即起身与她打了招呼。

"早就听奶奶说姐姐长得漂亮，今日一见真的是这样，还是南方的水土养人，长得好看不说，声音都格外好听，知道你过来，我还特意去看你，只是你刚好出门，错过了，有点可惜。"

唐菀只是一笑，大概知道，这就是江江之前口中说的堂姑。

她的爷爷和江锦上的爷爷是兄弟，血缘已经隔了两代，最起码她和江锦上等人的关系，应该算不得特别亲近。

老太太开口："你今天也是来听戏的？"

"是啊，这马上就要开始了，那我和朋友先走，奶奶，您和唐姐姐慢慢听，我就不打扰了。"江姝研说话做事倒也得体，也没久留，打了招呼就走了。

老太太喝了口茶，嘴角挂着淡淡的笑，也不知在思量什么。

江家的事，唐菀并不清楚，也没多问。

待下出戏结束，已是一个多小时以后了，老太太特意和经理打了招呼，让唐菀得以去后台近距离看一下点翠的头面。

只是经理很忙，让她稍等片刻，再陪她过去。

"没关系,我自己过去也行。"

"这后台挺乱的,我怕有人冲撞到你。"这经理也不傻,江老太太对她特别照顾,自己肯定也要客客气气的。

"我就看两眼。"

"那我找别人带您,后面园子很大,我怕您迷路。"

"麻烦了。"

唐菀出了包厢等经理指派的人过来。梨园是仿古设计,内部的确九曲十八弯,她等了一会儿,没等到那人,却听到了一阵女声的嬉笑。

"……嗳,刚才江老太太身边那个,从乡下来的野丫头,穿得土不土?"

唐菀挑眉,说的是自己?她下意识看了看自己的衣服,这叫土?

"之前听说是有什么婚约,据说那家还不同意,现在巴巴儿地上京干吗?"

"能嫁到江家还不同意?八成就是故意拿乔吧,不过我看江老太太貌似挺喜欢她的,还带她出来听戏,她知道这是谁家的园子吗?"

"也就姝研脾气好,对她和颜悦色的,我当时都没用正眼看她。"

"人家就是命好呗,而且她之前闹出的那些事,在平江本地的论坛上都能搜到,有的事后来澄清了,我觉得八成不是空穴来风。"

"京城这圈子,三六九等,是谁想进就能进来的吗?"

……

唐菀素来知道京城这圈子水深,可能身处四九城,就是有个京城的户口本,有些人都觉得自己优人一等。

况且是京圈里的人……

只怕看谁都觉得别人低人一等!

唐菀没作声,她不想惹事,参观完后台就回去了,那些人背后的议论,她自是没提,只说这个戏园弄得很专业。

到京城的这段日子,唐菀过得倒也自在。老爷子此时在江家养身体,元旦后住院进行手术,如果一切顺利,年前就能出院。

她最近在京城找到一家做掐丝点翠的门店,可以自己动手实践那种。就好似捏陶土那种小店,顾客给钱,其余东西他们准备,成品出来,也能自己带走。

唐菀惦记着在回平江前,要给范明瑜做个点翠首饰,此时老爷子尚未住院手术，趁着有时间，便经常往店里跑。

她肯定没空陪江锦上，他也没闲着，除却看书就是健身。

就连周仲清都说，他体质好似比以前更好了些。

老太太原打算安排江宴廷相亲，其实也不算严格意义上的相亲，就是想让他多接触些异性，他一直躲着，整天和她玩游击战，差点没把老太太怄死。

眼看12月底，旧的一年马上翻篇，各个地方台的跨年晚会也如火如荼演了起来。

农历新年，全国人民肯定是各自回家，与亲人团聚，所以元旦跨年，不少年轻人会相聚狂欢，作为全国中心的京城活动更多。

"小五啊，你看最近有什么好玩的活动，带菀菀出去转转啊。"范明瑜笑道。

唐菀婉言谢绝："其实在家也挺好的。"

"在家有什么意思，年轻人就该多出去走走，等元旦过后，你爷爷住院了，你想出去玩，只怕也没时间了。"老太太直接道。

"是啊，和小五出去玩几天。"唐老也跟着撺掇。

只有唐云先坐在边上，一言不发。

"对了宴廷，你元旦准备带江江去哪儿来着？"范明瑜看向江宴廷。

"去我以前在国外读书的地方。"江宴廷并不想去，只是江江缠了他快两年，今年生日愿望也是这个，他才答应。

唐菀抿了抿嘴，她记得江宴廷是在国外学的工商管理，后来又读了MBA，他中间可能跳过几级，不过按照时间推算，加上江江的年纪，这孩子应该是在国外有的。

"要不带上你弟弟、弟妹一起！"范明瑜直言，"路上还有人帮忙照顾一下江江。"

弟、弟妹？

唐菀嘴角狠狠一抽，他们家人怎么改口都这么轻车熟路。

范明瑜巴不得让唐菀和江锦上独处，肯定是想方设法给两人制造机会。

江宴廷略微蹙眉，他本身就不大愿意回去，再多两个人，自然更不乐意，刚想回绝……

"真的吗？二叔和二婶跟我们一起？"江江立刻兴奋起来，小孩子还是希望人多热闹的，如果全家都能一块儿出去，自然更好。

"江江,你想不想跟他们一起出去玩?"老太太笑道。

"想啊!"

江宴廷本就不是个话多的人,江江和他单独出去,其实路上是挺枯燥的,多两个人,肯定是不同的。

最起码唐菀总会和他说话,和他的老爸二叔,完全不是一个路数的。

"小五,菀菀,你们的意见呢?"范明瑜看向两人。

江锦上语气温和:"我听菀菀的。"

一瞬间,唐菀成了众人的焦点,面对二老以及范明瑜殷切的目光,唐菀觉得自己如果说不想去,只怕立刻会被群起攻之。

"他们肯定早就计划好了出去,我们临时加入,机票、酒店这些,肯定都很麻烦。"

范明瑜笑道:"这些我帮你弄,你就出去好好放松一下。"

唐菀压根没机会拒绝,元旦出游的事,就被定下来了。

大家回房后,江锦上按了开关,移开了二人卧室之间的柜子。

唐菀其实原本约了闺蜜一起跨年,只是没等她说出这些话,事情就被敲定了,现在只能和她解释一下目前的情况。

"你是不是不想出去?"江锦上单刀直入,"如果实在不想,我去和母亲说一下。"

"也不是不想,就是爷爷马上要入院手术,有点紧张,就算出去玩,估计也放不开。"

江锦上如果去和范明瑜说,就算理由说得天花乱坠,他们肯定也知道,是她不想去,长辈也是好心,又是帮忙订酒店,又是弄机票,总不好辜负他们的美意。

此时江锦上从身后拿出一个信封递给她。

"什么?"

"看看就知道了。"

藏青色的信封,还有火漆印制的标志,打开后,里面是一张邀请函。

"慈善拍卖会?"唐菀蹙眉,拿这个给她干吗?

"每年会搞几次活动,有人真心搞慈善,有人为名,有人图利,不过会展出不少好东西,川北的京家京夫人会拿出几套点翠的首饰,都是未曾示人的珍品。"

唐菀原本对这个什么拍卖会毫无兴趣，只是一听到有点翠，眼睛亮了下，倒是来了兴趣。毕竟能够上拍卖会的点翠，肯定绝非凡品。

"觉得你可能对这个有兴趣，之前就想和你说的。"

"不过要参加，也需要捐东西啊。"唐菀也不傻，这可不是什么免费的活动，都是要花钱的。

"我们家每年都有参加，就算你不去，估计我妈，或者我奶奶也要去跑一趟露个脸。"江锦上解释。

就是说，唐菀去或者不去，江家都是要花钱做慈善的。

"那行。"唐菀这才点头应了。

唐菀想着元旦要出游，肯定就没时间往手工店跑，她想把首饰作为新年礼物送给范明瑜，时间比较紧，所以隔天一早，她就出门去了手工店。

中午回来时，尚未进门，就听到里面传来笑声。

"唐姐姐，我正和奶奶说到你呢，你就回来了，真是巧。"说话的是江姝研，客厅内也只有她和老太太两个人。

与梨园初见的时候不同，她今天穿着大红色毛衣，梳着马尾，喜庆又乖巧。

"江小姐。"唐菀和她不熟，说话自然客气。

"我原本想过来约你逛街的，没想到你不在，又错过了。"

"抱歉，出门有点事。"

"以后有的是机会，菀菀，到我这里坐。"老太太招呼唐菀过去，眉开眼笑，非常热络。

老太太这番举动，倒是惹得江姝研侧了侧眼，却只是笑了笑："奶奶，您真疼唐姐姐。看得我都吃醋了。"

"我不疼你吗？"老太太笑道。

"我不是这个意思，对了奶奶，今年的慈善拍卖，您去吗？如果您去的话，我就蹭您车子一起。"

"大冷的天，我就不去了。现在这种活动，我都不认识几个人，过去之后，那些人生怕我磕着碰着，做事也拘谨，不去添麻烦了。正好菀菀有兴趣，让她去凑个热闹。"

老太太的意思就是：她把自己的名额给唐菀了。

江姝研暗自咬牙，看向唐菀时，脸上却满是笑意。

"那行，到时候我们还能互相照应一下。"

江姝研算是乖巧活泼，做事也知道分寸，很是讨喜。

可能是女人的第六感，唐菀对她却并没什么好感，总觉得江姝研这个人待人做事，似乎总藏着点东西，让人觉得不那么真实。

在江家住了这么些日子，唐菀对江老太太总是了解的，看似和江姝研也很亲近，相处也是分外和谐，却总觉得缺了点什么。

唐菀在客厅陪着聊了几句，后来借口换衣服，就上了三楼。

她以为家里没人，进屋后，发现与江锦上卧室间的柜子是移开的。家里来了客人，他却在卧室，带着乌龟晒太阳？

万岁爷慵懒地爬到人造沙滩上，找了个最舒服的位置趴着。

"回来了？"江锦上看向她。

唐菀脑海里瞬间蹦出一个想法，他就好像……在等妻子归来的丈夫。

也不知从什么时候开始，两人关系已经熟络到了这个地步。

"嗯。"唐菀以为他不知道江姝研在楼下，提醒了一下，"你堂妹来了。"

"我知道。"家里来人，他怎么可能不晓得。

"你没下去看看？"

"又不是没见过，有什么可看的。"江锦上轻笑。

唐菀听他语气并不是很好，再对比江江提起这个堂姑的表情，她自然清楚，其实他们的关系并不亲近。

至于为什么不亲近，这是江家的私事，她也没多问。只是走过去拨弄了两下乌龟，弄得万岁爷很不自在，挪了挪身子，趴到另一处，继续晒太阳。

江锦上出声提醒："我不是很喜欢她，如果她主动和你说话，或者约你出去，自己多留一个心眼。"

她隐约感觉到，江家兄弟俩从没提过这户亲戚，可能是关系一般，却也没想到他会如此直接地提醒自己。

"我和她也不熟。"唐菀小声说着。

两人也没什么交集，她想不出自己会被针对的理由。

江锦上却没作声，总之不惹着他，自然天下太平。

"对了，出国日期和酒店行程都安排好了，你要看一下吗？"江锦上转移话题。

"不需要，你们安排就行。"唐菀还是很信任江家人的，她捏着虾干，正逗万岁爷吃东西。

万岁爷刚准备伸出脖子咬虾干,却忽然看到江锦上笑了,把头缩进龟壳里,再也不肯出来。

"它怎么不吃了。"唐菀蹙眉。

"可能吃饱了,不饿。"

"刚才哄它还出来的。"

"所以给它取名叫万岁爷,脾气大得很,别惯着它,而且乌龟饿上几天也没事。"

万岁爷:……

第十四章
护短,这是我的人

元旦前,唐老的手术日期确定了下来,唐云先回了趟平江,公司年终,他也积压了一堆事。

大家各有奔忙,就连江江都在为过年时的足球比赛进行各种训练,只有江锦上比较闲……除却看书运动,就是带着万岁爷晒太阳。

慈善拍卖会前夕,唐菀还在手工店制作首饰,她给范明瑜制作的一副点翠耳环,已经进行到最后阶段。

她经常来店里,老板本来以为就是个普通客人,没想到一连来了多日,新手还是行家,只要看他们第一次摸东西的姿势就懂了。

唐菀明显是内行人!

慈善拍卖晚会当天,唐菀原本已经和江锦上约好时间去试礼服,然后直接去拍卖酒店,只是临时接到了手工店老板的电话,让她过去一趟。

"唐小姐,你的首饰已经做好了,你什么时候有空来拿一下。"

唐菀做好掐丝点翠后,后面镶嵌用于佩戴的部分由老板帮忙。

"我明天过去行吗？"

"明天已经是30号了，我们元旦关门放假，只有上午开门，那您明天趁早来吧。"

这个手工店距离江家不算近，去一趟走高架，需要近两个小时，明天上午可能时间太赶了。

"那我现在过去吧。"

"那我等你。"

唐菀挂了电话才通知江锦上。

"我们约了下午4点去试衣服化妆，你现在出门，时间还来得及？"江锦上看了眼腕表。

"那你把地址给我，到时候我们直接在那边碰头。"

"我陪你去吧。"

"不用，来回折腾也挺麻烦的，你直接过去，先等我就好。"自打江锦上前些日子半夜犯病，唐菀下意识会注意，生怕他太辛苦。

"那我让江揩陪你，这总可以吧。"

"嗯。"

唐菀收拾了东西，便匆匆出了门。

因为路遇堵车，她到店里的时候，老板正在教一个顾客制作首饰。他们是小本经营，没几个员工，大多数时候都是老板亲自上阵，唐菀也不急，坐在一边等了下。

江揩负责开车，他以为唐菀取了东西就出来，最多加上付款的时间，也就几分钟，就没熄火下车，将车靠在路边临时停车点，安静等着。只是快十分钟了，还不见她出来，他略微蹙眉：不就是取个东西吗？这么慢？

他紧盯着门口，却没想到，看到了熟人进门。

"不好意思，我们现在有点忙，你们可以随便看看，或者找个地坐一下。"老板看到有客人进门，立刻招呼上。

"没关系，你忙，我们就随便看看。"

唐菀在这里等着也是没事，看到一个小朋友在弄点翠，就偏头过去指导了一下，感觉声音熟悉，忍不住抬头看了眼。

"唐姐姐，怎么那么巧，居然会在这里碰到你。"

来的人真是江姝研。

她边上还有个女孩，看着年纪不大，短发，妆容精致，瘦高，留着干净利落的短发，总给人一种锋芒毕露之感。

"嗯，是挺巧的。"唐菀礼貌性地冲她们点头，算是打了招呼。

"唐小姐，真是抱歉，我这一忙，差点把你的事情忘了，你等一下，我马上给你打包，需要礼盒对吧。"老板也是忙糊涂了。

"不急，你慢慢来。"唐菀笑道。

"你也来买东西？"江姝研走过去。

"唐小姐是来做首饰的，她手艺特别好。"老板看两人似乎很熟，也就直接说了。

"特别好，那和你比呢？"江姝研笑着打趣道。

老板直接说："可比我好多了，这是实话，这要不是她很忙啊，我都想拜她为师了。"

做生意夸顾客，肯定是各种彩虹屁，这话听着也不知是奉承还是真的，倒是有几个常来的顾客，对唐菀还算熟悉的，说了两句公道话。

"唐小姐手艺是真的好，上回一眼就看出我的毛病了。"

"老板，你再不努力，唐小姐要是和你抢饭碗，你怕是要失业了。"

手工店内一时气氛颇好。

"你来买东西？"唐菀打量着江姝研，因为她还提了几个购物袋，一看就知道收获颇丰。

"嗯，这家店东西比较别致，和我朋友来看一下。"江姝研笑道，"老板，不好意思请问一下，洗手间在哪里？"

"在二楼，楼梯上去左拐就是。"

"谢谢。"江姝研说着就往楼上走。

唐菀这边又给小朋友指导了一下，准备离开的时候，江姝研的朋友走过来，状似无意地偏头看了眼，却差点打翻了桌上的颜料盒。

"抱歉。"

"姐姐，没关系。"小朋友倒是无所谓地笑了下。

"这个是做什么用的？"

"给羽毛染色，然后贴在这个里面……"小朋友指着自己的作品，颜料是用于给鹅毛染色，进行点翠用的。

"唐小姐，其实这些羽毛再好，颜色调和得再逼真，那终究都是假的对吧，不可能和翠羽相提并论。"她看向唐菀，忽然一笑。

唐菀与她并不熟，却分明感觉到了她对自己的敌意，却还是礼貌性地点头应了声:"是不能比。"

"所以麻雀就是披了一层凤凰的羽毛,那也终究是麻雀,变不成凤凰。"

唐菀没作声,倒是老板察觉到了那边的异样:"唐小姐,您过来一下,看选择哪种颜色的缎带包装比较好。"

唐菀应声走过去,两人擦肩而过的时候,她还故意挡了路,撞了一下她的肩头。

挑衅意味十足。

"抱歉啊。"她笑着。

"没关系。"唐菀压根没搭理她,直接去柜台选了一条缎带,就盯着老板打包。

那个女生一声哂笑,却没放过她,居然又走了过去。

唐菀余光瞥见她走了过来,神色却没变,倒是老板一直在观察两个人,毕竟是在自己店里,起冲突吓到其他客人,肯定影响特别差。

她走到唐菀身边,笑着说:"这缎带挺好看的,盒子也高端大气,只是这里面的东西……"这毕竟不是高奢品牌的店,东西并不贵。

"包装得再精美,也盖不住它的廉价。所以有些人不管打扮得多么光鲜靓丽,这骨子里的东西也变不了,你说对吗?唐小姐。"

这话简直傲慢无礼,挑衅意味十足。

唐菀神色如常,倒是老板倏地就涨红了脸,他店里东西的确不能和高奢比,可直言廉价,不就是在打他的脸。

"唐小姐,您怎么不说话?"她笑着看向唐菀。

唐菀低头弄着缎带,并没说话,她长相本就是温婉娴静那种,看着就乖巧,好似那种受气也会忍气吞声那类。

"我听说江家老太太挺喜欢你的,还想让你嫁进江家?你们唐家在平江可能排得上号,到了这里,就是什么都不是,不要总是奢望着那些不属于自己的东西。别人对你好,也不能得寸进尺是吧。你说京城这么大,什么样的名媛找不到。"

老板也不傻,看得出来这姑娘就是故意针对唐菀的,自己不过是无端被波及,可不了解情况,他连劝架都不知怎么开口。

这个短发姑娘,攻击性太强。

"庄娆,你们在聊什么?"江姝研从楼上走了下来。

"没什么啊,随便说了两句。"庄娆瞬时又变了一副嘴脸。

"你还有什么想看的吗?如果没有,我们去别家吧。"

"嗯。"

"唐姐姐,那我们先走了。"江姝研与唐菀道别。

唐菀笑着应声,自始至终保持着极好的风度和教养。

待两人离开,老板才长舒了一口气,他真怕两人在他店里掐起来。

"吓到了?"唐菀笑着调侃。

"是你朋友吗?她怎么……"老板直摇头。

"不好意思,给你造成困扰了。"那人显然是冲着自己来的,刚才她说的两句话,已经引起店内不少顾客的注意了。

"又不是你的错,你道什么歉啊,你的东西已经好了,不好意思,让你等这么久。"

"没关系。"

"我还真怕你们在我店里就……你也是脾气好。"老板将包装好的首饰递给她。

唐菀只是一笑,付款结账离开,直至上车,还保持着良好的风度教养,就好似什么都没发生一样。

江措偏头打量着她:"唐小姐,刚才里面没发生什么吧?"

"能发生什么?"唐菀嘴角微微扬起,可是那笑容却未达眼底。

"没事,我就随便问问。"

"刚才和江姝研在一起的人,你认识吗?"

"认识,叫庄娆,两人关系不错。"

"她是不是喜欢二爷或者是五爷?"

"唐小姐,您别开玩笑了。"江措好像听到了什么笑话,"她是出了名的爱玩,没男朋友,身边也不缺男人那类,她只是和江姝研关系不错,连我们家的门都没进过,跟我们爷也没见过,哪里来的喜欢。"

"是吗?"唐菀眯眼,看向窗外。

"二爷那边的情况我不清楚,咱们爷深居简出,认识的异性屈指可数,他平时也不出门,别说认识了,整个京城见过他的都不多,除了您,我还没见过他和哪个异性这么亲近过。如果真的有人敢说,她和我们爷很熟,是他的红颜知己……我可以很负责地告诉您,都是假的!咱们爷身边除了几个亲人好友和我们,就剩一只龟了,就是万岁爷也都是公的。"

江措生怕唐菀误会了什么,一直在解释,可是唐菀偏头看着窗外,

75

也不知听进去多少。

刚才那个叫庄娆的人，一上来攻击性就很强，后来又提到她与江家的事，她原本还以为会是江宴廷或是江锦上的爱慕者。

这世上的确有一些无缘无故的欺负，比如某些校园霸凌，可能就是觉得看不顺眼。那也不至于第一次见面，火药味儿就这么重吧。

而另一边，江姝研和庄娆刚找了一家咖啡店坐下。

"姝研，我看那个唐菀也不怎么样，你也把她捧得太高了，说得如何如何好，今天见到，也就那样嘛，终究是乡下来的，上不了台面。"

江姝研低头搅动着咖啡："唐姐姐人不错的。"

"人怎么样我不知道，脸皮倒是挺厚的，她家穷到已经住不起酒店了，非要赖在江家？那就是奶奶喜欢她，想留她多住两天。要是我，我可不好意思。"庄娆嘴角露出一抹讥讽的笑容，"真不懂你奶奶看上她什么。"

江姝研只是垂头："比较会讨老人家开心吧。"

"然后就想让她当自己孙媳妇儿？从老人家下手？她倒是挺会的。"

"你别这么说，其实唐姐姐人蛮好的。"

"我一看她就知道不是什么好东西，我听说在梨园的时候，老太太还特意让经理带她去后台观摩，现在年轻人有几个喜欢听京剧的，还去后台参观？倒是挺会来事的。"庄娆道。

"去后台？梨园那边也让她去了？"江姝研好像第一次听说这个，还有些诧异。

"一般人肯定不给啊，老太太的面子肯定要给吧。"庄娆轻哂，"对你这亲孙女也没这么疼爱吧。"

"可能她和奶奶比较投缘吧。"

"我跟你说，你就是不会来事儿，这年头啊，爱哭的孩子才有糖吃，我看她啊，这种人看着不声不响的，手段多得很。"

"不会的，唐姐姐不是那样的人。"江姝研咬唇。

"老太太就连慈善晚会都不去，把名额给她参加，真不知道被灌了什么迷魂汤。"庄娆轻笑，"能去参加晚会的，非富即贵，你相信我，她绝对不会安分守己的。保不齐是在给自己找后路，毕竟除了江家，京城还有其他显贵。"

"庄娆，你别胡说！"

江姝研似有愠色，好像真心为了唐菀抱不平。

庄娆轻笑："姝研，你说你怎么就那么容易相信别人啊，我之前在网上查过她，她后妈都被她搞到坐牢了，很有手段。刚才在店里，我故意试探，你猜怎么着，居然一个屁都不敢放。欺软怕硬，知道这里是京城，不是那个乡下，能让她为所欲为。"

"你还试探她了？"江姝研一听这话就有些急眼了。

"要不然，你真以为我在和她聊天啊？"

庄娆高傲地说，从她眉宇神色也看得出来，她压根瞧不上唐菀。

"你这么做，我以后怎么面对她啊！待会儿慈善拍卖会，见面的时候，你跟我一起和她道个歉。"

"姝研，你别傻了，你还真以为人家是感激你吗？"庄娆轻哼，"我跟你说，这种人我见多了。"

"你现在被她骗了，老太太这么喜欢她，就算她以后嫁不进江家，保不齐老太太一高兴，连财产都能分给她。"

"行了，我不想和你说这个……"

"你这样以后要吃大亏，待会儿拍卖会，我就让你看看她到底是个什么样的人。"

江姝研直接起身："我去个洗手间。"

"姝研，江姝研——"庄娆气急败坏。

江姝研到了盥洗室，洗了个手，擦干净水渍，便拿出粉盒与口红，略微补了个妆。

这唐菀好像和了解的不太一样，在平江，似乎是个挺厉害的主儿，怎么今天试探一下，居然一声不吭。如果真的是这样，那就太没意思了。

口红落在江姝研的嘴上，显得红艳又危险。

而唐菀此时已经到了与江锦上约好的店内。

"你等很久了吗？"

"没等多久。"

江就站在边上，抬手推了推鼻梁上的眼镜，也是真的没等多久，大概也就……

两个小时十五分罢了。

"节约时间，我提前给你选了几套衣服，你先去试试。"

"嗯。"唐菀点头，进了试衣间，江措立刻走到江锦上身边。

关于遇到江姝研和庄娆的事，他已经汇报过了，又说了下两人在车里的对话。

"……情况大概就是这样，我当时想熄火去店内看看情况，不过江姝研她们就出来了，我也就没进去，好像也没发生什么。"

"没发生什么？"江锦上挑眉，"菀菀不是个爱八卦的人，要不是出了事，她不会打听庄娆的情况，还特意问她与我和大哥的关系。"

"您是说……"江措可没想那么深。

江姝研这把刀选得挺好，用得倒是很顺手啊。

江锦上没作声，直接朝着试衣间走过去。

到了试衣间门口，原本站在外面的服务生都退到了边上。

他们这些店平时什么人都接待，不议论，不八卦，少说话多做事一直是他们做事的准则，所以唐菀和江锦上一块儿来，他们也是如常接待。

唐菀此时在试衣间里，倒是有些郁闷了。她之前并不知道参加这个活动，还要穿礼服，最近在江家伙食太好，毫无节制，导致礼服穿上后，居然觉得有些勒得慌。

她打开试衣间的门："能不能请你帮我拿大一码……"

"小了？"江锦上就站在外面。

"感觉有点紧。"唐菀稍微扯了一下裙摆，走到了镜子前。

"礼服应该不小，如果再大一号，就会特别宽松，反而不好看，您后面好像没弄好，整理好的话，应该是合身的。"

服务员虽然在说话，可江锦上在边上，她就没动。

"我帮你。"江锦上走到她身后，伸手给她整理了一下。

唐菀站在镜子前，好像在看自己，也好像在看他。

礼服是有些贴身的设计，江锦上帮她整理，难免会有一些身体上的碰触，温热的手指若有似无从她后背滑过。

唐菀因为穿着礼服，腰背本就绷得笔直，却因为他的触碰，整个人都僵了。

"别紧张，放松点。"这么近的距离，江锦上可以清晰感觉到她的僵硬。

唐菀闷声应着。

在长辈眼里，他们是试婚的关系，难免会有一些亲昵的举动，只是牵手这些动作，总归和现在处境不同。

尤其是他手指忽然碰到后腰一侧时，就好似触碰到了她的命门，惹得她身子忍不住颤了下。

"已经好了，你现在看一下。"

江锦上站在她后侧，距离很近，削肩设计的礼服，肩头露在外面，似乎隐约可以感觉到有气息吹过……有点痒。

唐菀照了下镜子，江锦上眼光很好，礼服的确很漂亮，整理后，好似也没那么紧了。

"如果觉得不舒服，再试试其他的。"江锦上打量着她。

"现在感觉好多了，可能是最近有点胖了。"

"很漂亮。"

她在看镜子，江锦上站在她后侧，似乎也在看镜子，却又好似是在看着镜子里的人，也不知说的是衣服漂亮，还是人漂亮。

"今天出门，是不是被人欺负了？"

唐菀原本正对镜整理衣服，听到这话，虽然在管理表情，可眼底一闪而过的错愕还是被江锦上精准捕捉到了。

"怎么可能，谁会欺负我。"

唐菀不是个爱打小报告的人，可莫名其妙被人攻击，唐菀嘴上说不在意，这心底肯定也堵得慌。

她看得出来老板很怕她们起冲突，自己出口气可能心里是舒服了，吓走了客人，或者造成什么损失，都得那个老板承担。

况且她此时住在江家，那个人又是江姝研的朋友，犯不着让江家人难做，思来想去，她也就忍了。

江锦上就好像看穿了她的心思，略微俯低身子，靠过去，下巴几乎要贴在她的肩颈处。

"就和在平江的时候一样，你想做什么都可以。总之遇到任何事，都别委屈了自己，再不济，我还在你后面。"

唐菀手指略微收紧，明白了他的意思，更觉得心底像是被一股暖流冲刷过，方才的那点委屈难受，瞬时就烟消云散了。

"这件衣服还满意吗？如果觉得不舒服，我们再试试别的。"

"你不试衣服？"

"男人的衣服就那么几个款式，没那么多讲究，我已经让人拿去酒店那边，去那边再换。"

选完衣服，还要做头发和化妆，倒是费了不少时间，弄得唐菀反而有些不好意思。

京城丽晶大酒店里，虽说是慈善拍卖，可美酒舞池倒也一样不少，说是来搞慈善，也能变相地认识不少人。只是没弄红毯这些噱头，有些不愿受人打扰的，不想交际应酬的，都会选择从后门进入，直接去大堂等待拍卖会开始。

江锦上这群人在京城熟人多，唐菀也插不上话，便说先去拍卖厅等着。

"我陪你？"江锦上不太放心留她一个人。

"我又不是小孩子，你陪朋友吧。"

唐菀说着进了拍卖厅，找到位置入座，这原先是江老太太的邀请函，位置非常靠前，周围又都是空位，她刚出现时，因为是生面孔，原本已经很惹人注意了。当她坐下后，便瞬间成了别人的焦点。

江姝研那群人还没到拍卖厅，关于唐菀的讨论声已经传了过来……

拍卖厅内，唐菀位置在最前面，大家也都压着声音，她自然听不到，只是低头翻看拍卖物品的清单，将自己感兴趣的几个编码记了下来。

"坐江家位置上那个就是平江唐家的姑娘吧，长得真标致，难怪江家老太太喜欢。"

"文文静静的，就是看着好像话不多。"

"刚才从我边上走过去，我看得很仔细，是真的漂亮，水灵灵的，都说平江水土养人，这话啊，半点不假。"

"……"

所有人各有目的，看唐菀也是存了不同的心思，就算心里犯嘀咕，也不会在大庭广众之下说，担心落人口实，得罪江家。

所以江姝研她们进来时，听到的所有话，都是褒奖之词。

"呵——看到没，这就是本事。"庄娆轻蔑，"那位置也是她能坐的？她倒是心安理得。"

"行了，赶紧坐吧。"江姝研寻了位置准备坐下。

"她那位置，本来应该是你的，她有什么资格坐啊，你等着！"庄娆说着就朝着唐菀走过去。

不少人是认识庄娆的，出了名的泼货，见她是奔着唐菀去的，纷纷看过去。

唐菀原本正低头看拍卖目录，余光瞥见有人在自己面前站定，挑眉看了眼——怎么又是她。

"怎么？看到我很意外？"

庄娆之前在手工店欺辱她，唐菀愣是没说话，这让她误以为，唐菀就是个可以任她揉捏的软柿子，在外面尚且不敢发作，现在诸多名流贵绅在，唐菀肯定更尿。

还想在京城混？今天我就让你臭名远扬。

所以她刻意提高了声音，生怕别人不知道她俩起了冲突。

"这位置是你该坐的？别以为老太太喜欢你，就真的把自己当个人物了，这位置原本也不是你的。"

庄娆说了半天，唐菀却压根没理她，这让周围人忍不住议论起来。

"这是干吗啊？故意找茬？"

大家都是下意识会同情弱者，唐菀长得本就温婉柔和，与庄娆这种烈性子对比，自然更显得弱势。

庄娆原本就是想找茬，让她难堪，没想到大家议论的不是唐菀，而是她胡搅蛮缠。

"好了庄娆，赶紧走吧，唐姐姐，抱歉啊。"江姝研站出来当好人，拉着庄娆就走。

可庄娆目的没达到，却被人说是无理取闹，自然更是有些气急败坏。

"唐菀，你别以为不说话，装可怜，就能博人同情！"

她离开前，抬手想打落唐菀手中的拍卖单。"啪——"一声，清单没掉，唐菀手指却猝然收紧了。

"乡下来的野丫头！"

江就站在边上，一直观察着那边的动向，他离得远，拍卖厅人多嘴杂，他只能看到两人在说话，一时没摸清状况，并没上去。这一看到庄娆出手了，刚要近前，就看到唐菀从位置上站了起来。

江姝研拽着庄娆已经往回走了两步，却听到后面传来一道女声："站住！"

这声音绵软，却又透着一股子笃定和韧劲儿。

庄娆原本几拳打在棉花上，正憋闷，没想到唐菀会主动站出来，冷哼一声，扭头看她。

"怎么着，你还有话说？"

81

"今天我才知道,教养这东西,并不是人人都有的,有些人穿得光鲜亮丽,却也藏不住那颗丑陋又卑微的心。"

庄娆瞳孔微震,毕竟她欺负过唐菀,之前唐菀闷声不响,刚才也没作声。

对方突然发难,她一时没反应过来。

"乡下来的野丫头?"唐菀轻笑,"庄小姐,你家往上数三代,就是土生土长的京城人?你到底哪儿来的优越感!"

"三番两次挑衅,你真当别人是没脾气的?我瞧你这般模样,估计平时没少仗势欺人,你若有本事,就去挑着那些厉害的人挑衅,欺负我算什么本事?或者是,你也只能在我身上找点优越感?"

"唐姐姐,你别生气……"江姝研一看两人吵起来,心底一喜。毕竟一旦发生了争执,事情闹大,就没有谁是赢家,她倒是可以坐收渔翁之利,塑造个好人的人设。

"其实庄娆也不是故意的,这么多人在,你消消气……"

"我和你说话了吗?"

唐菀挑眉看她,嘴角带笑。

"什……什么?"江姝研愣了下。

"我在和你说话吗?你站出来想做什么?"

江姝研没想到唐菀会瞬间把矛头对准了自己。

"不是,我就是不想看到你们发生争执而已。"江姝研脸上表现得无辜震惊,心底却气疯了,这唐菀怎么是个不按套路出牌的人。

唐菀冷冷一笑:"这已经不是第一次了,今天下午我们在外面碰到,当时她挑衅于我,你不在,这件事可能就与你无关,可是刚才发生的事,大家也都看到了。我坐在这里,什么都没做,她主动跳出来,口出恶言,这也就罢了,最后居然还动手了。你作为她的朋友,既然这么好心,想维护世界和平,你干吗不早点跳出来?"

江姝研小脸一阵青白。她今天穿着白色的小礼服,长得本就清新脱俗,打扮也是精致可人,此时脸上的笑容却再也挂不住了。

"唐菀,这件事和姝研没关系,你有本事冲我来,你针对她干吗!"庄娆觉得自己拖累了好朋友,自然要跳出来。

"我说错了吗?"唐菀冷笑道,"相比较我说的话,你说得好似更加过分,她要是真想劝架,干吗不早点站出来。我已经被说得体无完肤,她出来劝和,现在我气不过,想为自己辩驳两句,她却说得好似是我在欺负你。我不知道该说她做人圣母,还是做事双标!"

江姝研怎么都没想到,唐菀这把火,第一个被烧的,居然会是自己。

"唐小姐说得不错,一起来的,想劝架早干吗去了。"

"听说江老太太很喜欢她,江姝研心底有点意见也正常,谁没点小心思啊。"

"这唐小姐也真敢说。"

江姝研站在原地,双手收紧,小脸更是涨得通红,一时竟不知该怎么反驳。唐菀这番话,倒是把庄娆给彻底惹怒了,她本就是个急性子,禁不住别人煽风点火,一看好友被牵累,气不过,抬手就想打她。

"天啊——"周围有人惊呼。

江就站在边上,倒是半点未动。他早就见识过唐菀的厉害,身手算不得好,但对付庄娆应该是绰绰有余。

众人本以为唐菀今晚定然是要吃亏了,毕竟庄娆是出了名的泼货,没想到她抬手将手中的拍卖单甩过去,庄娆眼前一花,身体就这么生生停滞了一秒钟。

随后她的侧脸一阵剧痛,伴着清脆的掌掴声。

"啪——"

整个拍卖厅都归于死寂。

为了营造气氛,室内灯光本就暗,大家都没看清方才到底是谁动了手,只瞧见庄娆脸被打得偏向一侧。

唐菀就这么站着,面色冷寂。

江姝研也是怎么都没想过,唐菀会动手,她以为庄娆被惹急了,今晚唐菀肯定要吃大亏,没想到……

"你……你居然敢打我?"庄娆伸手小心翼翼碰了下脸。

短暂的麻木后,她半张脸都火辣辣的疼。

"打你怎么了?"唐菀轻哂,她今天穿了一身黑色礼服,一时之间气势惊人,完全不复刚才温婉贤淑的模样。

"先动手的是你,不过没打到我罢了,就允许你出言羞辱别人,动手打人,别人却不能碰你?难不成你还比谁更娇贵些?打你就打了,还要分时间?"

本就是庄娆动手在先,理亏,现在被打了一下,又急又恼。可偏生边上所有人似乎都在等着看她笑话,她一时也不知该怎么办。

"现在算来,这是我们第二次见面,下午碰面时,你就出言挑衅,说我配不上江家,我就想问,我配不配,和你有关系吗?刚才又说我不配坐这个位置,那我倒是很想问问你……这个位置是谁的?江奶奶安排我坐在这里,你说我不配,到底是在质疑谁?说她老眼昏花,识人不清?"

庄娆一听这话,身子都僵了。这怎么又扯到江老太太身上了,就她如今在京城的身份地位,谁敢说她半句不是啊!

"唐菀,你别血口喷人,我从没说过这句话!"庄娆特意提高声音,好似这般能给自己带来一点底气。

"你虽未明说,话里的意思却是这个!"

唐菀冲她笑着,那笑意却分明未达眼底,好似倒春寒,冷得入骨。

"你口口声声说我不该待在江家,要有自知之明,别太得寸进尺,我就想问,在你眼里,江老太太,抑或是江家人,都是蠢货吗?!我也就是个二十出头的姑娘,我能有通天的本事,还是那么会演戏,能蒙骗江家上上下下?你觉得我有手段,其实反过来看,就是在说江家人无能!"

这么大一顶帽子扣下来,庄娆整个人都被打蒙了。

她何时说过江家人半句不是了,怎么最后话题会绕到这个上面。

"还有一件事,我想请教你,你说我不配坐这个位置,可能我真的不配……"唐菀自嘲地笑着,"那我想问问你,如果我不配,那这里该谁坐?我和你无冤无仇,真的想不出到底哪里惹了你,是我天生长得惹人厌,还是……你想帮谁出头?"

她这话说完,江姝研再度被推上了风口浪尖。

庄娆和她交好,这是众所周知的,忽然针对唐菀,确实莫名其妙,能和她扯上关系的,大抵也就江姝研一个人了。

"唐姐姐,您说这话是什么意思,你怀疑是我……"江姝研指甲都掐进了肉缝里,气结,却又没法子。

"我只是提出了这么一个假设,因为我很想知道,在庄小姐眼里,我不配这个位置,到底谁更配?"

她问的压根就不是庄娆,而是在敲打江姝研。

这不是敲山震虎,而是敲山,直接打虎!

"今天这位置,我可以不坐,这场拍卖会,我也可以不参加,谁若想要这个位置,尽管来坐。"

众人面面相觑，这唐菀未免太厉害了些。

这位置现在烫屁股，谁都不敢碰一下！

江锦上听说唐菀这边出了事，快步朝着拍卖厅走去。

此时拍卖厅的工作人员一看情况不对，别人不劝架，他们不可以不劝啊，只能硬着头皮走了上去。

"几位，这拍卖会马上就要开始了，你们看这……"

"实在抱歉，给你们带来困扰了。"唐菀本就不想惹事，与他们说话，也是温声细语。

"没事没事，您言重了。"她忽然道歉，反而弄得工作人员不好意思。

庄娆挑衅在先，在场的人本就颇有微词，本就是她欺人太甚，而唐菀此时落落大方的做派，更是博得很多人的好感。

"这丫头性子不错，现在居然还有人搞什么地域歧视。"

"越有教养的人，越不会瞧不起人，你看人家这做派，虽然她们有争执，对别人也还是客客气气的，不波及别人，这就是教养。"

"可不，这庄娆算是丢尽人了，就是不知道，这背后有没有人使坏。"

……

江姝研此时是有口难言，心底憋着口气，吐不出来，更咽不下去。

而庄娆这种急性子的人，本就觉得自己做得没错，被打之后，一看唐菀这做派，再度火上心头。

"唐菀，你装什么装！"

声嘶力竭，活像要生吞了谁。

"行了，我们赶紧走吧。"江姝研今晚偷鸡不成蚀把米，倒是把自己给搭进去了，本就很懊恼了。

"装什么好人，你打我这巴掌，就这么算了？"

"怎么？你还想打回来？"唐菀倒是不惊不惧，那表情分明在说：有本事，你就上来试试看。

唐菀那算防卫反击，庄娆如果现在攻击她，那就是无理取闹。

庄娆是有点蠢，却也不至于这个时候还往她枪口上撞，周围有人劝和，她也知道给自己找个台阶下。

"你等着，我不会放过你的！"

结果她一转头，就撞到了迎面而来的江锦上！

一套简单的西装，半点装饰物都没有，清隽雅致，他整个人气质柔和，水波不兴的眸子更是沉如夜色，五官每一寸都有着造物主精雕细琢般的精致感。

冷白色的皮肤，总给人一种孱弱之感，却又傲气十足。

"二、二堂哥。"江姝研低声道，她事先并不知晓江锦上会来，她以为唐菀是自己到的，毕竟她身侧位置一直空置无人。

江锦上极少露面，在场的人，还真有不少不认识他，听江姝研喊了声，这才反应过来。

"五爷？"

"好像是的，以前江家老爷子过世，奔丧的时候，我远远看过一次，那时身体不大好，还坐在轮椅上，现在看着，好像好多了。"

"长得和他哥一点都不像啊。"

其实厅内光线昏暗，压根看不清长相，只是庄娆等人离得很近，自然看得清清楚楚。

庄娆认识江姝研许久，还是第一次看到江锦上，心惊之余，却忍不住多看了两眼。

"方才我听谁说，要不放过谁？"

他声线温和，可嘴角那抹弧度，却带着刺骨的冷。

"庄小姐，是你说的吗？"

这般好看的人，忽然站在面前，庄娆眼睛花了，脑子也蒙了，哪儿还记得什么唐菀。

"庄娆！"江姝研使劲抵着她的胳膊，这种时候犯花痴，真是脑子进水了。

"啊……哦！"庄娆方才缓过神。

"爷。"江就此时也走出来。

"发生什么了？"江锦上只是听说唐菀出事，具体情况尚不清楚，自然要问一下缘由。

江就推了推墨镜。

"大概就是庄小姐挑衅在先，出言侮辱，还动了两次手。"

庄娆大惊失色："我什么时候动了两次手！"

"一次试图打掉唐小姐手中的册子，另一次则是想抽她耳光，没碰到，后来唐小姐出于自卫，就打了她一下。"

"你打她了？"江锦上看向唐菀。

唐菀点头。

"就是她打我！我也只是说了两句话，这也太过分了吧。"庄娆忽然就开始向江锦上告状，"五爷，她就是仗着江老太太喜欢，出来作威作福，这种人您也不管？"

"打了哪边？"江锦上看向她。

"左边！"庄娆几乎是下意识以为，江锦上是能帮自己出气的，毕竟他这语气不好，又好似在针对唐菀。

"就打了一下？"江锦上再度看向唐菀。

"就一下。"

"五爷……"庄娆还想说什么，却被江姝研给拦住了。

江锦上的脾气她是熟悉的，久病乖张，早就看透生死的人，要是不相干的人，就是死在他面前，只怕他连眉头都不会皱一下，莫名冒出来……

事出反常必有妖。

江锦上只是看了眼江就。

江就直接绕路走到庄娆面前，她还没回过神，右侧的脸就被打了一下。

江措嘴角一抽！这个没有感情的机器，对面那个好歹是个女人，下手这么重！难怪找不到女朋友。

"下午已经挑衅了一次，这是第二次了吧。"江锦上抬手整理着袖口。

江就太了解他，反手又给了一下，他下手力度和唐菀不同，一掌捆下去，庄娆脸上火辣辣的，甚至出现了短暂的耳鸣。

"你居然打女人？"庄娆哆嗦着，说话都不利索了。

江就点头："在我眼里，只有善恶好坏之分，没有男女之别。"

江锦上垂头，依旧在整理袖口，这庄娆脸都肿了，却好似和他没什么关系一样。

"人是我带来的，庄小姐三番两次挑衅，到底是对她不满，还是对我有意见？或者说，对我们江家有意见？谁都看到她坐在我们江家位置上，你却跑过来出言不逊，你到底是在挑战谁？"

他声音甚至可以称得上悦耳，只是说出的话却字句戳人。

庄娆原本还以为江锦上会帮自己，没想到多挨了两下，居然还要她道歉。

"怎么？不乐意道歉？"江锦上偏头看她，"今天这里人多，看在你父亲的面子上，我也不为难你，明日你来我们家，私下道歉也行。"

私下道歉？唐菀抿了抿嘴，看向江锦上……

这不是想要庄娆的命？

事情闹成这样，压根不差一个道歉，江锦上无非是想帮她出口气，彻底把庄娆那点骨头给折碎了。

而他这个提议，看似是一种体贴关照，其实和逼着庄娆道歉没两样。

今晚发生的事，庄家那边肯定已经收到了风声，私下道歉，势必就不是她一个人单独去江家，教女无方，只怕她父母都得跟着去卑躬屈膝。

现在还能解释为晚辈间的一点小冲动，这一旦扯到了两个家里，性质就完全不同了。

"五爷这招才是最狠的，名义上好像是为她着想，这实则啊……"

"惹江家人干吗啊，这唐菀再怎么说，退一万步说，她和江家人半点关系没有，只要是江家人带来的，那就该避开点。"

"这五爷行事，的确乖张。"

……

"庄小姐，我这个提议如何？"江锦上冲她一笑，庄娆呼吸急促，整个人脑子都是发蒙的。

"如果你觉得没问题，我让人送你回去，毕竟你脸上有伤，回家怕是不好交代，我让他们回去和你父母解释一下。"

"你觉得怎么样？"

庄娆此时才算知道，什么叫做被人架在火上烤，只能走到唐菀面前，硬着头皮说了句："对不起！"

"你在和谁道歉？"江锦上挑眉。

"唐小姐，对不起！"

"道歉总要有个理由吧。"

庄娆双手紧紧攥着，身子也不知是惊惧害怕，还是羞愤难当，瑟瑟发抖，可她却半点法子都没有，只能哽着嗓子，一遍遍道歉。

"她就是生了一副蛇蝎心肠，想要杀人害命，可住到我们家，这事儿就轮不到外人插手，就算是自家人……"江锦上声音一冷，"也得看远近亲疏，远亲连近邻都不如，这手就别伸得太长。"

江姝研咬了咬牙，愣是没敢多言。只能暗恨自己低估了唐菀，可她怎么都没想到，江锦上会亲自出面帮她。

"马上拍卖会要开始了，再这么下去，怕是要耽误时间了。"唐菀开口劝了一句江锦上，也算给所有人一个台阶下。

"是啊，拍卖马上就开始了，大家赶紧就座吧。"主办方工作人员立刻招呼大家。

"就这么放过她们？"江锦上随着唐菀坐下，低声说道。

"其实我已经占了上风，你真的不用再……免得大家说你过于强势，咄咄逼人。"

"别人如何，我从来也没在乎过，就想给你出口气，让你心里更舒服些。"

唐菀垂头，这心底一时又有千般滋味浮上心头，毕竟除却家人，鲜少有人会这么保护自己。

慈善拍卖会开始后，一切倒是进行得非常顺利。

"有喜欢的吗？"江锦上偏头看向唐菀。

"暂时没有。"很多东西照片与实物差别还是很大的，点翠头面就三个，都是不错的东西，却也没到非要不可的地步。

翌日一早，12月31号，唐菀下楼吃早餐的时候，居然在餐桌上看到了江姝研。

此时才早上七点多，这人来得挺早。

"唐姐姐，早。"她那模样就好似昨晚的事不曾发生一般，"我特意买了一点生煎过来，这家的生煎味道特别好，你尝尝？"

"谢谢。"唐菀挨着江锦上坐下。

昨晚的事没人提起，唐菀肯定不会主动说。

只是吃了早餐后，江姝研立刻起身，殷勤地跑去洗碗，从厨房出来，也是满脸堆着笑："奶奶，今天天气不错，刚吃完饭，要不要出门散散步？"

"不用。"老太太正戴着金边老花镜，低头翻看着一份早报。

"那我给您剥个橘子。"

老太太看她奔忙，只是抬了抬眼皮，看向范明瑜。一起生活多年，婆媳之间一个眼神，瞬间就能心领神会，范明瑜一把抱起江江："走吧，跟奶奶上楼，咱们收拾行李去。"

"我想穿着蜘蛛侠的衣服出去！"

"好。"

唐菀也不傻，看得出来老太太是有话和江姝研说，特意支开了孩子，唐云先回平江处理事情，暂时并不在，她与唐老对视一眼。

唐老咳嗽着："菀菀，你陪我出去转转吧。"

"急什么啊，待会儿我跟你一起去！"老太太笑道。

显然这话就是要当着唐家的面说的。

江姝研捏着橘子，指尖猝然收紧，掐进皮肉里，弄了一手汁水。

江震寰和江宴廷已经去了公司，只有江锦上坐在一侧，腿上搭着薄毯，显得自在又随意。

"姝研。"老太太低头翻看着报纸，语气颇有些漫不经心。

"奶奶。"江姝研心底咯噔一下。

"听说昨晚的拍卖会很热闹，我没去过，也不知道发生了什么，你说给我听听，也让我乐呵一下。"

江姝研手指抠着橘子皮："其实昨晚我和唐姐姐之间发生了一点小误会，昨晚走得匆忙，没来得及和她赔个不是，所以早上特意过来找她赔罪的。"

"误会？"老太太翻看着报纸。

"是啊……"

唐菀看了一眼江锦上，他只给了她一个安心的眼神，让她别出声，就安静待着。

说实话，虽然在江家住了有段时间，老太太也非常喜欢她，可唐菀终究不知道她心底所想，如果是向着江姝研的，肯定和她就要生嫌隙了。

毕竟，江姝研无论怎么说，都是江家人。

"既然是误会，解开就好，哪里需要道歉啊。如果是道歉，那就说明你做错了事，如果你没错，又何来道歉一说？"

老太太伸手扶着眼镜。

"要不你把昨晚发生的事和我说一下，如果只是误会，奶奶帮你和菀菀说一下，咱们解开误会就行，我也不想你委委屈屈的。"

江姝研喉咙里像是被什么东西堵住了，哽着嗓子，支支吾吾，竟不知该说什么。

"怎么不说了？不是说有误会吗？"老太太偏头看她。

江姝研知道事情肯定传到了老太太耳里，她特意一早过来，就是想来吹点耳边风，如果陪她出去散步，只有两个人，这事情怎么样，肯定由着她说。

可现在客厅内,不仅唐菀,就连江锦上都在,她半句胡话都没法说。

"觉得难以启齿?"老太太轻笑,只是她刚想开口再说什么,外面忽然传来车声,引擎低沉轰鸣,大约是跑车……约莫一分多钟,门就被打开了。

"江奶奶,唐爷爷……都在啊。"进屋的是祁则衍,手中还提着大包小包的营养品。

寒风从门口灌进来,冷得刺骨,祁则衍今日穿得比较休闲,外面套着羽绒服,只是发型未改,朔风冷冽,倒也丝毫不乱。

"你怎么有空来,不忙啊,快到我这里坐!"看得出来,老太太很喜欢祁则衍,忙放下报纸,往一侧挪了下,给他腾了位置。

"前段时间太忙了,公司年终,最近刚忙完,也才知道唐爷爷来了,赶个大早,特意过来看看,就随便买了点东西,唐爷爷,您身体怎么样?"

"挺好,你有心了。"唐老笑道。

"这是应该的。"

"我都好久没看到你了,你这孩子,也不来看我!"老太太拉着他的手,"是不是最近交女朋友,所以把我这个老婆子给忘了。"

"哪有,一直在忙着赚钱,哪儿有空处对象啊,不急。"

祁则衍前几日已经知道唐家人到京城了,本该早些过来,只是刚"失恋",这心里郁闷啊,眼不见为净。过几天想通了,反正知道自己肯定没戏,也犯不着那么矫情造作,就提了东西过来了。

"祁少。"用人立刻给他捧了热茶。

"赶紧喝点,外面挺冷的,暖暖身子。"

"谢谢奶奶。"

"怎么现在这些孩子都不想结婚啊,你要是没空处对象,奶奶可以给你介绍啊!"

祁则衍差点把茶给喷出来:"不用不用,我还不急,你们不用管我,该聊什么聊什么……把我当空气就行。"

江姝研原本被老太太的问题问得无所适从,正好祁则衍过来,老太太注意力转移,她这才稍稍松了口气。

却不承想,这口气还没喘匀,老太太就笑着开口了。

"则衍啊,昨晚拍卖会你也去了?"

"我没去,不过听说昨晚挺热闹的。"圈子就这么大,一丁点儿事立马就传开了。

"那你给我说说发生了什么吧。"

祁则衍也不傻，拍卖会有既定流程，没什么可说的。唯一可以值得议论的，也就是唐菀与庄娆那点事了。

"是发生了一些事，不过当时我并不在场，也是事后听人说的，只是……"他笑着看了看唐菀和江姝研，"说人是非，总归不太好吧。"

"主要是姝研方才说与菀菀之间有点误会，她俩都是当事人，支支吾吾不方便开口，说话难免偏颇，你是外人，你说话公正。"老太太笑着看向祁则衍，"这也不算是说人是非，我也想解开她俩之间的误会。这要是真有误会，生了嫌隙就不好了。"

江锦上嘴角微微扬起，姜还是老的辣！

祁则衍会意，喝了口热茶："其实昨晚的事也很简单，奶奶，您认识庄娆吗？"

"不识。"江老太太是真不认识。

祁则衍笑道："这个人啊，是京城出了名的泼妇，仗着家里有点小钱，挺嚣张跋扈的，昨晚唐小姐入座后，她帮人出头，去挑衅，说的话也非常难听。什么乡下丫头没见过世面，拿了鸡毛当令箭，说她不要脸之类的，什么厚颜无耻，故意赖在你家不走啦……光说话不要紧，最后还动手打人了，你说气不气人。"

"动手了？"唐老听到这话，脸色越发阴沉。

唐老也知道了这件事，只是细节方面，肯定有所出入。

"可不，你说多嚣张，倒是把自己当根葱了。"祁则衍说完，一看江姝研脸色有些难看，"你怎么啦？"

"她昨晚……"江姝研刚想开口，祁则衍就立刻截和。

"妹妹，我当时也不在场，这些都是事后听人说的，估计有些出入，不过大体上肯定是不会错的，如果有什么地方不对的，欢迎指正！"

唐菀低头，差点笑出声。

他夸大了庄娆欺辱她的部分，可是这东西，江姝研压根没法指正。

"你要是没什么需要指正补充的，那我就继续说啦！"祁则衍对她显然也没什么好感。

"你继续说！"老太太拿着报纸，又继续翻开起来。

"我听说拍卖会上，那都不是第一次，好像之前还有一次，她故意挑衅唐小姐的。"祁则衍看向唐菀，"这点是对的吧？"

"嗯，的确见过。"唐菀点头。

"你说这三番两次的，谁能不生气啊，唐小姐就生气了，和她们友好交流了两句，只是这个人是江妹妹的朋友，她肯定也维护，出来护短……"

江姝研气得脸都青了！怎么到他嘴里，就变成自己护短了，她明明是出来调和。

"当时我们和小五都不在，唐小姐一个人势单力孤，也是真可怜，这要不是有点脾气，估计昨晚就要哭着回来了。这往年，都是您和江妹妹一起去的，自然是坐到一起的，今年您的邀请函给了唐小姐，有人觉得她不配坐那个位置吧。当着那么多人羞辱她，让她滚蛋！"

老太太一下子将报纸扔到桌上，"啪"地砸出闷响。

"简直放肆！"

猝不及防，唐菀身子都忍不住颤了下，更遑论处于风口浪尖的江姝研，小脸已一片苍白，指尖一颤，手中的橘子滚落在地。

老太太抬手扶了下眼镜："则衍，你继续。"

"唐小姐脾气好，有教养，一直没理她，也是惹急了才动了手。"

祁则衍昨晚错过一出好戏，这心底本就不自在，觉着自己和唐菀有缘无分，每次有英雄救美的机会自己都抓不住。

虽然和唐菀无缘，可毕竟是自己未来弟妹，做哥哥的，帮她一把也正常。

而且他们本来就是站在公理正义的一方，他说话自然更加义愤填膺，慷慨激昂。

"奶奶，您想啊，那么多人的场合，也都是京城有头有脸的人，这庄娆想干吗啊？明知道唐小姐坐在您的位置上，还故意去挑衅，这不是打您的脸吗？"

"奶奶，庄娆没那个意思！"江姝研现在和庄娆绑在一条绳子上，肯定想帮着说两句。

祁则衍点头。

"那肯定是我想多了，她不是看不起您，就是纯粹讨厌唐小姐吧，这我就不太明白了，好端端的，这个庄娆又不认识她，怎么忽然针对她啊。真是奇了怪了！江妹妹，你和她是好朋友，你来帮我们分析一下吧，她到底怎么想的。"

唐菀是第一次看到祁则衍怼人。

他把庄娆怼了一遍,最后一口锅,直接甩给了江姝研……这一手也是玩得贼溜。

江姝研没想到这口锅最后还是砸到了自己头上,一时又急又气,小脸涨得通红。

"妹妹,我听他们说,之前庄娆找唐小姐麻烦,你没说话,后来唐小姐反击,你又跳出来,是怕朋友被欺负?你和唐小姐毕竟不熟,护着朋友也是理所当然的。我能理解,我就是有点好奇,你说她为什么要针对唐小姐啊,一直说她不配坐那个位置,我知道前些年奶奶出门一直会带着你,她是不是帮你出头的啊?!"

江姝研气得咬紧腮帮:"为什么针对她,我也不知情。"

江锦上轻哂:"既然你不知情,那昨晚菀菀针对你,也该是她和你赔礼道歉,你一大早上门,道的是哪门子歉?"

逻辑漏洞一旦被抓住,那就是致命的。

江锦上一直没开口,可一说话,就让江姝研无力招架。

"二堂哥,其实昨晚……"

"行了!"老太太出声打断,"姝研,你只要告诉我,则衍说的这些是否属实就行。"

祁则衍夸大了某些部分,可基本都对,江姝研要是和他争论,只会弄得很难堪,只能咬牙点头认了。

老太太伸手扶了下眼镜。

"姝研啊,咱们江家这一代,就你一个女孩,我对你呢,总是格外疼爱些,这有些时候,做错了一些事,我也就睁一只眼闭一只眼,得过且过。我出门,你经常陪同在侧,到底是陪我,还是有别的心思,大家心底都清楚。"

"奶奶,我是真的想陪您!"江姝研立刻解释。

谁都知道江家老太太想要个孙女,江姝研虽不是她嫡亲的孙女,也有血缘关系,总带她出门,在外人看来,这关系就不一样了。

光是沾了这份光,江姝研在京城名媛中的位置,那也是完全不同的。

"我在说话,能让我把话说完吗?"老太太挑眉,"你平时挺懂规矩的,今儿怎么这么坐不住?"

寻常训斥就罢了，现在唐菀还在，江姝研肯定觉得更加丢人，咬牙不作声。

"那个庄娆的事情，到底是怎么样的，大家心底都有数，我只是想告诉你……不要聪明太过，搬起石头砸自己的脚。菀菀是我请到家里的，就算没有那份口头婚约，那也是我的座上宾，还轮不到别人说她配不配！"

老太太声音徐徐，却又带着明显的怒意，警告意味明显。

"既然你说想给菀菀赔罪，那你现在赔吧……"

老太太看向江姝研。她此时骑虎难下，又不能得罪老太太，只能起身，硬着头皮向唐菀鞠躬致歉："唐小姐，昨晚的事，实在抱歉，对不起。"

"没事。"唐菀对她没好感，谈不上原不原谅，只是老太太的面子总是要给的，不好弄得太难看。

"老唐，你不是说要出去转转吗？走吧，一起去。"老太太拿起手侧的拐杖，准备出去。

"奶奶，我陪您吧。"江姝研立刻说道，只是手指刚碰到老太太的手臂，就被她不动声色拨开了。

"我们就在院子里坐坐，你们年轻人坐下说说话，不用陪我了。"

老太太心底是很不满的，江姝研就算不是嫡亲的孙女，那也姓江，这件事背后肯定有她的手笔，只是没抓着实证把柄，只能旁敲侧击警告一下。

唐家人也不傻，唐老肯定也清楚，所以老太太觉得没脸面对老友，对江姝研怎么可能有半分好脸色。

而二老离开后，江姝研也待不下去，推说约了朋友，就借故离开。

祁则衍一看她走了，剥了个橘子就往嘴里送："这人啊，就是不能太惯着，奶奶平时就是对她太好了，在外面有人捧着，就认不清自己身份了。做人啊，不要太贪心。"

他说了半天，瞥了眼另一侧两个人："你俩怎么不说话？"

"听你说。"唐菀与祁则衍毕竟不熟，所以没搭腔。

"你呢？"祁则衍看向江锦上。

"我在想旅游的事。"

"旅游？"祁则衍蹙眉，"不是宴廷带江江出去玩？"

"我和菀菀也去！"

祁则衍咋舌，觉着这进了嘴的橘子，又凉又酸。

下午要出发，吃了中饭，唐菀肯定要回屋收拾一下行李，老太太热情，留祁则衍吃饭，明天元旦放假，他本来也没什么事，就去江锦上屋里玩了一会儿……

　　这一看到唐菀居然住他隔壁，顿时怒斥某人不要脸！

　　他们太熟了，自然知道这两个房间只隔了一个可移动的柜子。

　　江锦上收整行李，他就坐在边上，逗弄万岁爷，结果连乌龟都不理他，倒把他气得够呛。

第十五章
扑通扑通，会心一吻

　　江宴廷与江江的行程是很早就定下来的，机票酒店也是提前预订，与唐菀他们虽然入住同一家酒店，却不是一个航班，四人抵达机场，也是分两批次离开。

　　唐菀和江锦上登机时，人非常多，几乎是满员状态，狭窄的过道略显拥挤，两人前后脚往前挪，难免有些肢体的触碰。

　　好不容易找了位置坐下，唐菀才长舒一口气。

　　"没想到这么多人出来玩。"

　　"人是有点多。"江锦上将两人行李放好，方才坐下。

　　唐菀登机前，正在和阮梦西发信息，就是上飞机这点时间，她已经发了四五条语音过来，她点开听了下。

　　"……一起出去玩，唐小菀，你可要加油啊。我跟你说，现在这社会好男人不多了，遇到个喜欢的，你就别犹豫了。"

　　"出去玩的时候，你好好观察一下这个男人，毕竟一起出行，很能体现出问题。"

"如果觉得还不错，争取上个本垒，拿下再说，这社会啊，不一定非要男人主动，你喜欢的，也可以主动点，春宵苦短，且行且珍惜。"

"唐小菀，加油啊，别怂，上就对了。"

本垒？

唐菀觉着她肯定是疯了，只是某人说话尺度太大，倒是把她臊得突然脸红。

"怎么了？"江锦上看她脸通红，低声问道，"空气不好，觉得闷？"

"没有。"唐菀给对方回了个表情，就匆匆把电话关机了，低头系安全带。

只是这安全带有些松，她试图把它箍紧些，可江锦上就在身侧，又听了那些话，难免有些心慌，扯着安全带，却怎么都箍不紧。

"我来吧。"江锦上侧身伸手，帮她调节松紧。

这安全带本就是箍在腰腹位置，他侧身过来时，人靠近了，手指在她腰前作弄着，那种感觉，过分亲密。

"怎么觉得你很紧张？"江锦上偏头看她。

"没有啊。"

唐菀冲他笑着，闺蜜的玩笑话，她怎么可能一点感觉都没有。

手机关机前，江锦上在群里发了一条信息。

【我出发了。】

别人只以为他是出去玩，让他玩得开心点。

只有祁则衍气炸了，总觉得这厮是故意的。此时几个好友都不在京城，他待在家也无趣，干脆就去公司上班。

明日就是元旦，法定假期，大家今天肯定按时下班，早些回去休息。

只是苦了祁则衍的助理，老板加班，普通员工放假，他可不行啊。

飞机抵达目的地，因为时差，当地时间也才是下午5点左右，江宴廷和江江早就在出站口等着，租了一辆车，几人便出发去酒店。

这边气候相较京城比较热，唐菀刚下飞机就脱了外套，江锦上顺手就把她外套搭在了自己臂弯处。

"其实我自己拿就行了。"毕竟行李车也是他在推。

此番出行，并没带上江家任何人，什么事都要亲力亲为。

"没事，一件衣服而已。"

江江一直显得非常亢奋，趴在车窗上，总是忍不住问路边的都是些什么,江宴廷话不多,对儿子倒是足够有耐心,一路讲解,唐菀跟着听了,也受益颇多。

到了酒店,唐菀和江江在大厅守着行李,江宴廷和江锦上则去办理入住。

江江是小孩子,肯定不可能单独睡一间,江宴廷原本就是给他们订了一张大床房,酒店前台在确认身份信息后,直接说道:"两位订的都是大床房对吧。"

江宴廷挑眉,他和唐菀……

"对。"江锦上直言。

"好的,我帮你们办理入住,稍等一下。"

唐菀拖着行李进入电梯,才看向江锦上:"我住在哪层?"

"8楼。"

"那把房卡给我吧。"

江锦上把房卡给她了,因为预订时间不同,四人并不在一个楼层,唐菀走出电梯的时候,江锦上也跟着下来了。

她料想他们一起预订的房间,这肯定是在一起的,可当她打开房门,准备和他说再见的时候,他却把自己的行李箱也拖了进去。

"五哥……"

"我妈只订了一间房。"

唐菀眨了眨眼:"你说什么?"

"她订的。"

唐菀蹙眉,其实一间房也没事,如果是套房,那就不止一张床了,可是房间就这么大,往里走两步,就能把所有布置格局看得一清二楚。

一间房,也只有一张床!这怎么睡?

唐菀盯着大床发呆愣神的时候,江锦上已经把门关上,走到窗边,将窗户推开少许,通风透气。

日暮黄昏,江锦上白衣黑裤,套了一件轻薄的经典款风衣,凉风将他的头发吹得有些乱,日光落在他身上,余晖金黄,让人移不开眼。

只是这股子风吹进来,却让唐菀心底又急又躁。

房间是范明瑜定的,她也不可能去质问:"我打电话咨询一下前台,看有没有空房。"

国外没有农历新年的概念,所以跨年对他们来说,也算是很重要的事,房间早就被订满了。

前台只说,如果晚些有预订的客人没来,可能会有空房,目前无法给她准确的答复。

"家里觉得我们在试婚,睡一个房间应该是正常的。"江锦上解释。

虽然脸上没什么表情,却也藏不住那点小雀跃。

唐菀心底也清楚,她抿了抿嘴,想了一会儿:

"要不待会儿我和二爷说一下,我今晚和江江睡,你们兄弟俩睡一屋。"

"……"

四人出去吃晚饭的时候,唐菀就提出了这个建议。

江江当时正啃着鸡腿,看了眼自己父亲,又扫了下对面的二叔。

江锦上笑着看他:"怎么了?你不想和二婶睡?"

他嘴上虽然这么说,却从一盘菜中,挑了两根胡萝卜丝在他碗里。

江江紧张地吞咽着鸡腿肉。

"不是不想和二婶睡,只是我更想和爸爸睡,我比较喜欢听他讲睡前故事。"

"那等他讲完,我再陪你睡。"唐菀觉得这个办法非常可行。

"江江,你觉得呢?"江锦上冲他笑得格外灿烂,可江江对他太熟悉了,瞬间觉得手上这根鸡腿都不香了。

"我就想和爸爸睡,二婶还是应该和二叔睡的。"

江江说完,就低头一个劲儿吃东西,不给唐菀继续说话的机会。

"小孩子晚上也挺闹腾的,还是我带他比较好。"江宴廷这话算是彻底绝了唐菀的念头。

她要是一直坚持换房间,或者想去别的酒店住,也是太不给江锦上面子,最后只能认了。

旅游行程从明天开始,吃了晚饭,便各自回房休息。

唐菀和江锦上经常在一个房间待着,可这里是酒店,与在家的感觉和氛围肯定不同,两人一个坐在椅子上,一个挨着床,偶尔聊几句,总有些尴尬。

"酒店十楼有健身房,我去锻炼一下,你可以先洗澡休息。"江锦上知道她还有些拘谨,给了她个人空间。

江锦上前脚刚走,唐菀就忍不住打了电话给闺蜜。

"……睡一间房，唐小菀，你还等什么！"

"感觉很尴尬。"

"我跟你说，一张床，就算不发生什么，明早睡醒可能更尴尬。"

"那你说怎么办？"

"多睡几次就好了。"

"……"

"一回生二回熟，再说了，你们不睡一下，怎么知道合不合适，我跟你说，有些男人看着还行，这要是真刀真枪，说不准什么样儿呢。"

"我怀疑你在开车！"

"我是为了你以后的幸福着想，其实你根本不用怕，按照你说的，他应该也算个君子，保不齐什么都不会发生，你害怕什么啊？"

"没害怕，就是有点紧张。"

"说明你心里有所期待，唐小菀，你完了！"

对方一语道破。

又不是被人强行锁在屋里，如果没有半分好感，或者是绝对的信任，没有女生会愿意和一个男人共处一室。

唐菀被她这话说得心怦怦乱跳。

"行了，不跟你说了，我还在公司加班。"

"已经很晚了，明天不是放假？"唐菀看了看时间，此时国内应该已经晚上八九点了。

"我现在是老板助理的助理，老板不放假，我哪儿有假期啊，随叫随到，我们老板这年纪，应该是血气方刚的啊。

"我跟了他也有些时间了，几乎所有行程我都知道，没女朋友，也不出去约会。

"你说他是真没需求，还是有什么难言之隐……放假也不出去玩？"

唐菀只是听她抱怨了两句，就挂了电话，准备先去洗澡，只是换了衣服，却又不知该怎么办了，也不好上床，就只能坐着等他。

却等来了范明瑜的电话。

"……我没打扰你和小五吧。"

唐菀嘴角一抽："没、没有，五哥不在房里。"

"他干吗去了。"范明瑜蹙眉，好不容易给他俩制造点机会，这小子怎么不珍惜啊。

"去健身房。"

"酒店怎么样,环境还好吗?"

"挺好的。"唐菀也不能说别的。

"对了,我给你打电话,就是叮嘱你一下,小五这身体,水土变化很容易引起不适,晚上可能要辛苦你,多注意他一些,他这孩子有时候嘴硬,喜欢强撑,有些不舒服,也不会及时说,药应该都带了……"

"我会注意的。"

"那没什么事了,早点休息。"

范明瑜挂了电话,一边哼着歌儿,一边拍脸护肤。

江震寰靠在床边,忍不住说了句:"你这么做是不是不太好?菀菀毕竟是小姑娘,怕是很为难。"

"菀菀要是对咱家小五没意思,我也不会费力去撮合,年轻人嘛,总有些害羞,我们做长辈的,只能多给他们制造点机会。"

"小五那边呢?"

"是他和我说,一个房间就够了。"范明瑜轻笑,"要不然你以为我真的敢这么订房?总归要考虑菀菀的感受啊。"

江震寰咳嗽两声:他家小五是真的干得出来。

因为只有一张房卡,放在控制电源的开关处了,江锦上回屋便按了门铃。

唐菀开门,看他脸上有汗,可是神色却不似刚运动完那种,嘴角泛白,门里门外,距离不远,他呼吸微喘,却感受不到一点热度。

"你没事吧?"唐菀伸手摸了下他撑在门边的手臂。

入手之处,一片寒凉。

江锦上摇头。

"你身上很凉。"

江锦上似乎很难受,微微弓着腰,此时似乎是想证明自己无碍,想要站直,温热的手就覆上他的额头,她可能是刚洗了澡,浑身染香,他身子微微僵直。

"你赶紧进来,药是在箱子里吗?"唐菀扶他往里走,急着找药。

"嗯。"

箱子打开过,无需密码,药瓶在里面非常惹眼的位置,照顾过一次,她也有经验,取了几粒药,倒了杯温水递过去给他。

江锦上吃了药,靠在床边歇了一会儿,只是运动完出了汗,此时浑身又冷。

唐菀将室内空调温度调高,坐在边上等了一会儿,看他唇恢复了一点血色,才低声问道:"怎么样?舒服些了吗?"

"嗯。"

"你要不要先去洗个澡,你身上都是汗,换身衣服会舒服点。"

他轻声应了她。

"那我先进去帮你把淋浴的花洒打开,这样你待会儿进去,浴室里面会暖和些。"

唐菀也不知道能为他做些什么,只能努力让他更舒服些。

她将浴室的水温调好,打开花洒出去,刚准备把浴室的门关上,忽然觉得有人靠近,一转身,就瞧见江锦上出现在自己身后。

他个子不算矮,几乎完全挡住了她面前的所有光线,酒店壁廊上黄色的灯光,将他冷白的皮肤染上了一点暖色,垂着眼睫,目不转睛地盯着她。

许是他身体恢复了一些,呼吸也有了一点热度。

肤白,唇红,额间碎发还裹着水,看得唐菀脸红心跳。

"你要进去?"唐菀以为他要洗澡,准备侧身让他进去,可他略一抬臂,就把她整个人都圈在了身体与门框中间。

"你……怎么了?"

"是不是不想和我睡一屋?"江锦上看着他,眼神似乎有热度,看得人心尖都隐隐发烫。

"你先去洗个澡吧。"

唐菀此时有点怂,下意识就想从他臂下钻过去,逃之夭夭。

可她身子刚往下,江锦上手臂略微往下,横在她肩颈处,就把她整个人都按在了墙上,身子略微靠过去。

他身上很冰,除了呼吸,几乎没有半点热气儿,唐菀整个身子都绷直了,只觉得四肢百骸都被一股难言的寒意侵袭着。

让人发颤,发抖。

"我们不是在试婚吗?"

江锦上似乎没什么力气,身子略微下沉,头靠在她颈窝处。

"我们那个不是逢场作戏?"

他声音很轻，唐菀忽然觉得呼吸有些乱，她手足无措地站着，只是感觉到江锦上的身体似乎在往下滑。

也是怕他摔了，她伸手，抱住了他的腰。

"五哥……"唐菀又急又怕，又慌又乱。

"我想和你待在一起。"

他声音干涩，许是吐字艰难，所以每个字都咬得非常清晰。

唐菀此时手指还放在他的腰上，手心沁了一层汗，想松开，又怕摔着他，心底乱得像是有团麻。

"菀菀……"

"嗯？"唐菀此时不敢开口，她能清晰感觉到，自己声音是有些发颤的。

"我身上没什么力气，如果让你不舒服了，你可以推开我。"

唐菀觉得这个人太会耍无赖了，他都这样了，自己是有多狠心，才能做到把他一下子推开。

过了一会儿，他身上似乎有些热度了，唐菀才松了松放在他腰间的手指："五哥，你先去洗澡好不好？"

他这病每次都来势汹汹，唐菀根本不知道他说话带着几分真心假意。

"你要换房间，对不对？"

"没有，我今晚不走，你先去洗个澡。"唐菀瞧他不舒服，肯定是好脾气地安抚。

"真的？"

"嗯。"

"那我去洗澡。"

他那模样，就和初见他喝醉酒时一样，整个人变得非常柔软。

待他洗澡出来，浑身那点力气都被用完了，头发也没擦干，躺在床上，就睡着了，唐菀给他弄了一会儿头发。

后来唐菀又发了信息给周仲清，周仲清要唐菀给他喂几粒药，这都是江锦上箱子里有的。

某人睡得昏沉，哄了几句好话，才把药给吃了，许是觉得药很苦，皱了皱眉，倒是特别乖地张了嘴。

唐菀坐在床边，盯着他看了许久，拿出手机，对着他的脸还拍了几张。

人是真好看，身子也是真的不好……突然想到闺蜜说的话，唐菀抿了抿嘴,心底忽然就萌生了一个念头:他……到底行不行啊?

旧年前夜,酒店客房,灯光昏黄曛暖。

国内时间比这边早,很快就陆续有人给她发了祝福新年的祝福短信。

唐菀原本趴在床边守着,按照国内时间,此时已然凌晨,她实在撑不住,昏昏沉沉就睡着了,当她再度醒来,是因为外面燃放的烟火声。

她恍惚睁开眼,就撞进了一双幽邃的瞳孔里。

江锦上也不知何时醒了,靠在床头,窗帘并未拉起,外面绚烂的烟火接连升起,宛若夏花绚烂,将他一侧的脸衬得熠熠耀目。

他的眼底好像有火花跳动,亮得灼人。

"你什么时候醒的?感觉怎么样?"唐菀直起身子,摸了摸他的手背,已有温度,心底方才宽心。

"你的嘴……"江锦上声音干涩喑哑。

"嗯?"唐菀下意识舔了下嘴角,许是室内空调温度被调得太高,又无加湿器,嘴角已经干得有些泛白起皮。

"喝点水。"江锦上顺手就把床头的杯子递给了她。

唐菀也没多想,喝了两口,余光瞥见他嘴角笑容逐渐扩大,忽然意识到了哪里不对。恍惚才想起,这是他用过的杯子,她本能地喉咙一哽,被呛到了。

"咳咳——"

江锦上立刻伸手接过她手中的杯子,起身拍了拍她的后背,给她顺顺气:"怎么了,慢点喝。"

他们一个在床上,一个在床下,江锦上要帮她拍后背,只能手臂穿过她的后侧,那姿势……就好似把她整个人都搂在了怀里。

"怎么喝个水都能呛到。"

江锦上看她脸咳得通红,眸子倒是变得越发深沉。

"我没事。"唐菀缓过劲儿,才觉得两人举止过分亲昵,只是她想要往后退,可江锦上手臂还箍在她后侧,力气极大,挣脱不了。

江锦上眼底那点火星好像瞬间熄灭,眸子黑沉得好似化不开的夜色。

"你很排斥我?"

"不是。"这怎么还扯到排斥了。

"是不是觉得试婚一说,很荒谬,逢场作戏,和一个陌生男人那般亲近,你心底应该很不舒服。"

他嗓子有点哑，垂着头，声音低沉得有些撩人。

"怎么说都是因为我们家的事，我倒是没什么不舒服，就是无端把你扯进来，我挺不好意思的。"

唐菀事后想想也知道，估计爷爷做戏的成分比较大，这是她亲爷爷，自己哄着顺着他也正常，江锦上没那个义务。

"不过终究是我占了你的便宜。"

"长此以往，吃亏的还是你。"

唐菀也知道这事儿终究是强求来的，江锦上这样的人，能配合已经很不错了，怎么能要求那么多。

"要不……回去之后，我亲自和爷爷解释，就说出来玩，发现我们并不合适，试婚这件事就……"

"你不怕他不上手术台？"

"那也不能不顾你的感受吧。"

"你对我是什么感觉？"

唐菀还想着试婚一事怕是要就此打住，这心底正说不出什么滋味，可是他话锋一转，忽然扯到了感觉一事，让她怔愣了数秒。

"怎么？这个问题很难回答？"

江锦上略微俯低了些身子，两人视线几乎是齐平的，就这么看着她，好似要从她眼底读出一些什么。

"你挺好的。"

第一次见面，她就心脏乱跳，且不说性格，这长相也是她喜欢的类型。这样的人，又怎么会不好！

他此时背着光，五官显得越发柔和，呼吸轻缓，轻轻吹在她脸上，痒得人浑身发软。

"你有喜欢的人吗？"

唐菀看着他，喜欢的人……

有感觉的，那就是……

他啊！

"我们的关系，如果一直这样，也是不合适，我倒是无所谓，主要是你太吃亏，如果你不是很讨厌我，觉得我这个人还不错……"

他目光灼热，好像要烫进她的心底。

"我们可以试试来真的。"

外面的烟火漫天，突然"嘭"的一声炸响，璀璨的亮光从窗口落进来，将他整个人都笼在一片光芒之下。

烟火绽放的声音震动着她的耳膜，撞得她呼吸都好似乱了分寸。

一切都好似是在梦里。

她觉得手心沁出了一层汗，许是觉得外面烟火声太大，他又靠近了一些。

"我喜欢和你待在一处，每次看到你，心底总是无端生出一丝欢喜……我喜欢你，也尊重你。所以我也不想你在和我的接触交往中，觉得委屈或者是难受，不想你觉得有半点不舒服。如果你觉得我还可以，我们可以以结婚为前提，认真接触一下，你觉得怎么样？"

江锦上试探着开口，在唐菀没说任何话之前，他不敢把话说死了。按理说，这时候，就该孤注一掷，赌上一切告诉她，自己想和她携手终身，却又怕过度激进，反而把她吓得缩了回去。

留有余地，就算不成，日后总还有机会。

唐菀略微垂着眸子，恍惚着，只觉着一切好似在梦里一般，抬眼看着他，心跳快得不正常。

江锦上却忽然伸手，握住了她的手，她手指攥得很紧，指节甚至被攥得有些发白，原本紧绷的神经，被他这么一碰……溃不成军。

"五哥……"唐菀涩着嗓子。

"你不用觉得为难，待会儿我去我哥房里，你可以自己睡这边，好好想想，不用急着给我答复……"

江锦上抓着她的手，心底比她更紧张。

无人知晓他的后背紧张到沁出了一层薄汗。

"时间不早了，那你先休息。"

江锦上知道这种事也强求不来，刚准备松开她的手起身，两人手指分离，唐菀却忽然又抓住了他的手。

这一放一抓，就好比自己的一颗心都放在她手心，被揉碎了一般，一松一紧，他觉得心脏都要跳出了嗓子眼。

好似这辈子就这么被她抓在了手心。

唐菀点头："好。"

她没明说，可江锦上心底是明白的，紧绷的神经忽然松弛，一颗心就好似被人忽然抛向空中，巨大的狂喜淹没心头。

他此时也不知心底是何种滋味，大抵就如外面的夜空倏然被烟火照亮，整片天空都被染上了一层烟火色，绚烂到发烫。

　　"江江他们肯定都睡了，别去打扰他们了。"唐菀略微垂着眸子，终是没敢去看他。

　　"听你的。"

　　江锦上手指略微动了动，稍一翻转，反握住了她的手，牢牢控在手心。

　　两人都没什么经验，这一时，忽然像是两个小学生，都不知该做些什么了。

　　"你要不要上来休息？"江锦上先开了口。

　　"嗯？"唐菀心口一窒，这……

　　"渴不渴，要不再喝点水？"江锦上咳嗽两声。

　　"嗯。"

　　唐菀将手从他手心抽出，他手心太热，抽离出来，整个人好像也轻松了些，她拿起一侧未开封的矿泉水，拧开喝了两口。

　　心底那股子燥热，好似才被暂时压了下去。

　　她抿了抿嘴角，刚将水瓶盖子拧回去，就瞧着江锦上忽然靠过来，在她唇角，就这么轻轻柔柔地啄了一下。

　　亲完，他也没抽身离开，就这么看着她，唐菀怔了下，脸立刻发烫，手指收紧，矿泉水瓶被她捏得咯吱作响。

　　此时屋外的烟火也停了，整个城市好似又陷入寂静之中，而她的心跳却变得越来越快。

　　"早些睡吧。"江锦上笑着看她。

　　第一次，如此正大光明地亲了她。

　　她的脸，红得这么好看，还想再亲。

　　"嗯。"唐菀点着头，站在床边，却也难免拘谨忸怩。

　　"你睡这边，比较暖和。"江锦上往另一侧挪了下，将自己睡过的位置腾出来给她。

　　床很大，就算睡三个成年人，也不觉得拥挤，唐菀和着衣服躺下，两人之间留了一人距离。

　　即便隔了一段距离，可身侧躺着一个人，唐菀还是难免觉得不自在，被子里都是他残留的温度，隔着衣服，一寸寸侵蚀着她……

　　她翻了个身，背对着他，也不知过了多久，方才昏沉地睡着了。

听到她呼吸均匀，江锦上才偏头看着背对着自己的人，嘴角缓缓扬起一抹弧度。

翌日一早。

唐菀起来时，江锦上已经洗漱好，换了身衣服，正低头系着扣子，瞧她醒了才偏头冲她一笑："要不要再睡会儿？和大哥约了八点吃早餐，还有一个多小时。"

"你醒得好早。"

"刚醒不久。"

其实江锦上昨晚压根没怎么睡，恨不能天快些亮才好。

唐菀清了下嗓子，方才掀开被子下床，进入洗漱间时，盥洗池边水杯牙刷都已经帮她准备好了，就连牙膏都挤上去了。

"怎么不刷牙？"江锦上站在洗漱间门口，认真看她。

"就觉得有些不习惯。"

唐菀低头刷牙，他就在边上看着，直至她漱了口，江锦上才低声说："其实我有很多地方不知道该怎么做，我只能尽我所想去照顾你，如果哪里做得不好，你可以直接和我说。"

"挺好的了。"

唐菀拿起一侧的毛巾，稍微擦了下嘴。

"那我先去我哥那边，你先洗漱，忙完电话联系我。"虽说是试着认真交往，可毕竟关系没到那一步，江锦上待在屋里，她待会儿换衣洗漱，肯定也觉得拘谨别扭。

"嗯。"

她刚笑着点头，江锦上就凑过来，捧着她的脸，低头一吻。

"那我走了。"

唐菀都没完全清醒，被他这早安吻臊得脸一红。

他这是真的没经验？那干这些事的时候，怎么会如此驾轻就熟！

江锦上到江宴廷房间时，他们父子俩已经洗漱好了。

"二叔早。"江江正踮脚对着镜子，用梳子蘸着水，整理自己飞起的鸡窝头。

"昨晚身体没大碍吧。"江宴廷知道他换个环境，身体就很容易引起不适。

"还好。"

"她没跟你一起下来？"江宴廷以为两人会一块儿过来，然后四人一起去吃早饭。

"她昨晚比较辛苦，睡得比较迟，刚起来。"

江宴廷眉头轻皱，总觉得这话听着怎么那么别扭，比较辛苦，睡得迟？他俩这是干吗了！主要是某人春风满面的，很难不让人想歪了。

唐菀收拾好，直接去酒店餐厅与三人会合，用了早餐，便外出游玩。

这边比较出名的就是街景建筑，别具特色，所以四人一直在路上，午饭是在船上吃的，一边游湖一边用餐。

江锦上素来都是少量多餐，只吃了几口羊排，就盯着唐菀看了一会儿，从兜里摸出手机。

她低头把面前的羊排切成一个个小块，白色薄针织，垂肩长发。阳光洒在水面上，波光粼粼；水光落在她身上，温柔如水……

"咳——"江宴廷将切好的牛排放在江江碗碟中，瞥了眼身侧的人。

能不能克制点！他们昨天好似还不是这样，难不成昨晚真的发生了一些什么？

江宴廷又不是什么都不懂，单看唐菀的模样，却又好像没到那一步。

"你……"唐菀切好羊排，一抬头，刚好看到江锦上举着手机，正对准她的脸，莫名有些脸红。

他该不会在拍她吧？她立马双手局促，连刀叉都不会用了。

"怎么了？"江锦上从容地又把手机举向另一处，就好似在拍风景，无意瞄准了她一般。

"没事。"唐菀低头，继续吃东西。

江宴廷轻哂：偷拍，如此正大光明，理直气壮地，也就他弟弟一人了。

船穿行了小半个市镇，靠岸时，水波不平，难免有些晃动，江宴廷抱着江江先上去，江锦上紧随其后，他扭头看向唐菀。

她犹豫着，似乎在寻找合适的落脚点，忽然一只手出现在自己眼前。

干净洁白，指节修长。

唐菀犹豫着，还是吸了口气，小心翼翼把手放到了他的手里。

江锦上反手把她的手全部收入掌心，手腕略微用力，将她拉上了岸，不可避免，两人身体触碰。

"没事吧？"他眼底隐隐有笑意。

唐菀摇着头。他的手扣着她的手，拇指指腹若有似无在她手背上轻轻摩挲着，他指尖没任何茧子，却偏又带来一丝轻痒。

一路痒到了她的心里。

这一路上，两人也没拍照，手一直牵着。

江江毕竟是孩子，玩了一上午，加上时差问题，吃了午饭，便说累了，一直要江宴廷抱着，几人便商量着回酒店休息下。

据说江宴廷以前读书的母校晚上有庆祝新年的舞会，几人准备去凑个热闹。

只是到了傍晚，原本嚷嚷着要出去玩的江江，趴在床上睡得昏沉，怎么都叫不醒，晚饭是在房间吃的，某个小家伙吃完，钻进被窝，雷打不动，说腰酸背痛，愣是不肯起。

"那我和你二叔、二婶要出门了，你真的不起来？"江宴廷帮他捏了捏小腿，小家伙舒服得哼哼唧唧。

"不去。"

"你不是一直说想看看我读书的学校？"

"唔……"江江实在太困，都不知道他说了些什么。

"那我把你锁在屋里了？"

回应他的只有轻微的鼾声。

其实江江想来这里，理由也很简单，因为他无意听祁则衍说起过，按照时间推算，他爸妈应该是在这里认识相爱，并且生下他的，他就铆着劲儿想来这里。

可他现在体力不支，实在是撑不住。

江宴廷出去和江锦上会合时，唐菀微微蹙眉："江江不出来？"

"睡熟了，我把他锁在屋里了。"

"他醒了跑出来怎么办？"

"我和酒店的人打过招呼了。在这里，基本没人拐卖小孩。"

"走吧，带你们去我以前读书的学校看看。"江宴廷自回国后，就再没回来过，踏入校门，心底难免感慨万千。

舞会是露天的，踏入校门没走儿分钟，就看到一群男男女女在狂欢，他们戴着面具，周围树上点缀着彩灯，悠扬的音乐，年轻人朝气蓬勃的欢呼，好像将大家的思绪瞬间就拉到了校园时代。

以前在这里待了几年，没什么新奇感，江宴廷便寻了个地方站着，灯光将他身影拉得修长落寞，其间倒有不少人过来搭讪，皆被他一一回绝。

回过神的时候，这才发现，江锦上和唐菀已不知所终，估计是去别处闲逛了。

校园热闹非凡，江锦上很自然地牵着唐菀的手，紧紧攥在手心，沿着一条路，一直往前走……

月光微弱，路灯昏黄，距离人群越来越远，两侧林荫遮蔽着光，听不到喧闹的人声，唐菀心跳快得要命。

"你以前上学时，也有过这种舞会吗？"许是周围过分安静，江锦上的声音压得有些低。

"嗯，学校晚会舞会很多，去玩过几次。"

江锦上抿了抿唇角："你会跳舞？"

"小时候学过一点，后来我妈生病，丢下后就没捡起来，现在身体都僵了，腰都下不去了……"

唐菀自顾自说着，却发现江锦上忽然停下脚步，因为两人手紧扣着，她的脚步也随之顿住，微微仰头看他。

这边已经完全听不到人声，除却风吹树叶的窸窣声，只有唐菀的心跳声。

"怎么了？"唐菀微微蹙眉，"哪里不舒服？"

周围很暗，月光穿枝而过，落在江锦上身上时，只有薄薄一层光晕。

他的目光，深邃却柔软，扣着她的手，微微低头靠近。

"大学，都是意气风发，最朝气蓬勃的时候，只是后悔没早些认识你，看不到你那样的一面，心里有点酸……"

"你说，这算不算嫉妒。"

唐菀仰头看着他，他笑得有些无奈。

她胸腔里，好似有什么东西冲撞着，像是怦然乱跳的小鹿，不停撞着她的胸口。

"是不是觉得我这个人醋劲挺大的？"江锦上抬手揉了揉她的头发。

"想参与你的未来，居然还想拥有你的过去。想要你一个人，彻彻底底的，就属于我。是不是挺贪心的。"

唐菀心脏剧烈跳动着，也不知是被什么冲昏了头脑……她忽然抬手，抓住了他的衣服，略微踮着脚，在他唇上轻轻碰了下，脚后跟落地，手指却仍紧紧抓着他的衣服，她清晰感觉到对面的人僵了下……大概是从未想过，唐菀会这么大胆主动。

"这是我第一次这么主动……"

"心里还酸？"

她声音好似本就温软好听，被夜风吹散了，好像被割裂成无数块糖渣，甜进了他的心底。

既然说是认真交往试试，唐菀自然也会主动。只是做完这一切，对面的人却许久没有回应，弄得她脸有些红，一时又急又躁得慌。

自己是不是胆子太大了？

江锦上能清晰感觉到自己呼吸变得粗沉，看着她，眸子紧了又紧……夜风很凉，却吹得他浑身都热得慌。只轻轻一下，心脏好像遭到了会心一击，乱得不成样子。倒是生生被她……撩了一次！

而此时远处似乎有人走来，伴随着爽朗的笑声，唐菀心虚得赶紧松开抓着他领口的手。

下一秒。

她腰被人搂住，双脚微微抽离地面，身子悬空，整个人被半抱着，躲入一侧树后，唐菀双手下意识抓着他的手臂，回过神的时候，后背已被抵在粗壮干燥的树干上。

江锦上手指按在她腰上，牢牢将她困于自己身下，在她耳边低语着："怕了？"

其实走来的那几个学生，早已看到了他们，国外本就开放，这种情况在学校里非常常见，大家聊着自己的事，也没多看。

唐菀蹙眉，只觉着自己方才肯定是疯了，怎么就突然……

"亲了就想跑？"

"我没跑！"

她红着脸，试图避开他越发炙热的呼吸，前方无路可逃，她只能挺直了后背，整个人几乎贴在了树干上。

"也不怕把毛衣钩坏了？"江锦上轻笑着。

唐菀今日穿了薄针织，树干粗糙，她略微蹙眉，身子略微往前些，自然就离他更近了。

"你刚才主动亲我了。"

唐菀气结,这种事,就不要说了好吗!

"又不说话了?"

他说着话,人也靠近一分。

"……"

唐菀心脏疯狂跳动着,觉着自己方才肯定是疯了。

她仰头,刚想说什么,江锦上低头,吻住了她……

周围风吹着树叶,伴随着由近及远的笑声,月色昏沉,一切似乎都美好得恰如其分。

不多不少,刚刚好。

……

其间有不少人经过,唐菀没做过这么大胆的事,心脏都要跳出来了,抬手推搡江锦上。

昨晚还虚弱得好似被风一吹就能倒下,此时她好像无论用多大的力气,都无法撼动他,这让她又急又气。

果然,男人骨子里都是藏着坏的。

元旦假期本就不长,江宴廷定了两天三夜的行程,时间匆匆,转瞬四人就坐着飞机回国了。

也就几天不见,老太太抱着江江,搂着在他小脸上亲了好几口。

"我先把行李提上去。"江宴廷神色如常,冷面话少。

"那我和菀菀也先上去收拾一下。"江锦上拉着唐菀往楼上走,两人之间的气氛,明显与之前大不相同。

唐菀回屋正收拾行李,手机振动着,她看了眼来电显示,阮梦西的电话。

"到家没啊?"

"刚到。"

"今晚有时间吗?我请你和男朋友吃饭啊。"

两人关系好,有什么事自然及时就沟通了,她也清楚唐菀与江锦上的关系,不过唐菀保密措施做得很好,到现在名字照片皆没透露,她自然好奇。

况且做朋友的,总担心闺蜜吃亏,也想看看对方是个什么人。

唐菀攥着手机:"我要问问他。"

"我今天没事，等你电话。"

唐菀挂了电话，犹豫着，移开了两个卧室之间的衣柜，江锦上那屋温度仍旧打得很高，他正系纽扣，显然是刚换了衣服，衣衫半敞。

隐约还能看到身上有些术后留下的痕迹，只是颜色很浅，看样子也是有些年头了。

他身上没有那些所谓的八块腹肌，只是平时锻炼，有些肌肉线条，皮肤白，却也不显得娘气。

"有事？"江锦上抬手合拢衣服，继续系扣子，没有半点不自然。

反正以后迟早都要看的，被自己媳妇儿看了，也不是吃亏的事。

"抱歉，我不知道……"

"没关系，我以后注意点，你随时过来都行。"

唐菀清了下嗓子，将视线从他身上移开："我晚上要出去见个朋友，你想一起去吗？"

"你那个闺蜜？"

江锦上对她印象深刻，毕竟之前唐菀不想来他房间，两人打配合，就闹出了笑话，备注又是【五花肉】，很难忘记。

"早就想见了，只是大家都很忙。你们约时间了？"

"还没，想问一下你去不去，再商量去哪儿。"

"她住在哪个区？她如果是一个人，我们可以去找她，在离她近的地方找个餐厅吃饭，要不然她一个人跑来跑去，女孩子太辛苦。"

"那我问问她。"

……

唐菀刚打了电话过去说明情况，对方就炸了："唐小菀，你从哪儿找的男朋友，这么贴心！"

"那到时候我们去找你。"

为了避开京城晚高峰，江锦上和唐菀提前出了门。

"见朋友，晚上不回来吃饭了？"老太太一听这话，喜不自胜，她恨不能这两人晚上不回来才好。

"嗯，那我们先走了。"江锦上熟稔地拉着唐菀的手往外走。

老太太摩挲着拐杖，余光瞥见不远处的江宴廷："这做大哥的，真的一点榜样作用都起不到，不省心啊。"

江宴廷坐在边上，对这种攻击，毫不在意，自顾看着自己的手机。

唐菀这边，约莫开了一个小时的车，才到约好的餐厅，提前订了位置，服务生领着两人往里走。

"已经有人到了吗？"唐菀询问。

"嗯，一位小姐，也是刚到。"

推门进去时，江锦上身高优越，越过唐菀就看到了里面坐着的人。

她正托腮玩手机，夕阳从窗口斜射进来，在她身上罩了层柔光，穿着很简单的圆领毛衣，阔腿长裤，保守干练，明媚不俗艳。

"你们来啦。"她起身，冲着他们一笑。

"介绍一下，这是阮梦西，这个是我……"唐菀也是初次带男朋友出门，说话难免有点觉得拗口生涩，"我的男朋友，江锦上。"

"你好。"阮梦西毕竟在入了职场后，早就学会了一套察言观色，肉眼识人的本事。说不上毒辣，也算精准。

这个男人，什么都好……就是看着身子单薄了些。

如果和十年前的她相比……他未必有自己长得壮实！

毕竟"五花肉"也不是白叫的，以前是真的挺胖。

"你好。"江锦上也在打量着她，毕竟一个人的仪态谈吐能反映她的性格，闺蜜就算不讨好，关系总要维系的，"这是我们这次出去，给你带的一点小礼物。"

"你这个……"阮梦西笑道，"我也没准备什么，实在不好意思。"

"没关系，先坐吧。"

四方桌，按理说唐菀与江锦上应该坐在一边，他却直接让唐菀与阮梦西坐在了一处："你们许久未见，应该很多话要聊。"

拿人手短，他做事又仔细周到，阮梦西对他印象还是很好的。

说好她请客，不过餐厅却是江锦上订的，她原本还担心会是某些高档餐厅，连信用卡都带上了，没想到就是比较有特色的小餐厅，价格很实惠。

反正几件事验证下来，阮梦西觉着，这男人是很不错的。

两个人很久未见，自然有很多话要聊，难免会忽略江锦上，他倒是好脾气，只安静听着，怕两人渴了，还给两人添了几次茶水。

阮梦西性子是比较外向，看到唐菀恨不能冲过去就抱住她，只是碍于江锦上在，要端着。

"我去个洗手间，你们慢慢聊。"

江锦上刚出去,阮梦西就迫不及待问道:"江五爷啊,是吧,京城好像没有第二个人叫这个名字了,他去你们家,不是退婚的?你俩怎么搞到一起的……"

"就到一起了呗。"唐莞喝着茶。

"难怪我问你名字,要你给我看照片,你愣是不给,都说他脾气不太好,看着好像还行啊,挺随和的,也很体贴,主要很照顾你的,男人嘛,知冷知热很重要。"

"传言未必是真的。"

"可是他身体不好,总是真的吧。"

唐莞语塞。

"我之前远远看过一次他哥,个子高,穿着西装,光看也知道身材很好,只是这江五爷好像有点儿……"阮梦西抿了抿嘴,"我听说他活不过28岁,是不是真的啊?"

"感觉他身体没有传闻说得那么差……"

"感觉?"阮梦西咬了咬牙,"唐小莞,这可是关系到你一辈子的事,婚后生活暂且不说,他如果身体不好,万一哪天风一吹,嗝屁了,你怎么办?这可不是开玩笑的。"

做朋友的,自然希望唐莞能找个能白头偕老的人,江锦上身体太差,在她看来,肯定不大适合结婚、处对象。

"我跟你说,他身体行不行,最好的办法就是……亲自试一试!"

"你刚才话很少,我以为你会问些什么,考验他一下。"唐莞直接岔开话题。

"我和他毕竟不熟,只是见过一面,目前来说,我觉得人很好啊,你和他相处这么久,肯定比我熟悉,有时一辈子都看不透一个人,就这几分钟,我能看出什么东西啊。"

阮梦西某些方面,还是看得很通透的。

"再者说,我考验他,也很主观,谁还没些缺点啊,可能有些问题他如果不愿回答,反而弄得尴尬,太不尊重人了,第一次见面,吃好喝好就行。而且我相信你,你看上的人,肯定不会差的。"

阮梦西话没说完,包厢门开了,她和唐莞都下意识挺直了腰杆,冲他笑着。

"五哥,你回来啦。"唐莞咳了声。

他点着头，漫不经心看了眼阮梦西，嘴角挂着一点若有似无的笑。

阮梦西忽然紧张地端着杯子，喝了口茶，试图掩饰尴尬。

这背后说人是非，总归是心虚的。

"对了，五爷，方便问一下，你和菀菀交往多久了吗？"阮梦西随意找了个话题，"你们是怎么走到一起的？"

"交往不久。"江锦上看着唐菀，眼风深沉，"我对她，算是……一见钟情吧。"

唐菀心底咯噔一下，咳了声，避开他的视线：说得好像真的一样。

阮梦西清了下嗓子，作为闺蜜，她还是很有自觉的，有些事不要多问，随便聊聊就行，只是对面这人毕竟是江五爷，她这心底还是有点怵的……

"阮小姐。"江锦上拿起水壶，"要水吗？"

"我自己来吧。"阮梦西从他手里接过茶壶，给自己加水。

"说了那么久，应该挺渴吧。"

"……"

阮梦西眨了眨眼，没缓过劲儿。

"这个餐厅隔音不太好。"

她手一抖，茶水差点溅出来。

唐菀低头，忍不住笑出声，而阮梦西已经尴尬得面如菜色。

隔音不好？

所以他到底听到了什么？

阮梦西和唐菀关系特别好，两人独处时，自然什么都说，百无禁忌，她可不知道包厢隔音很差。

江锦上也不是故意想让她难堪，毕竟还要在包厢待一段时间，以为隔音好，胡天侃地，这外面的人听了，影响也不好。

"点菜吧。"唐菀咳了声，因为来得比较早，三人坐着聊了会儿天。

这顿饭唐菀吃得很开心，江锦上神色如常，偶尔给唐菀夹菜，招呼阮梦西吃东西，就像个合格又贴心的男友。

只是阮梦西食不知味，心底藏了事，反应也比较慢，江锦上结了账她才反应过来。

"五爷，说好这顿饭我请你和菀菀的。"

"第一次见面，本就该我请客，下次再由你请客吧，你住哪个小区，我们送你回去。"

到了小区门口，闺蜜二人还站在寒风里说了许久的话，江锦上是不太清楚，为何女生之间会有说不完的话。

若不是明天两人都有事，估计这人江锦上就带不回去了，肯定是要留宿的。

目送阮梦西进入小区单元楼后，唐菀才上了车。

"刚才你在门口是不是听到了什么？"唐菀偏头看向江锦上，今天只他们两人出门，他负责开车。

"我该听到什么？"

"她让我转告你一句话，她说她平时也是个正经人，说话都会脸红那种。"

唐菀咳了声，这种违心的话，她说出来都觉得心虚。

江锦上偏头看她："系上安全带。"

唐菀刚把安全带扣上，手就被人握住了："你也帮我转告她一句话，以后想聊天，找个暖和的地方。"

她在寒风里站了良久，身子早就被吹透了。

此时唐菀手机振动起来，阮梦西发来的语音，估计是告诉她，自己已经到家了。

唐菀就直接点开了，她并未开扬声器，只怪车内过分安静……

"我到家了，再帮我谢谢他，今天吃得很开心，你们开车回去，也注意安全，开车需谨慎，把握好车速啊！"

前面的话都没问题，只是后面这句把握车速……

唐菀伸手捂着脸，江锦上低低的笑声传来：

"你朋友果真是个正经人。不过她今天有句话说得挺对的……身体好不好，试试才知道。"

唐菀扭头看向窗外，脸上好似火灼，他果然是听到了……

冬夜极冷，霓虹亮如昼。

江锦上之前说包厢隔音不好，唐菀就担心他是不是听到了什么，果不其然，不该听到的东西也听到了，都怪阮梦西，胡说八道些什么东西啊。

直至快到家，唐菀才咳了声："五哥，西西说的话，你别放在心上……"

"外面传闻如此，她有这种想法，我能理解。"

"嗯。"

而此时车子已经停在了江家附近,唐菀就快速推门下车,与闺蜜私下讨论这个,偏被当事人听到,唐菀也是要脸的。

她快步往前,却从一侧忽然窜出一条狗,冲着她就叫了一声。

"汪——"

她心底想着事,本就魂不守舍,毫无预警被一吓,下意识惊呼出声,三魂丢了七魄,本能想跑……

江锦上以为她出了什么事,快步往前,就把她搂了个满怀。

"汪汪——"这狗,大多都是欺软怕硬的,一看唐菀怂了,叫得更欢,摇着尾巴,在她边上转。

"怎么了?怕狗?"江锦上瞬时就把人搂进了怀里。

"不是……"

唐菀不怕狗,只是周围漆黑安静,一条狗忽然窜出来,冲她叫,着实吓人,她手指紧紧攥着江锦上的衣服,急喘着,此时还被吓得惊魂未定。

"你看看这狗……"江锦上伸手拍了拍她的后背。

心情略微平复些,唐菀才偏头看了眼身侧的狗,就是一只很小的泰迪,远处有人在喊,它便狂奔着跑远了。

"好些了?"江锦上还是第一次看到唐菀被吓成这般模样,倒是觉得非常有趣。

"嗯。"唐菀稍微挣了下,从他怀里退出来。

"以后再下车的时候,等我一起。"

江锦上熟稔地牵着她的手往家里走,刚进屋,就看到了唐云先。

他似乎也是刚到,神色略显疲态,只是目光落在两人交叠在一起的手上时,温润的眸子瞬时迸射出一点精光。

"爸,你回来啦!"唐菀很自然地将手从江锦上手心抽出,换了拖鞋往里走。

"刚到,出去玩得怎么样?"

"挺好的,还给你买了东西,我去拿给你。"

"不急,明天再说吧。"

"那你饿不饿,我去弄点东西给你吃。"

唐云先点头,他回来并没惊动江家人。

唐菀脱了外套进厨房后,江锦上才上前和他打了招呼:"唐叔叔。"

"你和菀菀逢场作戏而已,需要这么逼真?现在家里又没人,手需要拉得那么紧？"唐云先打量着他，那语气算不得好，甚至带了些质问的口吻。

在他此时看来，两人关系虽然是两家二老促成的，却也停留在逢场作戏的阶段，他担心女儿吃亏，而且江锦上毕竟是男人……不得不防。

"其实我们……"

江锦上刚想说什么，唐菀从厨房出来："爸，就给您煮点面吧。"

"好。"唐云先冲她一笑，与方才判若两人。

江锦上并没在客厅久留，先回房洗漱，把空间留给他们父女。

而唐菀手机振动着，很快收到一条来自江锦上的短信：

【待会儿来我房间，有话和你说。】

唐菀咬了咬唇，摸不透他想干吗。

约莫半个小时后，江锦上听到了叩门声，忍不住微笑。

有捷径不走，居然开始敲门了？

唐菀很担心江锦上又问起阮梦西说的那些事，站在门口，心里突突直跳，门一打开，心脏就好似被人倏地攥紧，瞬时连呼吸都被夺了去。

他似乎刚洗了澡，穿着睡袍，腰带松松垮垮地系着，从领口锁骨往下，露出小片皮肤，他身上总有股淡淡的药味儿，混杂着清新的薄荷香。

房间温度极高，一股热浪扑面而来，唐菀喉咙紧了紧，身上不自觉地发热。

"进来吧。"江锦上侧身让她进屋。

"有什么事就在这里说吧。"

直觉告诉她，此时进屋，怕是落不得好。

江措和江就站在不远处，看着两人在门口对峙，他们也不知这二人出国到底发生了什么，好像一切没变，却又分明有东西不一样了。

江锦上偏头看向不远处的两人："身体的事……你确定要在这里说？"

唐菀呼吸一沉："我挺困的，要不明天再说吧。"

果不其然，还是要说那件事。毕竟哪个男人对这种事都很在乎，江锦上也不例外，唐菀此时只恨阮梦西这个杀千刀的，说话没把门，居然让他听到了。

其实江锦上没当场甩脸子，已经很不错了。

毕竟被人质疑那个方面……估计谁都坐不住！

她刚迈出一步，腰上就横了条手臂，江锦上给人的感觉单薄清瘦，可唐菀比谁都清楚，若是对抗，她抗拒不了。

手臂用力，就轻松把她整个人都搂了回去，唐菀整个人撞在他怀里，鼻尖是直接擦着他胸口皮肤……潮热的，烫得她鼻尖发麻。

"今天的事我不喜欢拖到明天，还是今晚说吧。"他略微用力，将人带进屋，门被砰地撞上。

江揩伸手揉了揉鼻子："我去，到底怎么了？这么着急？"

唐菀知道，要是讨论身体的事，自己讨不了好，抬手就要开门离开，只是江锦上动作更快，把人抵在门上，一只手仍旧搂在她腰上，另一只手抓着她的手，按在一侧。

身子抵过去，唐菀浑身力气都被卸了。

门口玄关处的灯光很暗，照在彼此的脸上，唐菀脸忽然就红了，这姿势她过分被动，又过分暧昧。

他垂眸看着她，眼神深邃。

"你到底要说什么？不是说不在乎吗？"

"她怎么说，或者怎么想，我是不在乎的，我在乎的是你。"

屋内温度太高，这么皮贴着皮，肉靠着肉的，唐菀觉着呼吸都无比艰难。

"我？"唐菀蹙眉，略微拧了下手腕。

"你对我的身体有什么看法？"

唐菀脑袋轰的一下就炸了，他说话能不能准确点，什么对身体的看法，是对身体健康的看法好吗？

江锦上已经松开桎梏她手腕的手，只是另一只手圈在她腰上，身子也依旧靠着她，未曾松动半分。

唐菀咬着唇，别过脸，这话该怎么回答？

"怎么不说话？"

他低头靠近，气息都笼在她脸上。

"你也觉得我身体很差？"

"我没有……"

"是吗？"江锦上低笑着，他看得出来，唐菀这话说得没什么底气。

唐菀瞳孔微震，就看到江锦上越靠越近，低头吻住了她。

她后来都不知道自己是怎么回房的，简单洗了个澡，对着镜子准备护肤，方才发现唇角有些红，脑袋昏昏沉沉，也不知发生了些什么。

躺在床上，画面却不断在脑海回旋。

心脏像是被人狠狠一拧，从心尖麻到脚尖，连呼吸都觉得不畅快了。

这一夜，唐菀做了个非常奇怪的梦，梦里江锦上为了证明自己，身体力行……

荒唐一梦。

待她被闹钟惊醒，居然惊出了一身冷汗。

自己真是疯了，怎么会做这样的梦。

早起下楼，她在楼梯口碰到江锦上，打了个招呼就落荒而逃。

今日要给唐老办理住院手续，老爷子是极不情愿去医院的，可又没法子，这一早就丧着脸，连早餐也没吃几口。

住院加上手术，耗时很长，唐菀吃了早餐，就帮他收拾东西。

"我帮你吧。"这时候，江锦上肯定要表现一下的。

"不用，我自己来！"

唐菀脑海里总想着那个梦，避他如蛇蝎。

江锦上抬手摸了摸鼻子，从早上开始就不对劲：怎么回事？难不成是昨晚自己过火了？

唐老住院后，江家众人待了一会儿就离开了，老太太原本还想说，让江震寰或者江宴廷来轮流守夜，也被回绝了。

他们一家上京，本就很麻烦江家，哪儿好意思还让他们如此折腾。

安顿好老爷子，唐菀则和江锦上一道去超市又买了些日用品，医院虽然提供被褥水壶，却难免有些缺漏。

"你看小五和菀菀，多般配啊。"老爷子已经换了病号服，笑得满脸欣慰。

只要儿孙幸福，就是再被割两刀，也心甘情愿。

"爸，上次的事情，您不觉得有些过火了吗？"此时只有父子二人，唐云先就忍不住开了口。

"我怎么了？"唐老佯装不知。

"就关于试婚那个……"唐云先有些无奈，"您确定不是有意为之？"

"你这话是什么意思？难不成是想说，我身体里那些血栓都是假的，我联合周医生故意搞了这么一出？"老爷子一听这话，有些急眼了。

"我的确很喜欢小五，也希望他和菀菀在一起，但你觉得，我会因为这件事，故意拿自己身体开玩笑？你把我当成什么人了？"

唐云先急忙安抚："爸，您别生气，我就是信口胡说的。"

"你不信我，总要信周医生吧，我身体的确不好，他是医学权威，难不成你质疑他的医德，怀疑他会和我联手做局？"

"我当然信任周医生。"

"那你的意思就是，是我演戏呗。"

"我……"唐云先知道他身体不能动怒，只能竭力安抚着。

"那你那话是什么意思？你给我说清楚！"

遇到不讲理的人，唐云先已是有苦难言，偏生老爷子身体不好，自己还得哄着。

周仲清站在门口，他原本准备来看看的，听到两人对话，也是没脸进去，毕竟试婚一事，自己的确没守住底线。

老爷子这般无理取闹，他可不能跟着不要脸，悻悻回了办公室。

"爸，我就是随口胡说的，您别放在心上，我给您削个苹果吧。"唐云先讨好地笑着。

老爷子冷哼一声，双手抱胸，一副哄不好的模样。

而此时外面有人敲门，透过门上的玻璃小窗，唐云先能很清晰地看到外面站了谁。

"谁啊？"老爷子挑眉。

"不认识，可能是找错病房了。"唐云先放下手中的苹果与水果刀，起身去开门。

门口站着一个中年男人与一个二十出头的姑娘，抱着花提着果篮，一脸讨好。

"唐先生？"男人率先开口。

"您是？"

唐云先是生意人，在京城也有些人脉，却并不认识眼前的人。

"我叫庄严，这是我女儿，庄娆，我们特地来探望唐老爷子的。"男人笑得讨好。

唐老靠在病床上，听到庄娆的名字，才眉头微皱，这不就是之前拍卖会上为难菀菀的那个？

拍卖会的事，唐云先并不知道，还以为是自家老爷子的旧识，又带了这么多东西，就侧身请他们进来了。

"唐老。"庄严笑着打招呼，抬手抵了抵身边的人，庄娆才不情不愿地喊了声爷爷好。

他们来意如何，唐老心知肚明。庄家最近一直想去江家拜会，无非是想赔礼道歉，只是没进门就被挡了回去，肯定是打听到他今日住院，特意过来的，毕竟江家进不去，只能从他这边下手了。

唐云先原本还想招呼两人坐下，却听到自己父亲笑着说了声："我们认识吗？"

父子相知，唐云先还是了解父亲脾气秉性的，他对这二人态度并不友善。

庄家父女面色一僵，都有些尴尬，其实事情大家肯定都清楚，只是唐老故作不知，他们率先开口，就很难堪了。

"抱歉，我年纪大了，可能记性不太好，要不你说一下，我们在哪儿见过，兴许我就记起来了。"唐老笑容和善。

人已进屋，无路可退。

庄严咳了声，硬着头皮说："就是之前拍卖会上，小女和唐小姐发生了一点小摩擦，我今日特意带她过来，赔礼道歉的。"

老爷子轻笑："你说这个啊……"

"是啊。"

"按理说，我也该替菀菀给你们赔不是才对，听说那晚她对庄小姐动了手。"

"这是她该打，是我教女无方，你还愣着干吗，赶紧道歉！"庄严看庄娆不动，心底又急又气。

"对不起。"庄娆声音敷衍，说得极不情愿。

自打拍卖会后，庄娆就成了整个京城的笑柄，她本就咽不下这口气，现在还得过来赔礼道歉，自然更不甘愿。

"歉意我收到了，我现在想休息……"

唐老虽然这么说，庄严却听得出他的不满，可他再想说什么，老爷子又开口了。

"我腿脚不便，就不起身送二位了，云先，替我送送他们。"

"二位，请吧。"

庄家父女走出病房，庄娆忍不住嘀咕了两句。

"都赔礼道歉了,还想怎么样?就算是我挑衅的唐菀,那我也被打了啊,她也没吃什么亏!"

"你还敢说!"庄严气急败坏,"你知道你得罪的是谁吗?"

"不就是仗着有江家撑腰吗?爸,您到底怕他们什么?我们都这样服软了,进屋后,别说喝口水了,就是凳子都没让我们沾一下,排场倒是挺大!他唐家再厉害,强龙不压地头蛇,他们还能把手伸到这里?一个老不死的东西,还蹬鼻子上脸了……"

庄娆话没说完,庄严直接抬手,就给了她一巴掌!

"啪——"一声,庄娆彻底被打蒙了,她颤巍巍地抬手碰了碰,好似火烧:"爸?"

"你还敢胡说八道,就是你管不住自己的嘴,才惹出这么多是非,你知道现在整个京城都怎么说我们吗?知道家里的公司多被动,我出门要受多少人的冷眼吗!江五爷当众给你难堪,那些想讨好江家的,谁还敢多和我说一句话?你非得把整个庄家都搭进去才甘心是不是!"

庄娆抬手捂着脸,咬牙道:"那我也道歉了!"

"你说的那是什么话,心不甘情不愿的,你以为人家听不出来?"庄严气急败坏,"我告诉你,最近几天,你就天天给我往医院跑,什么时候唐家原谅你了,你再给我滚回家!"

"爸——"庄娆一听这话就急眼了!

"给我把态度放端正点,就算他们不原谅你,谁都有做错事的时候,最起码我们做了努力,日后谁再拿这个说事儿,唐家不依不饶,就是他们得理不饶人!"

庄娆咬唇,她本就不情愿道歉,还天天来,自然更不甘愿。

"说话,听到了没?"

庄娆捂着脸点头,心底更是恨透了唐菀。

庄家父女离开后,老爷子才把事情简单和唐云先说了下。

"我就觉得,简单的小摩擦,犯不着父母都过来。"

"打个电话问问菀菀他们到哪儿了,免得待会儿在楼下碰到。"老爷子倒不是得理不饶人的主儿,只是那庄娆一看也不是诚心来道歉的。

歉意他收下了,至于孙女被人当众羞辱,他又不是本人,没法替唐菀做主去原谅谁了。

唐云先应声摸出手机打电话,此时的唐菀和江锦上已经采购了东西回到医院,不过和庄家父女刚好错开了电梯,没碰着。

"唐叔叔打电话来催了?"江锦上偏头看向身侧的人,虽说一起去了趟超市,两人交流却不多。

他以为是自己昨晚过了火,而唐菀是觉得自己太猥琐,居然做梦都梦到他,压根没脸见他。

"嗯,问我们到哪儿了!"

这边电话刚挂断,又有电话打了进来,居然是祁则衍的:"喂——祁总。"

"打扰到你了吗?"祁则衍此时正在办公室。

"没有,您有事?"

"就是关于我们合作的项目,新的一年,我这边马上要开始着手准备,回头我会让公司的人和你对接,有什么事你和他说。"

"好。"拍电视剧是大工程,而且是古装剧,搭棚造景,都颇费时间。

"我听说唐老已经住院了,在哪个医院啊?回头我去看看。"

"不用,太麻烦……"

唐菀自顾打着电话,却不承想原本站在走廊一侧,正与医生交谈的男子,陡然疾声厉色,将医生一把推开:"……我告诉你们,如果我妈有什么事,我让你们整个医院都不好过!"

"王先生,您冷静点,您母亲的病,我们已经尽力了……"

"什么尽力,反正我妈出了任何事,你们都别想好过!"

"王先生……"

"滚——"

那个医生,差点撞着唐菀,江锦上把人护在身侧后,伸手抬了下那个医生的胳膊,算是帮她稳了下身子。

"谢谢,抱歉哈。"医生也是一脸难色。

随后来了不少人,就连周仲清和一些主任医生都来了,连番劝说才把家属情绪安抚住。

众人散去后,周仲清瞧着江锦上他们在,随他们进了病房,才忍不住摇头:"现在有些病人是真的难伺候,不信任我们,又不想花钱,让他们做手术,家属不签同意书,现在老太太身体不适,就冲我们大吵大骂,也是没法子。"

"只能安抚着?"外面那么大动静,唐老自然也听得到。

"现在说我们耽误病情,一分钱不想花,让我们给他母亲做手术,这医院毕竟不是慈善机构,我估计还有得闹……"周仲清语气颇为无奈。

医院每天都在经历生老病死,形形色色的人也见多了。

第十六章
他的手段,一直很高

随后几天,唐老又做了两次检查,唐菀和唐云先轮流在医院守夜。

每逢唐菀过去时,江锦上都在。

那晚又是唐菀去医院,江锦上照旧跟过去。

老爷子临睡前说了一会儿医院的事,无非是同楼层那个病患家属又闹事了。

"……这次闹得动静不小,把记者都引来了,我看今天新闻上都在说这事儿,无论这个真相如何,医院和医生肯定都是要被骂的。"唐老说得无奈。

"这事儿警察不是介入了?没结果?"唐菀询问,这事儿闹了好几天,警察也来了好几次。

"不好调解啊。"

又聊了一会儿,老爷子就睡了,唐菀走到江锦上身边,压低了声音:"要不你今晚回去睡吧?"

陪床的人只有一张折叠的小床,容不下两个人,每次守夜,江锦上几乎都是靠在椅子上睡觉的,实在委屈他。

"你不想我陪着你?"他同样压着声音,嗓音温柔,低沉磁性。

躺在床上的老爷子,眼皮动了动。

"医院这里实在不好休息……"

"你希望我陪你吗？"江锦上好似压根没听到她说什么，搁了手中的书，起身走近她。

"我说的不是这个，我一个人也照顾得过来。"

"那你想不想让我陪你？"他靠得又近了些，声音几乎是压在她耳侧，"嗯？说话。"

入夜渐微凉，医院更是安静，唐菀觉着耳边都是心跳与呼吸，急得一塌糊涂。

"不说话，应该是想的。"江锦上低低笑着，略微俯低身子就凑了过去。

"你干吗，爷爷还在。"

"我们小点声……"

唐老爷子眼皮狠狠跳了下。

他俩什么时候发展到这个阶段了，饶是一把年纪了，也按捺不住一颗想要八卦的心，想知道他们具体到了何种程度。

可现在这情况，他又不能睁开眼光明正大地看。

他觉得自己真要急死了！

唐菀更是又羞又臊，自己到底要和他做什么了，还小点声？

"觉得不好意思？"江锦上这人是真的乖张，压根不在意此时房间里还有一个人。

唐菀还没开口，老爷子就听到有帘子轻轻滑动的声音，病床周围都有一层帘子，平素有检查，需要脱衣或者不得体的时候，都会拉上。

他此时知晓，自己床边的帘子都被拉上了，就算他偷摸想睁眼看一下，都没法子。

"现在好了。"江锦上扯了帘子，又再度看向唐菀。

他低头，亲了下她的嘴角。

"你！"

"嘘——"江锦上指了指被帘子隔起的病床，冲她比了个嘘声的手势，气得唐菀又急红了脸，他却好似不依不饶般，偏头去碰她嘴角。

唐菀憋着口气，呼吸不畅，脸气得通红，就连耳垂脖颈都染了层滚烫的绯红。

"你以前真的没交过女朋友吗？"唐菀试探性地发问。

"为什么这么问？"

"感觉你不像第一次。"

其实两人交往,前任这东西是很忌讳的,要是真的喜欢,都会有占有欲,会莫名变得贪婪又小气。

"吃醋了?"

"没有。"唐菀坐到椅子上,捡起江锦上看了一半的书,佯装无所谓。

江锦上就站在她面前,唐菀蹙眉,仰头看他:"你挡着我的光了。"

他却忽然俯身,双手撑在椅子两侧的扶手上,将她困于身下,放低身段,靠得近些,气息吹过去,唐菀手指紧扣着书。

"你要做什么?"

"我所有的第一次都是给你的。"

他语气非常笃定,认真地看她,认真地说话,倒是弄得唐菀有些无所适从,低着嗓子咳了声:"我知道了。"

老爷子躺在病床上,一边要装睡,还得竖着耳朵听八卦,累得要命。

可后面两人嘀嘀咕咕说了些什么,他是半点没听到。

气得他呼吸都不顺畅了。

他闭着眼,对时间没什么概念,只知道有人出去了,然后他床边的帘子就被拉开了,耳边忽然传来一道声音。

"菀菀出去了,您憋得估计挺难受,脸都涨红了。"

唐老猛地睁开眼,颇为凶狠地剜了他一眼。

这小混蛋!我这样还不是因为你?

翌日一大早,约莫上午八点多,医生开始巡楼查房,周仲清负责的病人极少,由他接手的,多是疑难杂症。

当他到病房询问唐老病情时,同楼层那家又闹腾起来。

听声音,似乎还有记者掺和在里面。

"……怎么就看不好了,把你们医院的周仲清叫来,他肯定能看好!"

"您就是叫周医生也没用啊,他看不了您家老太太这病……"护士耐着性子和他解释。

周仲清只是某个领域的权威,也不是什么病都能看!

"不是看不了,是他不想看!专家都是给权贵看病的,别以为我不知道那边住的老头子,家里有钱有人,所以你们给他开绿色通道!不管我们的死活……"

周仲清正给老爷子检查身体,一听这话,两人面面相觑。

由于医院保安阻拦，记者和患者家属并未冲过来，反倒是关于这场医闹的后续报道，被彻底带偏了……

原本大家都在讨论医院和患者孰是孰非，而此时却统一声讨：

【医院是否给有钱人开辟绿色通道！】

一时又惹得舆论哗然。

原本医闹纠纷，转而变为声讨医院是否为有钱人开设绿色通道，唐家人原本并未在意，因为第一篇报道出来后，并未引起太大波澜。

反而是过了两天，网络风向才陡然变得诡异。

【为何频频为有钱人开辟绿色通道，普通人权益如何保障。】

【医院已沦丧至此，让人心寒。】

【医患纠纷为何经久不衰，原因在此。】

……

各种报道一夜而起，甚至将之前医院出现的医患矛盾，都归结为医院为有钱人搞特殊待遇，一时讨伐声愈演愈烈。

有些患者不知从哪儿得知唐老病房号，甚至故意从门口经过，进而指指点点。

而之前闹事的家属，更是几次三番试图过来挑衅，院方也是怕了，没有法子，只能安排唐老换了个病房。

换病房是有类似报道出来的第一天，就在安排了，只是医院床位实在紧张，隔了几天后才有了空床。

院方也是害怕，如果一旦起了冲突，出现伤人事件，他们担不起这个责任，只能麻烦唐家人换病房。

唐老也理解他们担忧，自然点头同意了。

帮老爷子搬好病房当晚，轮到唐云先守夜，唐菀回家，刚洗完澡，刚解下头上的速干毛巾准备吹头发，手机就不断振动起来，她看了眼来电显示，阮梦西打来的。

她此时双手擦着头发，按下接听顺手开了免提。

"喂，西西——"

"你干吗呢，给你打电话也不接。"

"刚才在洗澡。"

"唐小菀，你们家被人扒了！"

"你说什么？"唐菀愣了下，没反应过来。

"最近网上不是一直在爆医闹那件事吗，说有人搞特权，现在有人把你们家爆出来了，还说现在很多人想住院都很难，医院居然可以轻易安排你们换病房，现在网上都炸了。"

唐菀擦拭头发的手指顿了下："谁扒的？"

"一个网友，现在点开他的主页，已经被注销了，没有指名道姓，只说是来自平江，有个儿子刚离过婚，只要稍微一查，傻子都知道是你们家了。"

"我知道了。"

"你最近自己注意点，京城这边记者挺疯狂的……"

唐菀余光瞥见一侧的柜子微微移开，江锦上便出现了，阮梦西并不知江锦上到了，还在叮嘱她要注意安全。

江锦上则绕到唐菀后侧，伸手扯过她的毛巾，帮她擦拭着发梢的水珠。

"唐小菀，你最近出门，如果五爷没事，让他陪着你，尽量别自己出门……"

唐菀还没开口，江锦上就说道："我知道，会陪着她的。"

阮梦西说得正嗨，忽然听到江锦上的声音，怔愣片刻："五、五爷？"

"我在。"

"那个……"阮梦西咳了声，"我就是担心菀菀，打个电话提醒她一下。"

"谢谢，我会照顾好她的。"

"那就行，你们忙，我挂了。"

唐菀蹙眉，忙什么啊？

而江锦上则将毛巾披在她肩后："我去拿吹风机。"

江锦上拿着吹风机出来，唐菀本想自己来的，却被他拒绝了，随着吹风机开始工作，他的手指从她发间穿过，暖风烘着她的头皮和后背，一时竟热得浑身都不自在。

他没什么经验，只是手法温柔，倒也不曾扯痛她。

他手指本就温热，从潮湿的发间穿过，轻轻拨弄她的头发，拨得她心跳也乱得一塌糊涂。

热风从四面八方吹来，唐菀浑身都热烘烘的，也不知过了多久，吹风机停止工作，江锦上抬手给她整理了一下头发。

"剩下的，我自己来吧……"唐菀刚伸手去扒拉头发，就感觉耳边

131

忽然吹过一股子热风。

他凑过来了。

"菀菀——"

许是因为俯低着身子,声音氤氲在嗓子眼,稍显低沉,他没再说话,只是靠得很近,耳朵本就非常敏感,他的每一次呼吸,她都听得格外清晰。

就好似有什么东西,一点点挤压着她的胸口,让人呼吸都分外困难。

"你刚才在想什么?"

"我没想什么啊。"唐菀用手指梳理着头发,几根落发缠在指尖,她就双手合着,缠裹着那两根头发。

毕竟自己做了那样子的梦,此时心情比这纠缠的头发丝还乱。

"可是你脸很红。"

"那是因为吹风机吹得太热了。"

江锦上本就心细如尘,察觉了些什么,只是不清楚具体原因罢了。

"关于医院的事情,这两天应该就会有个结果。"

他略微抽身,与唐菀保持一点距离。

压在耳侧的呼吸离开,唐菀才觉着整个人好似瞬间才活过来,若是他再这般下去,光是紧张忐忑,自己就得丢了小半条命在这里。

"你是说,会有大动作?"唐菀也不傻,有结果,那之前势必会发生些什么,"这件事背后是不是有人推波助澜?"

"不止一个人。"

唐菀抿了抿嘴:"是有人对之前的事,心怀怨恨,所以暗中使坏?"

最近的事发生得太奇怪了,他们在医院也住了很久,那家闹事也不是一天两天,忽然扯到他们家就算了。

虽然出了报道,那也是转瞬就石沉大海,没理由几天后才被人翻找出来,大肆炒作。

当舆论沸然,所有人都义愤填膺,才把唐家拉出来示众……

怎么看都是有人背后运作!

唐菀初涉京城,和她有矛盾的,很容易猜到是谁。

江锦上没作声,唐菀见他不言不语,也不知他在干吗,扭头去看他……

他低头,在她唇边啄了口。

窗帘半掩着,月光从缝隙洒入,落在两人身上,就连冷寂的月光都好似瞬间变得缠绵起来。

他的手指从她发间穿过，虽然头发已经吹干，可头皮还是有些凉意，他手指温热，触碰到的时候，唐菀觉着自己整个人都在发热发烫。

"别想那么多了，早点睡觉，晚安。"

他垂头，在她侧额碰了下，唇角灼热，烫得她忍不住缩了下脖子。

这……算是睡前晚安吻？

唐菀回过神的时候，江锦上已经离开她的卧室，她将指尖缠绕的几根断发搓揉成一团丢进垃圾桶，偏头看着龟缸里的万岁爷，拿着东西逗弄了两下。

万岁爷则缩在龟壳里，压根不想理她。

只是唐菀心底有些乱，胡乱在它龟壳上捯饬着，又从一侧拿了点虾干喂它，乌龟吃得本就不多，万岁爷本想探出脑袋吃两口，唐菀故意作弄，不让它吃，它就干脆不吃了。

"你这乌龟，个子不大，脾气倒是挺大的。你是什么品种啊，饭店里可以吃的那些，和你是一样的吗？"

万岁爷：作为一只要冬眠的乌龟，我可真是太难了。

江锦上昨夜虽然给唐菀打了预防针，说事情会有个结果，那就可能会出事。

但她也没想到，第二天到医院就出了事。

唐菀在住院部楼下，碰到了几个类似记者的人，只是对方不认识她，饶是擦肩而过，也没留意。

"你先去病房吧，我去找一下周叔。"江锦上今天要来体检。

唐菀点头，到病房，换了唐云先回家，就陪唐老说了会儿话。

"菀菀，你和小五发展得怎么样了啊？"老爷子刻意压低了声音，那语气非常八卦。

"我们没怎么啊。"

"就我们两个人在，你怕什么啊？到哪一步了啊，你告诉我，我心底也有个数啊。"

老爷子早就按捺不住激动，他笑秘密地打量着唐菀，那模样，就好像两人马上就能给他生个曾外孙出来。

而此时周仲清和他助理过来，敲门查房。

"唐老，今天感觉怎么样？"

"老样子。"

"五哥没和你一起过来？"江锦上去找周仲清检查身体，按理说应该一起来的。

"我安排他做了几项检查。"

"你俩才分开多久啊，这就想了……"老爷子笑着调侃。

唐菀咳了声，她就是随口一问。

周仲清偏头给助理说了下老爷子的情况，让他做好记录，以便日后手术作参考，也就在这时候，有人敲门而至。

唐菀打开门："你们是……"

话没说完，一个中年男人就指着她说道："就是她，就是这家！"

唐菀认识他，就是一直在医院闹事的患者家属，而此时外面的人已经举着摄像机或是手机，对着她拍了几张照。

"就是他们家搞特权，现在医院就是为了有钱人开的！穷人看不起病，就是想住院，病床都要排队等，他们凭什么搞特殊！什么都用最好的，就连京城最好的专家都只给他看病，病房想换就换，专家随叫随到！我们就是想看个病都不容易，你们说说，这公平吗？"

唐菀都没反应过来，这个男人就指着她的鼻子，一通嘴炮。

紧接着，他直接撞开唐菀，冲进了病房内，指着唐老，就对着记者说："就是他！"

记者不由分说，先拍几张照片再说。

"你们到底在干吗？"周仲清蹙眉，他对这个男人，早就深恶痛绝，此时又带记者冲进他人病房，嚣张至极。

"这就是医院那位权威的大夫，一直不接受采访那位，你们自己看看，他对我们和对这些有钱人，态度那是截然不同啊，可能我们的命不值钱吧。"

"王利！你到底想干吗？"周仲清压着心底的怒意，他的名字早就在医护人员中间传开了，大家对他都唯恐避之不及。

"我想让大家看看，你们医院这副嘴脸多难看！"

男人五十多岁，生得精瘦，形销骨立，五官凸出，给人尖酸刻薄之感。

"周医生，对他的问题，您有什么需要回应的吗？"

"你们医院是否给人开了绿色通道？"

周仲清咬紧腮帮，没作声，记者转而就把矛头对准了躺在病床上的唐老："您要不要说两句？"

而此时闻讯而来的医护人员已经小跑进了病房，看到这情形，也是恨得咬牙。

一些同楼层的患者或者家属，也都过来凑热闹，病房内外一时变得乱哄哄的。

"你们问我是吧，既然今天有记者在，你们也一直想采访我，那就借着这机会，把话说清楚好了。"周仲清直接站出来，"有事就说，烦请你们不要骚扰我的病人。"

周仲清穿着白大褂，平素也算和善，此时他笑容消失，整个人都变得冷面肃杀，倒是有几分吓人。

"周医生，算了！"有人劝他。

这事儿闹到最后，似乎总能扭曲成医院理亏，即便院方发了声明，似乎也没人买账。

"王利，你家老太太是十月的时候，就来医院看过病，当时医生就建议让她住院，你们只是给她吊了几瓶水，就强行把她带走了，是不是有这回事！"

"你们这些医生，就是会唬人，我妈根本没什么事，你们非要让我们住院，谁知道你们是不是想骗钱的！"王利冷哼。

周仲清轻笑："上个月她再度进医院，这次是因为她在家昏迷，意识不清，你们没了法子才把人送到医院。老太太的生命体征已经非常微弱，若是再晚一步，只怕神仙也难回天。当时为了救她，我们并没强行收取你的任何费用，直接送进了手术室，这算是给你们开了绿色通道吧，这件事你面对记者，怎么只字不提！"

记者看向王利，似乎也是想要一个答案。

而他则大声叫嚣着："治病救人，难道不是应该的吗？再说了，你们把我妈救成什么样了？"

"她本身年纪就摆在那里了，而且她身体怎么样，你们这些做家属的心里没数？在家使劲糟践，出了事，就全部都是医院的责任？你如果觉得我们医院哪里做得不好，我们也说了，你可以去举报，甚至去医疗鉴定。不信任我们，你们随时可以转院！"

王利一听这话，就急眼了："人是你们医坏的，凭什么要我们转院！你们就是想推卸责任！"

周仲清无奈地笑着，他毕竟不是那种无赖，遇到这种不讲理的人，只恨不能打他两拳解气。

唐菀此时走出来。

"王先生是吧，您和医院之间有什么事，我不清楚，我也不说什么，但是您带着记者，冲到我们病房是做什么？如果今天我爷爷被气出什么问题，这责任到底谁担着？这事儿已经出现好几天了，您自己的事，干吗非要拖别人下水！"

王利笑得无耻："搞特权待遇，还不许别人说！就是仗着家里有点钱而已。"

唐菀虽然生得温婉，这脾气上来，也是个不好惹的主儿，这王利虽然无赖，可看她突然冷着脸，这眼底的刀子，就像是锋刃，一寸寸割过来，也是吓得他心底一颤。

"你这么看我干吗！难不成我还说错了？今天这么多记者在，你还想打我不成！"

唐菀道："到底是谁在搞特权！"

"你一直说，医院苛责你家老太太，你闹了这么久，现在记者都来了，院方恨不能把你家老太太供着，生怕她出一点事。毕竟现在舆论风口，她但凡出一丁点儿事，估计网友的唾沫星子，就能把院方和医生给撕碎了，什么都给她用最好的，医院现在到底是为谁开了绿色通道，你心底没数吗？推说医院治坏了你家老太太，不肯交费，还让院方担了这么大的责任，到底是谁无耻！"

唐菀这话算是戳中了那人的软肋。

外面的人都在议论纷纷，的确，闹成这样，医院恨不能把他家老太太供养在无菌房，哪里敢得罪半分。

"你这臭丫头，你胡说八道些什么！"王利有些气急败坏。

"你非说我们搞特权，说周医生只给我们看病，我就想问，你非要让一个内科大夫拿着手术刀，去做骨科大夫的事，谁做得出来？如果我们那么厉害，会搞特权，你们还能冲到我们这里，这般嚣张放肆？"

唐菀也是没见过这般无理取闹的人。

"王先生，我们在一个楼层待了不少时间，你和医院也闹了许久，我真的不清楚，为什么忽然就把矛头对准了我们？"唐菀看向他，"谁给你好处了吗？"

"胡说八道！简直放屁，记者同志，这臭丫头，就是胡扯的！"王利一听这话，瞬时有些急眼了，"你这话是什么意思？说我故意污蔑你们？

你未免太看得起你自己了。再说了，我们缺钱吗？"

周仲清道："之前不让老太太住院，不就是因为她的病，医保报销不了吗？"

"你……"

就在这时候，门口忽然出现一个人。

"这……这是怎么了？"女人的声音清脆，似乎还带着几分诧异。

唐菀侧头看过去时，就瞧见庄娆抱着花，提着果篮走进来，穿着时髦，妆容精致地出现在病房门口。

"出什么事了？这么多人？"她打量着屋里，看似诧异，可有些情绪却藏不住。

比如……幸灾乐祸。

"庄小姐？"

"我就是来探望一下唐老。"庄娆笑道。

"庄小姐，来得可巧啊……"此时外面又传来一道清冽温缓的男声。

庄娆回头，就瞧见了江锦上快步而来，四目相对，他眼底透出的无端寒意，惊得她后背发凉。

江锦上身后还跟了人，尤其是江就，穿了一身黑，戴着墨镜，生得孔武有力，让原本聚集在门口的人群往后侧散开，给他让开了一条路。

江锦上刚进屋，就低声说了句："关门。"

江就随即把门关上，后背挡住门上的小玻璃窗，隔绝了外人的视线。

唐老靠在病床上，他这辈子见过太多风浪，他马上要做手术了，不能动怒，要压着火，所以始终不置一词。直至江锦上进来，才笑着看他："小五来啦。"

"嗯。"江锦上点头，打量着此时在屋里的所有人。

以老爷子病床为分界线，王利与那些记者一边，唐菀与周仲清等人则与之对立。

"你各个项目都检查完了？"周仲清打量他。

"没有。"

江锦上径直走到唐菀身前，就这么生生把人护在了身后。

王利还从未见过这般牙尖嘴利的丫头，气得呼吸不顺，胸口起伏着，怒瞪着她，猝不及防撞上一双冷若寒潭的眸子，他脖子一缩，身子都凉了半截。

"王先生，你可知道造谣污蔑，需要去里面蹲几年？"江锦上声音徐徐。

方才唐菀那句话，已经把他老底揭了，王利心虚，只能红着脖子，扯着嗓子叫嚣。

"什么造谣，我发现你们这些人，就喜欢胡说八道！"

江锦上轻笑着："事情已经在网上传播开了，医院的事情暂且不提，光是你说给有钱人开绿色通道这个，你以为就构不成名誉侵犯？拿了别人一点钱，以为在记者面前随便说两句，就不用承担责任？如果有心告你，按照造成的损失，只怕没有几百万，或者几千万，这件事是无法私了的。"

王利一听这话，立刻就急眼了。

给母亲看病，几百几千的医药费都抠搜的人，一听过百万的赔偿，立马急了："这和我没关系的啊，我就是说了几句话，凭什么要我赔钱？"

"怎么和你没关系，如果今日老爷子气不过，出了什么事，这后续的医药费也得你承担！"

江锦上太会拿捏人的痛处，这个王利一开始在医院闹事，就是不想给医药费，为了点小钱都能无耻至此，何况是涉及百万巨款。

王利登时就急眼了，忽然转头看向庄娆："小姐，这件事之前可不是这么说的啊！"

"你看我干吗！"

庄娆一看他居然扭头对准了自己，登时慌了神。

"这件事是你让我做的啊，他们要是真的告我，你得赔钱啊！"

"你在说什么东西啊，什么是我叫的！"庄娆一听这话就蒙了，看向江锦上，"五爷，您可别听他胡说，这件事和我没关系的，我什么都不知道。"

"是你让我故意在他们面前说这种话，你现在可不能不承认啊！"

唐菀早就想过，这个王利背后有人，只是不承想，他如此不禁糊弄，江锦上只说了赔钱二字，他就直接把庄娆给咬了出来。

"唐老，五爷，这件事我真的不知道，他完全就是胡说的！"

庄娆也没想到这个王利这么蠢，江锦上就是吓唬他的，他居然也信。

"庄小姐今天来得可真巧。"唐菀笑道。

"我是来探病的，之前也来过一次，当时你不在，我就是想为之前的事和你道歉，你看我还特意买了水果和鲜花，我压根不认识他！"

庄娆也不傻,这种时候自然要竭力撇清关系。

"来探病啊。"唐菀轻笑,"这么长时间也没见你出现,今天来得这么凑巧,不知道的,还以为你是故意卡着时间来看戏的。"

庄娆身子忽然一僵。她的确是卡着时间来看戏的,小心思被人戳破,她脸上神情莫测,房间里的人,也都看出了些许端倪。

庄娆这人太蠢,但凡有些脑子,之前也不会被江姝研拉出去当枪使。她做事,痕迹太重,自己偏又藏不住,什么事都堆在脸上了。

"我真的就是单纯来探病的。"庄娆已经有些慌了,尤其是看到门被挡住,江就戴着墨镜,看不清神色。

而她之前被江就动手扇过,一看到他,本能就有些腿软。

"嗳,你是不是不想赔钱啊!我告诉你,如果我倒霉,你也别想好过!"王利这人本就是个无赖。

"你在胡说什么!到底是谁让你瞎说的!"庄娆气急败坏。

当时不是说好帮她保密,怎么一转眼就把她卖了。

唐菀轻哂:"庄小姐,其实他这种人,可以为了一点蝇头小利就攀咬医院,你还指望这种无赖能帮你保守秘密?"

"唐小姐,这事儿真的和我没关系!他完全就是为了推卸责任,无中生有!"

庄娆也是心急如焚。

"我怎么胡说了,我之前压根不认识他们,是你说如果我帮你把他家名声搞臭,就给我十万块钱。"

"我没有!你简直是胡扯!"

面对这种无赖,就是好脾气的唐菀都坐不住,何况是急性子的庄娆,直接拿起手中的花就朝他砸过去,恨不能以此堵住他的嘴。

王利本就无赖,之前周仲清和唐菀怼他的时候,他嘴笨,无法辩驳,已经急得火冒三丈。此时又被打了下,他直接急眼了,朝着庄娆就冲过去!

"你这臭丫头,你敢打我!"

庄娆虽然是圈子里出了名的泼货,那也只是面对唐菀这些人,毕竟真正有修养的人,可不屑和她一直争执,这次是遇到真正的无赖了。

猝不及防,就被打了一巴掌。

"老子帮你做事,你还敢卖我!"

病房里还有一些医护人员,都知道这人多无理取闹,可也没见过他打女人巴掌,一时也是看傻了眼。

庄娆一声惨叫,果篮也扔了,伸手护着脸。

她今日就是来看戏的,所以特意梳妆打扮,穿着高跟,被人这般推搡,身体没有着力点,撞在后侧的墙上,王利冲过去,又是狠狠一记掌掴。

几个记者也是蒙了。

这事情怎么突然就变成这样了。

他们余光瞥了眼一侧的江锦上,他正垂眸和唐菀说着什么,面对那两人的撕扯,冷静得无比。

唐老端起一侧的茶杯,抿了口茶:"都愣着干吗,拍照啊。"

记者紧张地吞了吞口水,举着相机,拍了些照片。

他们心底清楚,这一次……这个王利怕是要死无葬身之地了。因为这个报道一出来,证实他是故意攀咬污蔑唐家,那之前与医院的纠纷,自然迎刃而解!

王利之前在媒体面前塑造的形象多悲情、多弱势,网友多么力挺他,反扑得就会越厉害。

这件事看似只是在解决唐家的事,其实连同医院这个麻烦事,也快刀斩乱麻,一锅都给端了。

江锦上拿捏到了王利的痛处,所以他只需要简单说两句话……

这两只狗,自然会互相攀咬。

就是互相把对方咬死了,这江五爷身上,怕也一滴血都溅不到。

庄娆就是再泼辣,面对真正的无赖,也是无力招架,早就被打得无法还手,只能抱着脑袋一个劲儿躲避。

江锦上给江就使了个眼色,他立刻上前,拽住了王利。

"你放开我,臭丫头,你敢阴我!"王利说着,还冲庄娆啐了口唾沫。

此时边上的医护人员也急忙上前劝阻,打开门,试图把王利拽出去。他却好似杀红了眼,挣开束缚,奔着庄娆而去,病房门口,一时又乱成一团,倒是有人趁机踹了王利几脚,毕竟他也不是什么好人。

整个医院的人,不仅是医护人员,有些患者及其家属都恨透了这人,他一直闹事,住院环境被破坏,他在医院早就臭名远播。

约莫五六分钟后,王利被拽了出去,其间还骂骂咧咧,嘴里没一句干净的字眼。

"呦,这姑娘怎么被打成这样啊!"

"好像整件事和她有关,出事了狗咬狗,活该!"

"小姑娘长得漂漂亮亮的,怎么能做出这种事。"

庄娆这次算是真正见识到什么叫做泼皮无赖了,本想借他的手去搞唐菀,不承想偷鸡不成蚀把米,倒把自己搭进去了。

她缩在角落,浑身疼得要命,一时连身子都直不起来。

门外有人揶揄嘲弄,还有记者在拍,她恨不能找个地缝就钻进去。

而此时有人走到她面前,蹲下了身子,递了几张纸巾给她。

那人手指非常好看,白皙通透,骨节修长,就连指甲都修整得异常精致,指端莹白,指腹却透着淡粉,精雕细琢般。

她顺着那手看过去,就瞧见了江锦上的脸,惊得后背一阵寒凉。

"五……五爷。"

"擦擦脸。"他声音温柔,低沉有磁性。

庄娆现在落得这般下场,归根结底,都和他有关,饶是面前这人生了副人畜无害的谪仙模样,她也不敢直视半分。

他心肠多狠,她是见识过的。

她身子战栗,不敢去接他手中的东西。

"其实我挺同情你的。你说一个人得有多傻,才会被人再三利用?你把她当闺蜜,可你的好朋友却一步步把你推向了火坑。"

庄娆身子发抖,后背紧贴着墙,浑身冰冷:"你……你在说什么?"

"之前拍卖会的事,你还没看清楚吗?你就是某人手中的一把枪,你帮她出头,可事发之后,她有帮过你吗?你或许不知道,她隔天去家里找我们家老太太求原谅了。这所有事情,都往你身上推,自己倒是择得干干净净。"

庄娆手指微微攥紧:"你别胡说,姝研不是这样的人!"

"你找王利,让他污蔑唐家与医院、医生之间有不正当的利益牵扯,其实这件事压根没惊起任何水花,你就不好奇,为什么过了两天,这件事忽然就被炒了起来?

"你就没想过这里面的原因?

"我估摸着,你就是想出口气,泄泄愤,可是事情闹得这么大,你觉得会容易收场吗?

"若是再深扒下去,医院和医生都是我们江家找的,你得罪的可不止是唐家。"

庄娆本就不知内情，一听又和江家有关，整个人头皮都好似要裂开了。

"这事儿你应该没敢和家里人说吧，你和谁提过，你还记得吗？"

江锦上声音很轻柔。

庄娆早就吓得六神无主，整个人神思心智都是跟着江锦上在走，他的每句话，都好似引导，她脑海里瞬间就蹦出了一个人。

"这件事成不成，最后追究起来，倒霉的都是你。她只要负责煽动一下舆论，不费吹灰之力，就能坐收渔利，这笔买卖，挺划算的。"

庄娆后背早已被冰冷的墙壁浸透，浑身冷得不像话。

"你……是在骗我吧？她不会这么对我的。"

江锦上笑道："我如果没有证据，会这么说吗？我只是觉得你实在傻得可怜，你把她当朋友，她却只是把你当成棋子。其实作为朋友，你心底应该比谁都清楚，在你出事后，那些以前一起玩的朋友，还有多少人愿意和你有牵扯。你们关系到底如何，你比我更清楚。"

"不会的，她不会这么对我！"庄娆哽着嗓子。

"要不我们打个赌……"

"什么？"

"赌她今天一定会去我们家，如果这件事成了，你把唐家名声搅黄了，她就踩唐家一脚；如果你败了，你信不信她会立刻一脚把你踹开，撇清所有关系！"

庄娆看着眼前的人。

谈笑风生间，他却又好似轻易拿捏住了人的生死命门，她呼吸急促，一时不知该怎么办。

"怎么样？赌吗？"

"我为什么要这么做……"

"如果我输了，今天这件事我就不追究你的责任，我保证唐家也不追究，就和没发生过一样。"

庄娆身子一颤，这个赌注，诱惑太大。

"唐、唐家……"庄娆余光瞥了眼不远处的唐菀。

她没作声，反而是老爷子率先开口。

"小五说什么都行，只要他为你求情，我可以不追究。"

庄娆声音都在打颤："可你赢了……又该怎么办？我给不了你任何东西……"

"没关系,我就是有点同情你,被人利用还不自知,带你认清某些人的真面目而已。"

她点点头,算是同意了。

"擦个脸。"江锦上把纸巾递给她,她颤巍巍地接过了。

这种时候,江锦上说这番话,还给她递纸巾,颇有些雪中送炭的味道,她这心底,说不出什么样的滋味。

唐菀看向庄娆,忽然觉得她挺可悲的……她脑子怕是真不够用。这场赌局里,她又何曾不是江锦上的棋子。出了狼窝,又入虎口,下场怎么都不会好的。江五爷的手段,那是极狠的,只怕这次没人能逃得过。

"你现在要回家?"唐菀看着江锦上,"不做检查了?"

"等检查结束回去。"江锦上忽然转头看向屋内的几个记者,"该怎么报道,你们心底应该清楚吧。"

几人应声点头。

"庄小姐,可能要麻烦你在这里等我一下了,等我检查完,就带你回去,完成赌约。"

"没……没事,您忙。"

待记者、医护人员,以及江锦上离开后,庄娆在病房里,尴尬得要命。

"先坐吧,我给你倒杯水。"唐菀的确挺讨厌她的,只是她的坏都在明面儿上,倒觉得她也是挺可悲的,被人当枪使也不自知。

庄娆可不敢待在这里,转身要往外走。

唐菀低声说:"记者还没走……"

庄娆脚步顿住,站在门口,不敢出去,更不敢往里走。

"喝点水吧,他检查身体,估计还要一两个小时。"唐菀拿了一次性纸杯,接了杯递给她,"喝了水,你可以去洗手间,稍微整理一下。"

庄娆手中握着纸杯,看着唐菀,这心底更是乱作一团。

而此时一篇【医闹真相】的报道,迅速在网上发酵。其中,唐家、庄家用的都是化名,网友关注点都集中在王利身上。

王利也因为涉嫌危害公共安全,被警方带走调查,有照片,有人证,这事儿算是板上钉钉了。

而此时的江家,老太太刚从外面遛弯回来,刚到家,就瞧见了江姝研。

"姝研来啦。"自打拍卖会的事之后,老太太对她态度一直很冷淡。

"奶奶，您回来啦，我给您炖了点汤……"

"是吗？"

她伸手要去搀扶人，老太太却拄着拐杖，四两拨千斤地避开了她的触碰，她的手悬在半空，颇为尴尬。

"奶奶，您听说了最近那个医闹事情吗？今天可终于水落石出了……"

"哦？"老太太挑眉，愣是不动声色。

老太太回家后，江姝研便立刻提着自己带来的保温桶进了厨房，倒了碗鸡汤端出来。

"妈，您回来啦。"范明瑜给老太太倒了杯姜茶。

"云先从医院回来了？"

"回了，吃了点东西，估计已经睡着了。"范明瑜笑道。

"奶奶，您尝尝这鸡汤，我特意买的老母鸡，天没亮就在锅里炖着了，特别入味。加了点菌菇和枸杞……"江姝研将鸡汤放在老太太面前，又看向范明瑜，"婶婶，我去给您盛一碗？"

"我不用。"范明瑜笑着谢绝。

老太太端着鸡汤，喝了两口："你刚才说，医闹的事情水落石出了？这是怎么回事啊？"

江姝研紧挨着老太太坐下："我也是过来的路上才得到的消息，听说是那个闹事者故意找茬，医院才是受害者。他最近一直咬着唐家不放，说唐爷爷搞特权，今天还去他病房闹事了，结果露了底，连自己那点事，都被抱出来了。我还真没见过这么厚颜无耻的人。"

"去唐家病房闹事？"老太太对刚发生的事，是真的一概不知，听说这事儿，眉头紧锁。

"是啊，你说这人是不是脑子有病，唐爷爷一家也是倒霉，遇到这种瘟神。"

老太太又喝了口鸡汤："后来呢？"

"最让我想不到的就是……"江姝研支吾着，似有难言之隐。

"有话就说。"

"我没想到庄娆又掺和进去了，我不知道她对之前的事，居然还耿耿于怀，是她故意和那个患者家属联手，把唐爷爷一家牵涉进去的。"

江姝研那语气，颇有几分怒其不争的味道。

范明瑜坐在边上，喝着姜茶，只是挑着眉看了她一眼。

就在此时，外面传来车声，知道是有人来了，江姝研没继续说话，也就不到一分钟，江锦上和唐菀进了屋。

"这时候，你们不是应该在医院吗？怎么回来啦！"范明瑜看向二人。

"有点急事，回来处理一下。"江锦上说话温缓，只是微抿的嘴角，还是透着一抹冷意。

"二堂哥。"江姝研立刻起身打了招呼，"唐小姐。"

唐菀一路上都在思考江锦上与庄娆之间的赌局，最关键的一环就是江姝研是否会来江家。她在江家住了这么久，江姝研过来的次数也是屈指可数，江锦上怎么就能笃定，她真的会过来？

原本心下疑惑，此时看到人，心底诧异的同时看向江锦上，任是她都觉着后背一阵寒凉。

他到底是怎么把人心看得如此通透？

"你们在聊什么？"江锦上神色无恙，好似在闲话家常。

"正说到医院的事，姝研说，那个患者去唐老病房闹事了，还把庄娆给攀咬了出来？"范明瑜看向唐菀。

"嗯，是有这回事。"唐菀点头。

虽然新闻报道，用的都是化名，可江家想查也是容易的。

"这庄娆怕不是疯了，如此嚣张，敢情是压根没把我们江家放在眼里啊！"老太太冷哼着。

"奶奶，您别动气，我知道这件事的时候，也是很诧异，我知道她平时是跋扈了一些，却也没想到她敢做出这种事啊！"江姝研随即说道。

唐菀看了眼江锦上，这与他猜测的，几乎分毫不差！

今日如果她们奸计得逞，唐家被害，只怕她口诛笔伐的对象，就是自己了。

江锦上示意唐菀跟着自己坐到一侧看戏。

"……我早就劝过她，之前拍卖会那些事，都是误会，和她提过很多次，没想到她还心存怨念。我本来还想，把她和唐姐姐一起约出来，大家化干戈为玉帛。现在看来，我父亲说得一点都不错，我真的是交友不慎了。"

江姝研说着说着，眼眶泛红，偏头看了眼唐菀："唐姐姐，再怎么说她都是我朋友，这里面虽然有误会，我也难辞其咎，真是对不起了。"

唐菀淡淡一笑，并未作声。

"庄娆一个人，敢这么大胆，做这种事？"老太太冷哼。

"我也是想不到，我对她真的挺失望的。"

江姝研话音刚落，江家的门就被人忽然撞开了，伴随着一股子凉风，庄娆冲了进来！

她方才被打，嘴角还带着血瘀，虽然稍微整理了下，却仍旧显得凄惨落魄，衣服上都是之前被王利践踏的脚印，她盯着江姝研……诧异，震惊，怨恨。

"庄娆！你怎么来了。"江姝研立刻从沙发上坐起来，几乎是下意识看了眼江锦上。

因为庄家前段时间一直想来赔罪，江家和门口保安都打过招呼了，庄娆是根本进不来的！唯一的可能就是有人带她来，那就只能是江锦上了。他倚靠在沙发上，正喝着茶，好似周遭发生的一切，与他毫无干系一般，只低声说了句："人是我带来的。"

江锦上目光轻飘飘的，几乎没有任何力道，可四目相对，却又好似冰刃倏地抵在她的喉咙，让她呼吸艰难，好似下一秒，就能见血封喉般。

危险的寒意陡然浸透江姝研的全身，她双手倏然攥紧。

"江姝研，我真没想到，你……"

"庄娆！"她话没说完，江姝研直接打断，走过去，拉住她的手腕，"你怎么回事？谁把你弄成这样的？"

"我怎么会变成这样，你不知道吗？"庄娆死盯着她。

"你先别说话，我带你去清洗一下。"江姝研恨不能此时找东西堵住她的嘴巴，可这么多人在，她没法那么做，只能低声劝着。

"你给我滚开！"

庄娆这种人，没什么心机，爱恨都在脸上，她对江姝研是真的掏心挖肺，心肝捧出来，却被人这么踩踏，早就怒不可遏！

庄娆一抬手，挥开，差点把江姝研直接掀翻在地！

"我真是眼瞎，居然会认识你这样的朋友，我做了这么多，到底是因为谁？要不是你总是在我面前说，你奶奶对唐菀多好多好，我怎么会对她有那么大的敌意！现在看事情败露，我是彻底完了，就要把我一脚踹开？"

江姝研气得咬牙，却也只能竭力忍着："你在胡说什么啊？到底是谁教你说这些话的？"

江锦上轻笑，只是没等他开口，范明瑜就冷哼着，将杯子直接撂在了桌上。动静极大，姜茶水溅了一桌子："江姝研，你这话是什么意思？谁教她？人是我们家小五带回来的，你的意思是，小五故意挑拨，让她陷害你？"

江姝研心底咯噔下，她此时心底也是有些乱，她是想暗指唐菀的，压根没想扯到江锦上头上。

这范明瑜平素看着极好说话，却也是个极其厉害的主儿。

唐菀轻笑："可能说的是我吧。"

"简直可笑！"范明瑜冷哼。

"婶婶，我不是那个意思……"江姝研气结，事情怎么突然就变成了这样？

庄娆冷笑着："枉我把你当成是我最好的朋友，什么事情都告诉你，我真是怎么都想不到，你会在背后捅我一刀！"

"庄娆，你在胡说什么啊？你跟我过来，有什么事，我们私下说！"江姝研还想拉她，却被她一下子挥开了。

"你不是说，自己交友不慎吗？恨不能和我撇清关系吗？我们私下还有什么好说的！你是不是笃定，我不可能和江老太太说些什么，所以现在推得一干二净，把所有事情都弄在我的头上。江老太太，医院这件事，我承认，是我干的，我错了，我对不住唐家，也给您添堵了，我认错！"庄娆这种人，好坏都摆在明面儿上，也算是嫉恶如仇，的确蠢，容易被人利用。

"可是老太太，有件事您或许不知道，我要做的所有事情，江姝研都是知道的，包括拍卖会我说要为难唐小姐，也是事先就告诉了她。我不喜欢唐小姐，觉得她做作，江姝研就一直劝我，说我错了。可我仔细想来，我根本就不认识唐小姐，干吗要针对她，从一开始，就是她在我面前挑拨，后来又装好人，劝我息事宁人！好人都是她在做，现在搞得我里外不是人了？"

一旁的江姝研对上江锦上的视线，脊背一僵，一股寒意从脚爬上来，将她整个人都裹住了。

"还有医院这件事，她早就知道了，她要是真的有心阻止我，早干吗去了？你直接来江家举报我啊，去唐家面前说我啊！现在事情败露，你倒是把自己择得一干二净，我厚颜无耻？我看你才是自私阴毒！"

江姝研这辈子极少栽跟头，气得身子发抖。

"胡说八道，奶奶，你别听她胡说！"

"我没说谎……"

庄娆这句话没说完，"啪——"一记耳光抽过去，打得她脑袋发蒙。

"你再胡说一句试试！"江姝研那眸子好似陡然淬了毒，死盯着她，警告意味十足。

庄娆和她认识这么久，她都是一副温柔娇弱的模样，忽然变得这般面目狰狞，她也是吓得良久没回过神。

"庄娆，你有本事就拿出证据，要不然别胡说八道！"

"我……"

庄娆刚想开口，猝不及防，另一侧又挨了一巴掌，直打得她眼前一花，脑袋发昏。

"这巴掌算是帮唐姐姐打你的，你自己做错了事，还往我身上泼脏水？"

唐菀与江姝研一共就见过四五次吧，也没见过她这么强势的一面，略微诧异地看了眼一侧的江锦上。

他倒是从容地坐着，岿然不动，好似一切都在他预料之中。

"江姝研……"庄娆是真的彻底蒙了，"你、你居然……"

江姝研没说话，就看着她，那已经是在警告她，不要乱说话了。

可她却完全想错了庄娆，她此时被朋友出卖、打耳光，早就心如死灰，怒火中烧，哪还顾忌什么颜面、家族？直接冲过去，推搡着江姝研，就给了她一记掌掴！

只是她气急败坏，身子发抖，手也在打颤，没打到，可指甲划破了江姝研的脸，从她下颌角刺过，抓出了两道血痕。

"嘶——"江姝研疼得闷哼出声，知晓这脸破了相，又气又恼。

再想动手的时候，老太太直接抬手，将手中那碗鸡汤，直接扔到了地上。

瓷碗裂开，碎了一地。

"你们是把我当死人吗！"老太太厉声呵斥，带着少有的怒色。

江姝研心底是怕的，及时收了手，可庄娆不会啊，抬手，愣是还了她一巴掌，气得她身子发抖。

"够了！"老太太抬起拐杖，朝她们走过去，"还觉得不够丢人！"

"奶奶……"江姝研略微抬手，摸了下下颌角，揩了一手血，霎时气急败坏。

"你闭嘴！"老太太疾声厉色，吓得她身子一颤。

就连庄娆都紧跟着身子发抖。

"庄娆，你刚才说的这些都是真的？"

庄娆知道，这件事如果江姝研抵死不认，那所有的锅，都要自己背！她原本觉得，本来就是自己错了，无论唐家如何怪罪都是自己活该，可现在不同了，她知道整件事里有江姝研的手笔，又怎么甘心自己背锅？

她"扑通——"一声，直接跪在了老太太面前。

"江老太太，我说的一切都千真万确，如果我说了半句假话，天打雷劈，不得好死！"

江姝研双手攥紧，气得身子发颤。

"姝研，你有什么想说的……"老太太看向一侧的江姝研，脸被抓花了，头发也被扯乱了，没有一点大家闺秀的模样。

"奶奶，她说的话，您信吗？"

"别来问我信不信，我是问你，有，还是没有！"老太太可没闲心陪她兜圈子，猜来猜去。

"没有！"她语气笃定。

江姝研还是很了解庄娆的，太蠢，根本不会留有证据，所以她不怕。

江锦上似乎是早就知道她会这么做，淡淡说了一句："堂妹，你确定所有事情都和你无关？"

江姝研被他这话刺得心尖战栗。他到底是什么意思？他想干吗？

后来她算是清楚了，江锦上怕是要她万劫不复，想要她的命！

江家客厅内，静得针落可闻。

江锦上偏头看着江姝研："怎么了？我在问你话，你确定所有事和你无关？"

他眼神轻飘飘，声音也很平静。

江姝研咬紧牙关，就庄娆这脾气，她手里但凡有证据，根本藏不住，早就兜底拿出来了，哪里会忍到现在，当事人既然没有……更遑论江锦上？

"我不知情！"她一字一顿，说得极重。

庄娆身子轻颤，估计怎么都想不到，江姝研会否认得如此坚决，而

149

唐菀则是扯了扯嘴角，难怪江锦上不喜欢她。

阴险，而且太狠！

对自己多年好友都能如此，人心凉薄至此，更何况对其他人。

"江姝研……"庄娆是真的没了法子，事情发展成这样，她倒霉是活该，可江姝研择得一干二净，这怎么能忍。

"我说了，要不你就拿证据出来，要不回头，这笔账怕是算不清了，毕竟我那两个哥哥，还有我爸的脾气，你也是了解的。"

江姝研这话颇有些威胁的味道，她在家排行老幺，自然娇惯着。

庄娆此时没有任何办法，只能看向江锦上，因为他说自己是有证据的。

"既然你说你毫不知情，那我想问问你，这个是什么？"江锦上拿出手机，播了一段视频，那上面是他和一个男人面对面聊天的画面。

"……五爷，这些事都是我应该做的。

"我都听江小姐说了，您很反对和唐家这门婚事，特意去平江退婚，没想到唐家还住到了你们家，而且这件事我们就是发发稿子，把医闹事情往唐家身上扯，也没做别的。

"唐家名声臭了，您家老太太肯定也不会强求联姻，如果能给您排忧解难，也是我的荣幸。"

"什么东西，给我看一下？"范明瑜走过去，拿过了手机，越是听下去，脸黑沉得越发厉害。

江姝研身子发抖，脸上的血色转瞬消失殆尽。

而视频中两人又开始对话了。

"为我排忧解难？"江锦上轻笑。

"江小姐都和我们说了，这件事，您不好亲自出面，我们都清楚的，所以事情都帮您办妥了，我保证，马上所有媒体营销号，都会发关于唐家的事。"

"所以是姝研找了你们？"

"医院那边草木皆兵，对病人资料严格保密，要不是江小姐和我们说是唐家人，我们也没本事查到他家啊。"男人笑得讨好。

"那你知道我找你是干吗的？"

"肯定还是因为这件事，您放心，我们都处理好了，您身体不好，这种小事怎么能让你挂心？"

……

唐菀仔细听着，微微瞠目。

她知道背后推波助澜的人是江姝研，可她并不知道，这个女人，借的居然是江锦上的名。这件事如果不是江锦上发现的，一旦被揪扯出来……这脏水泼到江锦上身上，那后果都不敢想。

江姝研身子战栗，死死咬着唇，眸子里一片阴鸷疯狂之色。

看向江锦上，那模样，恨不能将他生吞活剥。

"二堂哥，就算你不喜欢我，也不用这么污蔑我吧？"

"唐家被人扒出来之后，我本想找业内的人把事情先压下去的，结果却碰到了这回事，你说巧不巧？"江锦上轻笑着，"如果不是这样，我都不知道，你如此关心我的婚姻大事，居然借着我的名，在外面做这种事？我在京城名声这般，我真的要怀疑，是否和你有关了？"

江姝研怎么可能认错，一旦认了，老太太该怎么想她？那她就完了！

"我什么都不知道，是他胡言乱语的！"

"我给你面子，只是放了视频，这些做媒体的，都会给自己留个后手。"江锦上早就料到她会这么说，不紧不慢冷笑着。

"你是真的要我把人拉到你面前，和你对质？我给你留点脸面，你如果不要，那我也不会客气！我的确不喜欢你，可是这么些年，我也没针对过你……"江锦上吊着眼梢，他虽然坐在座位上，却好似在睥睨着她一般，那气场可丝毫不差。

"借我的名，在外面为非作歹，到底是谁给你的胆子！"

江锦上陡然疾言厉色，就连坐在他身侧的唐菀都被吓得心底突突直跳，更别提江姝研了。

那双眸子，好似陡然裹了霜，寒冰利刃，直抵她的命门处。

江姝研呼吸急促，双腿被吓得一软，差点跌坐在地上。

"姝研，是这样吗？"老太太抬手扶了下金边老花镜，手指摩挲着拐杖，一时分不清喜怒。

范明瑜拿着手机，气得胸口憋闷。

"我说小五在外名声怎么那么坏，原来真的有人喜欢借他之名在外行卑鄙之事。妈，这件事如果不是小五发现，让别人知道了，还以为是他故意的，唐家那边会怎么想？小小年纪，心肠怎么如此歹毒！"

江姝研仍旧挺直着腰杆："之前堂哥的确是要去退婚的，我不过是帮他一下而已。"

"混账东西,你还敢狡辩!"

老太太气急败坏,抬起拐杖,就狠狠打在她的后背上。

"嘭——"一记闷响。

拐杖落背,自是没有扇巴掌来得响亮,可这一闷棍,却不轻,江姝研脸一阵青白,身子不稳,险些栽倒在地。

"按照你这逻辑,敢情你做了这么多,如此针对菀菀和唐家,都是为了你堂哥幸福着想,为了我们江家好?别用这些借口,为你龌龊丑陋的行径遮掩!之前我就警告过你,不听劝,还打着你堂哥的名义出去乱来?"

江姝研咬着牙,眼底俱是阴鸷之色。

"怎么着,你还不服气?就算是我们不满意这门婚事,抑或是小五想退婚,和你有什么干系,需要你为我们当家做主!你给我跪下!"老太太也是气急败坏,抡起手中的拐杖,在她后背,又是狠狠一棍子。

拐杖都是实心木,屋内暖气很足,江姝研穿得并不多,皮娇肉嫩的,一棍子下去,只觉得脊梁骨都要被敲断了,皮开肉绽。

她双腿虚软,眼眶泛着红,虽不情愿,还是跪下了……

江锦上轻笑:"你刚才信誓旦旦和我说什么?所有事情都和你无关,你再把这句话和我复述一遍?"

江姝研嘴里都被咬出了血水,后背疼得她头皮发麻,身子乱颤,她紧盯着江锦上。

都这样了,还要踩她一脚?这是要活活把她逼死吗?

"姝研,你真是……"老太太攥着拐杖,又急又恨,"唐家和你有什么恩怨,你要这么针对他们?"

"大抵是因为你太喜欢菀菀了,让她觉得有危机感了,毕竟以前江家,就她一个女孩,无论如何,大家都是宠着的。"江锦上直言。

"我对菀菀?"老太太冷哼,"难不成这么多年,我对她的好,都是喂狗了?姝研,你自己说,这些年,我亏待过你吗?什么东西,你不是独一份儿的?"

江姝研还没开口,江锦上就说了另一番诛心之论。

"斗米恩升米仇!就是狗,都不能喂得太饱,况且是人。"

许多人都是这样,给你一块糖,你心怀感激,可每天给你一包糖,某天忽然少给一块,就开始怨恨,藏了祸心。

人心不足，大抵如此。

江姝研气得身子发颤，他居然……拿狗比喻她？

"不过这狗，如果乱咬人，打骂总会怕的，只是这人……"江锦上轻笑，"奶奶，这人一旦坏了，可不是你三两句话，就能劝她回头是岸的！"

"没事，我今天算是看清楚了。"老太太冷笑着。

"奶奶，不是堂哥说的那样……"江姝研试图解释。

"那你告诉我，是因为什么？难不成真的是为了我们江家好？"

"我觉得唐家不配，我就是一时糊涂。"被逼至此，江姝研除却这么说，也没有别的法子。

"我们家配不配，轮得到你说吗？"一道男人声音突然穿插进来。

原来是唐云先被吵醒了。他昨晚守夜，一夜未睡，原本睡得深沉，可外面动静实在太大，他又住在一楼，饶是隔音不错，也难免听到了争端。

"爸。"唐菀立刻走过去。

"就算我们唐家一无是处，轮得到你这般糟践？如果你刚才直接道歉，可能还有救，事到如今，还振振有词？"之前庄娆的事，他没听到，只是听了后半部分，都是关于他们家的，自然怒不可遏。

只是此时毕竟在江家，江姝研也是姓江的，饶是他心头有火，也是强压着。

"江小姐，说句难听点的话，你们的确是有血缘关系，却也隔了几代，各自发展，都在商场，你们家是什么情况，我还是清楚的。你们家沾了这边多少光？我们唐家在京城，的确不算什么，可你们家若是离了这边，怕是连我们家都不如！"

这才是江姝研真正怕的……

没了这边依仗，虽然都姓江，只怕在京城，就什么都不是了。

"今天只要他俩愿意，我就让他俩结了这个婚，你又能怎么样？他们的事情，就是做父母的都干涉不了那么多，轮得到你做主吗？"

唐云先只要想到最近病房外那些指指点点，以及网上那些污言秽语，心头怒意更盛。

"云先，你放心，这件事我会给你一个交代的，明瑜，给那边打电话，把她爸叫来！"老太太说完，江姝研身子就不受控地抖了下。

只是范明瑜还没打电话，外面就传来了车声，紧接着一阵沉而有力的脚步声响起，门被推开，众人循声看过去。

153

唐菀略微眯着眼，这人她没见过。

"叔叔。"江锦上起身称呼。

唐菀心里有底，这人就是江姝研的父亲，起身跟着叫了声叔叔。

男人已过知命之年，穿着黑色正装，浓眉紧锁，一股怒意从他眼底迸射出来，整个人显得冷漠骇人，他与江震寰仅有鼻唇有些相似，虽然都是气场冷漠之人，他给人的感觉，更凉薄，更狠。

"爸——"江姝研虽然心底害怕，可父亲来了，还是稍稍安了心，从地上爬起来。

"叔叔来得真巧。"江锦上直接走过去，"看样子，事情您都清楚了。"

"听说了。"男人紧盯着江锦上，目光锐利得好似要将他射穿般。

唐菀环顾四周，江家还有不少用人在，只怕这里面有他的人吧，要不然怎么会来得如此及时。

"这件事您怎么看？现在唐叔叔也在，怎么说都要给一个交代吧。"江锦上笑着，面对他的怒视，不惊不惧。

"交代？"他声音压得很低，又看了眼他身后的唐菀。

"爸——"江姝研后背被打，已经直不起腰，拉着自己父亲的衣袖。下一秒，男人却猝然抬臂，反手就狠狠抽了她一巴掌，力气大得直接把她掀翻在地，江姝研身子趔趄，摔倒在地。

巴掌声，伴随着倒地的闷响，惊得不少人心头直跳。

跪在地上的庄娆更是吓得瑟瑟发抖。

他紧盯着江锦上，眸子阴鸷："这样的交代，够吗？"

唐菀瞳孔微缩，这个人……好狠！

整个江家都陷入一片死寂，老太太站在一侧，摩挲着拐杖，眼底晦涩不明。

而他仍旧紧盯着江锦上，眸子迸射出的寒意，刺骨冰冷，带着上位者固有的威严："小五，够吗？"

江锦上低头整理着袖管，但笑不语。

"姝研！"男人沉声道。

江姝研对他显然是怕极了，摸爬着从地上起来，这都没等走近，男人一个反手，又一巴掌甩了过去。

她心里有底，这下稳住了身子，只是脸瞬时血肿，嘴角带着血，狼狈至极。

"够不够？"他沉声问。

江锦上不说话，他便看向了唐云先："唐先生，没想到会以这种方式见面，我是江兆林。"

唐云先点头，压着火和他打招呼："你好。"

"我代小女和你赔罪。"

他上来先打了江姝研几巴掌，几乎就把自己送到了道德制高点，唐云先抿嘴，不想谅解，可此时这情况，着实让他为难。

"姝研，给唐先生他们赔礼道歉！"他声音沉冽，带着不容置喙的威慑力。

江姝研垂着头走过来："唐先生，唐小姐，对不起！"

唐云先不作声……

"不够有诚意！"江兆林看向唐云先。

"对不起！"江姝研弯腰，死死咬着牙。

唐菀是第一次接触江兆林，似乎通过他，大抵就清楚，江姝研性格会养成这样的原因了，做父亲的如此冷漠狠绝，做子女的，肯定有样学样。

人前笑脸，背后捅刀。

如此反复两次，江锦上轻笑："叔叔，她做得这么过火，人家不想原谅也是正常的，您何必这么苦苦相逼？为难堂妹，也是为难唐家！"

"看样子，你也觉得交代得还不够？"江兆林看向江锦上。

目光相抵，火光四溅。

"行了！还觉得这件事不够丢人？"老太太出声。

"是挺丢人的，不过小五，都姓江，需要做得这么狠？"江兆林挑眉。

"你也知道，我这个人脾气比较怪，今天就是我爸来劝都没用，今日败坏的是我的名声，羞辱的是唐家。如果换做是您，只怕不会就此善罢甘休吧，叔叔的手段，我还是清楚一二的。"

江兆林眼皮突地一跳，紧盯着他。

江宴廷倒是往前一站，挡住了他的视线。

江兆林偏头看向老太太。

她拄着拐杖："做错事，总要付出代价的。"

"兆林，这些年，我们对姝研不薄，打着小五的名字出去作乱，如果事情不是被撞破，最后弄得小五和唐家有了嫌隙，这笔账怕是算不清了。"范明瑜哂笑，"我知道你也是想护着姝研，可这不是第一次了，上回拍卖会的事，你应该也听说了！上回就没怎么追究，再一不能再二，你说是吧！"

江兆林可不傻，毕竟这把年纪了，还是了解一些的，现在这件事，只有两条路。

"小五，你打算怎么办，报警，还是准备以牙还牙，在网上公布？"

江锦上笑而不语，只能说，他这个叔叔，是真的聪明！

无论是警局，还是网上公布，都等于是对江姝研公开处刑！

江家自此与江姝研彻底切割。只怕以后想靠着他家，沾上半点好处，难如登天。

"送警局吧。"江兆林说完，江姝研脸色惊变。

"爸——"

江锦上笑着不作声，似乎一切早就被他看透了。

"算是给我留点脸面，我亲自送她过去。"江兆林之前打的那几巴掌，的确是想把江姝研救下来的。只是没想到江锦上步步紧逼，半点不肯让步！

去警局，其实事情无论如何，结果都是一样的，只是说，警察过来把人带走，消息会传得更快罢了。

不过相比在网上公布事件过程，这个方法，伤害更低些。

可是江兆林话音刚落，远处就已经传来了警笛声……

江姝研身子一软，趔趄摔倒："爸——爸，我不想坐牢，爸！"

她摸爬着，拽着江兆林的裤腿："我不去，爸，你救救我。"

江兆林死死盯着江锦上："小五，你这是什么意思？"

江锦上倒是一笑："叔叔，您来得太迟了，您若是早一步，我也不会报警的。这件事已经犯了法，医院那个人已经被抓了，如今在网上肆意散播流言，影响恶劣的，也可以追究其法律责任，我不是警察，这人就是落在我手里，我也没有处决权。"

江锦上瞥了眼江姝研，语气仍旧是轻飘飘的，看似毫无攻击力，可每说一句话，也都是奔着对方痛处而去的。

"所有事情，我会交给警方处理，是传唤、罚款，或者是拘留，我都不会插手。叔叔，您应该也不会插手吧？我没那么恶毒，不会把事情公布到网上，毕竟都是姓江，给彼此留点脸面。"

江兆林冷笑：这脸面，还不如不留！

唐菀倒吸一口凉气。报警抓人，还是在江家被带走的，这简直比挂上网、对她公开处刑还狠。因为被抓一事一旦传播开，网上消息自然是不可控的。所有一切，最后导致的结果都是一样的！江姝研将会……身败名裂！

"爸——"江姝研听到警笛声，才觉得怕，死死抓着江兆林的裤腿。

江锦上一笑："反正都是要送去警局的，天寒地冻的，何必劳烦叔叔跑一趟。"

江兆林笑着："虽然天冷，我身体还不错，跑一趟警局也不碍事，倒是你，身体本就不好，就不要操心那么多了，要多注意！"

这已经是一种变相的威胁警告了。

江宴廷挡在二人中间，低声笑着："小五身体怎么样，不劳叔叔挂心，您还是操心好家里的事吧，毕竟你们家，不省心的，可不止姝研一个！"

江兆林额头青筋猝然暴起。

"怎么着，我还没死，你们在这里闹什么，是想造反不成！"老太太抬起拐杖，悍然捶地。

警笛声由远及近而来，停在江家门口。

"爸，救我，爸——"江姝研已经吓蒙了。

无论怎么，她都想不到，江锦上会半点余地都不留！

"给我站起来，把眼泪擦干净！"江兆林眉头紧皱。

"爸——"

"站起来！"

江姝研双腿打颤，根本爬不起来，倒是庄娆跪在一边，早已被翻天覆地的变化，惊得目瞪口呆！她此时也清楚，自己也不过是江锦上棋盘上的棋子，不过相比较被江姝研利用，为他所用，她心底还是舒服些的。毕竟江锦上算是帮她出了口窝囊气。

几个警察敲门而入，江姝研双腿发软，最后都是被人拖行着带走的，警察又给唐菀和江锦上做了笔录，方才离开。

警察一走，江锦上才笑着看着江兆林："叔叔难得来一趟，留下吃了中饭再走吧。"

"改天吧。"江兆林与老太太等人打了招呼，便快速离开。

整个江家，算是短暂平静下来……

这说到底，是江家的内斗。

只是唐菀不知道，他们之间，已是这般水火不容之势。

江姝研被抓，消息很快就传开了。

【江家大小姐被抓，原因不明。】

具体犯了什么事儿，没人知道，不过她这毕竟不是什么大案子，没有杀人放火，律师到了，交了一点钱，就先保释出来。

可舆论声浪滔天而来，根本堵不住。连带着江兆林的风评和名声也被累及，一并成为别人茶余饭后的谈资。

第十七章 试婚是假，交往是真

江姝研的事情，在京城传开后，众人唏嘘之际，也在感慨江家如今的分化。

爷爷辈是兄弟，如今到了儿孙这一代，江震寰这一支是越来越兴旺，而江兆林呢，越来越没落，同样是姓江，却根本没法比。

江兆林完全借了江家的势，看着挺厉害，实则狐假虎威，到底有几斤几两，圈内人都很清楚。

唐菀到医院时，老爷子吃着火龙果，还在看《亮剑》，对于外面发生的事，好似无知无觉般。

前段时间沸沸扬扬的医闹风波终于得以平息。

这期间，那位老太太的其他家属也来闹过几次，只是此时风向所趋，即便医护人员不说话，周围人的声讨也让他们无地自容。

只是这家人名声已毁，就算想转院，也没其他医院敢收，暂时还是住在原病房。

医护人员仍旧照常关注呵护，也体现了他们的专业素养。

而唐老的手术，也提上了日程，唐菀在病房，也是闲来无事，正在画稿子，接到阮梦西的电话，要来探病。

老爷子是认识阮梦西的，见到她自然高兴，她只要有空，也经常过来。

唐老的手术方案，改过好几次，虽然唐家人都不懂医，周仲清还是耐着性子，一遍一遍给他们讲解自己将会如何施刀，进行手术，并且一一告知手术风险，让他们签了手术同意书。

老爷子是极不愿意上手术台的，可事已至此，也由不得他，只是手术临近，还是难免害怕。

"唐老，您别怕，放宽心，开心点。"周仲清开解。

老爷子从嘴角挤出一点微笑：上去被人宰割鱼肉的又不是你，你还让我笑？

和他相比，唐菀和唐云先更加紧张，因为老爷子年纪大了，手术风险肯定大。

手术前一天晚上，唐菀坐在桌子前发呆，一边的万岁爷正靠在它的"沙滩"上，慵懒地攀爬着。

江锦上移开柜子时，动静极小，她手中握着炭笔，连笔拿倒了都没注意。

"菀菀？"

"啊？"唐菀忽然晃神，手指一抖，这笔在她脸上蹭了下，她慌忙放下笔，胡乱揩了下脸，"怎么了？"

"过来和你说一声，手术在早上，手术时间估计不短，今晚早点休息。"

"我知道。"

她话刚说完，江锦上已经走过来，身体前倾，一手撑着桌子，俯低身子，盯着她的脸，忽然一笑。

她靠得很近，忽然凑过来，冲她笑得如此灿烂，倒是惹得唐菀心悸难安。

"怎……怎么了？"

"脸上有东西。"这般俯低了身子，他说话难免低沉着嗓子。

无端的，有些勾人。

"可能刚才不小心蹭上去的。"唐菀抬手，随意擦着，也不知有没有揩干净。

江锦上看她局促的模样，低笑一声，抬手伸过去，食指在被蹭脏的地方，轻轻揩了两下，好似一下两下，愣是没擦干净，他又凑近些，用指腹蹭了几下。

"还有吗?"唐菀后侧就是椅背,后背抵上去,就无后路可退了。

他靠得很近,指腹带着点灼人的热度,在她脸上轻触一下,就好似瞬间戳在了她的心脏上。

她心尖一颤,身子都酥了。

"有。"指尖在她脸上摩挲着,他伸手捧住她的脸,靠近,在她被笔蹭过的地方,轻轻啄了口。

她呼吸一沉,只觉得一双手落在她发顶,轻轻揉了两下:"早点睡。"

"好。"

……

唐菀上床的时候,脑子都是混沌的。

隔天一早,闹钟没响,她就已经醒了,到了医院,匆匆忙忙,就送老爷子进了手术室。

唐老也很紧张,到了手术室内,看着里面各种设备,冷着脸,好像马上就要慷慨就义了。

手术上午八点钟开始,原定下午三点左右出来,也不知是中间出现了什么问题,手术一直持续到了天黑,中途有医生叫家属,唐菀整个人都紧张起来。

当时唐云先不在,只有她过去,似乎是从老爷子身体里取出了什么东西,让她看一眼,都是血肉模糊的东西,她也不知那是什么,只听见那人说了句:"手术很顺利,很快就出去了。"

话虽这么说,却还是等到晚上八点多,人才被推出来。

而周仲清他们,约莫九点到病房去看了眼术后情况,才回办公室,倒是意外,桌子上,居然有热腾腾的餐饭。

"看你去病房,就让人去热了下,肯定没刚做出来好吃了。"江锦上出现在办公室门口,"中午没吃饭,估计你饿得不轻。"

手术中医生都持续高压紧张,哪儿有时间吃饭。

"你小子还算有良心。"周仲清笑道,"呦,居然有我最喜欢的西红柿炒鸡蛋。"

江锦上给他倒了杯水递过去:"周叔,谢谢。"

格外郑重。

他俩的关系,与其说是病患,不如说胜似父子也不为过。

"行了,好好照顾老爷子,手术很顺利,好好养着,年前肯定能出院。"

……

老爷子手术顺利,压在唐家父女心底的大石头也总算是放下了。

江锦上正打算离开时,唐云先恰好进来,说了无非是感谢周仲清一类的话,陪着他在办公室又待了一会儿,两人才出去。

"你还想着给周医生买饭,我这紧张的,也顾不上这些了。"唐云先无奈笑着,"去外面吧,吃点东西,顺便给菀菀他们打包一点吃的上来。"

大家都在病房外守了一天,几乎都没吃下任何东西。

"嗯。"江锦上点头。

唐云先吃不下什么东西,打包餐饭时,他付了钱,就站在树下的垃圾桶边,抽了根烟,看得出来他最近压力很大。

公司在平江,父亲却在京城住院,连日守夜,怎么可能一点都不费神。

"唐叔叔,已经好了。"江锦上提着餐盒出来,唐云先瞧他过来,就熄了手中的烟。

"最近这段时间,也挺麻烦你的,菀菀守夜,你也跟着过来。"

"这是我应该做的。"

"叔叔知道,你真是个好孩子。"

江锦上微微蹙眉,莫名其妙开始给他发好人卡?

这好像不是什么好的征兆,因为一般发完好人卡,后面都是捅一刀!

"试婚那件事,原本就是我们家这老爷子瞎弄的,他就是太喜欢你,才借病搞了这么一出,你还愿意这么配合。"

"我不是配合……"江锦上已经和唐菀说好,认真试试看一下,"这都是我心甘情愿的。"

"你别说这种话宽慰我了,我都清楚的。"唐云先笑道。

江锦上抿了抿唇:他到底又知道什么了?

"我知道,这段时间,也挺为难你的,这么忙前忙后的。为了配合我们的演出,就你这身子骨,还跑前跑后也是不容易。原本只是为了哄老爷子把手术给做了,现在手术完成了,这件事呢,也差不多该结束了……"

江锦上攥紧手中的便利袋:"唐叔叔?"

"这事儿你不用担心,回头我会亲自和父亲说,不会让你为难的,你已经牺牲得够多了!"

"叔叔，其实我和菀菀……"

江锦上刚想解释，唐云先手机振动起来："抱歉，接个电话……"

"没事，您先忙。"

"老滕啊，是啊，我爸手术结束了，很顺利……行啊，等我们回平江，一起喝酒……"

江锦上知道唐云先此时还以为他和唐菀是做戏，肯定要提这件事的，可是他也没想到，老爷子刚被送出病房，就过河拆桥……

卸磨杀驴，也没这么快的。

回病房的路上，江锦上一直想找个合适的机会，和唐云先把话说清楚，可是他路上，不是在打电话，就是在发信息，没给他一点机会。

眼看快到病房门口，唐云先回头看他。

"唐叔叔。"面对他时，江锦上态度还是非常恭顺的。

"老爷子刚做完手术，还在恢复期，这件事你先别提，回头我找个合适的机会再通知他。"

江锦上无奈一笑，这都什么事儿啊。

由于唐老刚做完手术，晚上唐家父女留下守夜，其余人都走了。

江家老太太也是全天候在医院，回去的路上，靠在椅背上，伸手摘掉老花镜，捏着眉心，虽然略显疲态，却也藏不住的开心："小五，等你唐爷爷身体好些，我们就去唐家提亲。只是马上要过年，如果年前想把事情定下来，时间太赶了。最近虽然忙忙碌碌的，不过所有事都很顺心，回头啊，我要去庙里还愿，顺便让那寺里的普度大师给算算日子。"

江锦上搓着手指，没作声，他此时真的没办法打击自己奶奶，告诉她，唐先生正暗暗地要"拆散"他和菀菀。

而医院这边，唐老是在晚上十一点多醒的，虽然经过前段时间的休养，可术后他还是脸色蜡白，毕竟身上被豁出了几条大口子，小死了一回，麻药早已褪去，就算此时用着镇痛泵，他仍旧哼唧着，身上颇不舒服。

周仲清这一夜守在医院，也没回家，直至凌晨四点多，还来查房，询问病情，到了天亮才让唐菀等人放宽心，叮嘱了一些注意事项才回家休息。

这一夜，许多人都没睡好。

今年的农历新年比较早，唐老做手术的时候，距离新年也就半月有余。待他休养一段时间，这年关也就悄然而至了。

老爷子一直谨遵医嘱，虽然年纪大了，恢复得倒还不错，提前出了院。

周仲清是巴不得这位老爷子早些出院的，平素说扣着不让他出院，也都是吓唬他的话。京城各家三甲医院，床位都非常紧张，有些医院，甚至走廊上都住着人，只要符合出院条件，肯定立刻让其出去，压根不会扣人不放。无非某位老爷子性子执拗，怕他倚老卖老，干脆就吓唬吓唬他而已。

出院当天，老太太特意去医院接的人，老爷子那日早早就让唐云先帮自己收整利索，只是行动终究不太方便，拄着拐杖，也难免会拉扯到伤口。

"穿红色的啊，这颜色好，看着精神。"老太太打量着他。

"不行喽，不服老不行啊，这身子骨是真的不行啊。"唐老笑道，这马上就能出院，整个人的精气神也比寻常好些，"都说岁月是把刀，半点不假。"

老太太笑着："是啊，捅完一刀又一刀。"

老爷子出院，唐菀等人自然是亲自去接的，倒是热闹。

江锦上还特意给他买了一束花。

"送花做什么？没那么多讲究。"老爷子笑道。

"好歹是喜事，应该庆祝。"

"我在外面的酒店订了包厢，直接过去吃饭吧。"唐云先没让江家人再张罗忙活，毕竟麻烦他们那么久了，请客吃饭也是理所当然。

"行啊，赶紧走吧。"老爷子只恨自己跑不动，他是一刻都不想在这里待着了。

江锦上的视线与唐云先撞到了一起，这心底忽然就萌生出了一点不好的预感。这老爷子都出院了，只怕唐先生即将有所行动了。

京城，晶都大酒店，唐云先早早订了包厢，接了老爷子过去时，一群人浩浩荡荡，颇为热闹，此时已到年货节，街市皆已悬红挂彩，商家几乎都在搞促销活动。

江宴廷今日并未跟去医院，而是去兴趣辅导班那边接江江下课。

小家伙一进包厢，就抱着足球冲到了老爷子面前："太爷爷，恭喜您出院。"

"好！好！乖——"老爷子笑着从一侧桌上摆放的糖果盘中，抓了一把八宝糖塞进他手里，"来，吃糖。"

江江仰着小脸，侧头看了眼自己父亲，因为怕长蛀牙，江宴廷对他这方面管控一直很严格。

"太爷爷给的，道谢拿着就好。"江宴廷直言。

"谢谢太爷爷。"江江美滋滋拿着糖，还剥了一块递给老爷子，"您吃！"

"真乖！"老人家哪儿喜欢吃这些啊，意思一下尝了口。

"太奶奶，您不能吃糖，就不给您吃了。"江江不知道糖尿病为何物，只清楚老太太是不能吃甜食的。

"我们江江怎么那么乖啊！"老太太笑着把他搂进怀里。

众人在包厢聊了一会儿，方才围桌落座。

唐老感慨尤其多，毕竟他们家这些年，张俪云母女在时，也是面和心不和，许久没有这般热闹了。

老爷子端起茶杯站起来："我过来这么久，真的太麻烦你们一家人了，我也不能喝酒，只能以茶代酒，敬你们一杯。"

"唐叔，您这是做什么，快坐。"江震寰急忙起身，所有小辈也跟着一同站起来。

"是啊，不用这么客气。"范明瑜笑道。

老太太咋舌："咱们以后都是一家人，哪儿需要这么客气啊，赶紧坐下，你看你一站起来，所有孩子也跟着你一起……"

几人劝慰，老爷子还是敬了这杯酒，他刚坐下，唐云先就跟着站了起来。

"我们家到京城这么久，真的很麻烦你们，无论是我父亲住院，还是照顾菀菀，真的都帮了我们家大忙……"一番客套后，就给江家众人敬了酒。

"好了，坐下吃饭吧，不用这么客气的。"老太太笑着让他坐下，"小五啊，你过去劝着点，别让他喝这么多酒。"

唐云先是从心底感激，每次敬酒，都是满杯饮尽，尚未吃饭，这么喝法，迟早要醉。

"唐叔叔……"江锦上刚起身，唐云先就抬手让他坐下。

"其实今天趁着大家都在，我有件事想说一下。"

江锦上顿时觉得不妙,果然……该来的躲不掉。

唐菀此时坐在江江边上,正帮他处理带刺的鱼肉,小家伙已经吃得一嘴油星。

"有事坐下说。"江震寰眯着眼,他这般站着,所有人都会觉得压力很大。

"就是,还这么郑重其事的。"范明瑜笑道。

"可能在这种场合说这件事不太合适,只是这件事在我心底盘桓太久,估计说出来,可能会有人不高兴,只是迟早要解决,今天我就趁着点酒劲儿,直接说了吧。"

唐云先心底清楚,事情说出来,自己首先就要面对自家老爷子的怒火。

唐菀刚处理完鱼肉,扯着面纸擦拭手指,倒也不知自己父亲想说什么。

"什么事啊?看你表情这么严肃。"老太太看着他。

"云先!"唐老咳了声,"有什么事,回去再说。"

知子莫若父,老爷子一听他后面说的几句话,几乎是猜出了大概。手中攥着茶杯,恨不能一杯水就泼在他脸上,这混小子,自己刚出院,就给他来这么刺激的东西!

他此时也大概知道,其实自己孙女对江小五也是有意思的。毕竟病房里发生的事,他是偷听到的,这要是一点感觉没有,哪个女生会任由一个男人,亲她碰她?只是这件事他又不可能当众说,毕竟自己孙女的脸面要顾着,只能憋在胸口!

这混小子,迂腐!混账!平时工作忙,不关心女儿就算了,好不容易有个好姻缘,他还来搞破坏?

"爸,这是迟早的事。"唐云先似乎打定了主意,也不理会他警告的眼神,直接说道,"其实我今天要说的,是关于菀菀和小五试婚一事……这件事本身就不合理,当时情况大家也知道,我父亲原本就非常喜欢小五,他的身体当时那般情况,也算是不得已而为之。现在手术也结束了,马上要过年,我们也不可能在这里常住,总要回去的,而且这件事暂时也就我们两家人知道,也好处理。"

唐云先这话说完,老爷子面色不豫,江家众人,也是神色各异。

老太太没什么表情,而范明瑜虽然没作声,却也默默放下了筷子。

到嘴的儿媳要飞了,怎么可能无动于衷。

江宴廷默默瞥了眼一侧的弟弟,这唐先生也是狠人啊,刚过河就拆桥。

唐云先观察众人神色，还是把话给说完了："……我知道这件事说出来，可能很突然，不过我也不想因此耽搁小五追求自己的幸福。毕竟这么下去，会耽误他寻找真正的姻缘。这件事是我们家对不住你们，我在此和你们道个歉，尤其是小五，谢谢你的配合。这么多天，你真的尽心竭力，努力演好了自己的角色，如果以后有什么需要，尽管和叔叔说，我再敬你一杯酒。"

江锦上摩挲着酒杯，正准备站起来和他解释这件事的时候，唐菀忽然起身了。

"爸，这件事我有话要说。"

她一起来，瞬间就成了所有人的焦点，其实江家人心底都明白，他们家小五对唐菀是有意思的，要不然无论什么情况，都不会配合演戏。归根结底，这件事怎么发展，都要看唐菀态度如何了。

"对，你也跟我一起敬他一杯，顺便给江家所有长辈赔个不是。"唐云先说着，直接走到她身边，准备和她一起敬酒。

"爸，我待会儿要说的事，可能也会让人不舒服……"唐菀咳了声，余光瞥了眼江锦上。

江锦上给她递了个眼色，询问她要做什么。

"这件事总归要解决的，就这么拖着，不是个事儿。"唐云先肯定以为，自己女儿自然是站在自己一边的。

"嗯。"唐菀点头。

"菀菀，你有什么事，也一起说了吧。"老太太虽不高兴，却也藏着情绪，没表现太明显。

这件事，原本就是她和唐老做局，其实所有结果都有设想过。唐菀若是就不喜欢她孙子，这也是没办法的，感情的事，不能强求，总不能因为别人不喜欢，就给她甩脸子啊。她深吸一口气，做足了准备。

"其实……"唐菀清了下嗓子，"我和五哥已经决定认真交往看看了。虽然之前的试婚是假的，不过现在我们在交往是真的。我们都觉得对方还不错，接触这么久，相处得也很舒服，所以我们在一起，不是为了做戏给谁看。"

唐云先手指一抖，斟满酒水的杯子颤了颤，酒水溢出，洒了他一手。

"菀菀？"唐云先此时竭力忍着惊讶。

"因为我们在试婚，大家都以为我们是一对，所以这件事就没特意提出来，让您误会了，爸，对不起啊。"

此时双方阵营，神色转换，老太太一群人，笑逐颜开，唐云先站在那里，如遭雷劈，瞬间心肝都疼得发颤。

江锦上则最为诧异，因为在他看来，无论遇到任何事，都应该他来解决才对，唐菀忽然站起来护他，那感觉很奇特。

被媳妇儿宠是什么滋味？心底甜得紧。

唐菀伸手，将酒杯从他手中取出来，江锦上立刻递上纸巾，唐菀就手接了，给唐云先擦拭被酒弄湿的手指。

"爸，我不知道您心里是这么想的，所以这件事也就一直没和你说，真的对不起。最近大家都太忙了，也没空说这个，让您误会了。"

被亲生女儿捅刀子是什么感觉？

作为一个父亲，女儿告诉他恋爱，这本身就很震撼，毕竟呵护了二十多年的小心肝，忽然就被别的男人占了去，心底已经很不舒服了。

而唐菀安慰的话，更是在他被剜心之处，又生生扎了几刀。

胸口好似被剜开了一个大口子，此时凉风一个劲儿往里面灌。

江锦上此时也站了起来："唐叔叔，这件事我也有责任，之前一直想找机会和您说，只是为了唐爷爷的事，您实在太忙了，一直没找到合适的机会。"

老太太快乐疯了，立刻起身："你俩还愣着干吗，赶紧扶他坐下，你们两个站起来，端着酒杯，好好给他敬一杯酒，你看你俩办的这叫什么事儿！小五，你这次也是混账了，这种事应该早点说啊！"

"奶奶，我错了！"江锦上从善如流，走到唐云先身边，"唐叔叔，我扶您回位置坐下。"

唐云先心底清楚江家人很喜欢自己女儿，心底思量着，今日之后，只怕会对他不满，两家之间要产生嫌隙了。

没想到，最后受刺激的……居然是他！

可唐菀是他女儿，她亲自站出来说与江锦上在交往，而且此时大势所趋，他也不能和一群人对着干，当众为难自己女儿啊。

这毕竟是亲生的，心底还是疼的。

他都不知道自己是怎么坐下的，然后很多人给他敬酒。

江震寰说话最扎心。

"看样子，我们真的注定要做亲家。"

老爷子瞥了他一眼:"瞎做主,你看吧,闹笑话了,我早就看出来他俩关系不一般,你说你今天做的这叫什么事儿啊……"

老太太今日最高兴,举着酒杯:"来,为了庆祝老唐出院,我们再喝一杯。"

这哪里是庆祝老爷子出院啊,老太太那表情,活像是在喝唐菀与江锦上二人的喜酒!

这一顿酒,以二老为首的众人,皆是喜不自胜,而唐云先终是把自己给灌醉了。

"云先这是喝多了吧。"老太太打量着他。

"父亲出院,高兴。"唐云先的确醉了,只是没醉到不省人事。

唐老笑道:"主要是菀菀也有了着落,他和小五交往,我们放心,双喜临门,他这个做父亲的,肯定更高兴。"

女儿扎完一刀,父亲接着捅刀,唐云先也只能笑着。

此情此景,此种场合,他还能说些什么?

江锦上这些天做的事情,他都看在眼里,孩子是好孩子,女儿喜欢,他也不可能做拆散姻缘的恶人,有多少苦水,都化为酒水,只能往自己肚子里面咽。

后来喝酒,江锦上帮他挡了几次,唐云先也没做声,那表情,活脱脱在告诉他:别以为给我挡了几杯酒,我就能把你当好人看!

这岳父与女婿,大抵一开始都是有些不对付的。

不过唐云先最后是被江家兄弟扶上车的,回到家中,躺在床上,忽然想起发妻,心底更不是滋味。

做父亲的,都希望女儿能找个真正爱护她的人,不是江锦上不够好,只是做父亲的,大抵都觉得,女儿交给谁都不放心。

唐菀给他倒了杯水,他倒是拉着她的手,问了好几次,是不是真的喜欢江锦上,想和他在一起。

"爸,这种事,怎么会和您开玩笑。"若是一点都不喜欢,唐菀也不会委屈自己。

"我知道了……"

"那您好好休息,爷爷住院这么久,您也没睡过一个安稳觉。"

唐云先点着头……

唐菀离开后,他仰面看着天花板,送父亲来看病,把女儿给弄丢了,这都是什么事儿啊，他现在哪里睡得着啊。

今天很多人都喝了不少酒，江锦上之前没饮酒，后来也喝了不少。

唐菀给父亲送了水之后，又去三楼看看他情况怎么样了。

江锦上躺在床上，似乎是睡熟了，她准备抬手给他整理一下被子，一个微信语音电话来了。

"喂，西西——"唐菀立刻背对着江锦上，压低了声音，走到窗边接电话。

"唐爷爷出院了吧，工作日太忙，这时候也不好请假，没来得及去接他。"

"我们之间哪儿需要这么客气啊。"

"那你们什么时候回平江？我过几天放年假，如果你们也是这几日走的话，我们可以一起。"阮梦西笑道，"这一路上，我也能帮你和叔叔照顾一下唐爷爷的。"

"这个暂时还没定。"

"你们该不会要留下过年吧。"阮梦西猜测着。

"还不确定，你几号走啊？"

"下周吧。"

"等你回家，估计你爸妈就要催着你相亲了。"

"别提这件事，你一说我就头疼。"阮梦西叹息。

到了适婚年纪，被催婚就成了家常便饭，尤其是她这种远在外地工作的，平时父母够不着，所以逢年过节回家，攻势就会更加猛烈。

"没事，你长得漂亮，性格又好，家里条件也不差，怕什么。"唐菀正说着话，忽然听到身后传来窸窣的声音，这一转身，直接撞进了江锦上的怀里。

猝不及防地一撞，没稳住自己，唐菀略微往后退了步，腰上便多出一只手，温热干燥，略微用力，就把她紧紧扣在了怀里。

江锦上垂头，额头抵着她的额头，眉目清淡，可喉咙被酒烧得干涩，低沉着说："菀菀……我今天特别高兴。"

唐菀腰肢纤细，他手臂掌控过来，环住她的腰，轻轻扣在她腰侧，手指烫得要命，那声音更是穿透耳膜，直直钻进她的心底。

许是酒精作祟，她觉得身子靠着他，整个人都好似要被酥化了。

江宴廷送他上楼，帮他脱了衣服，此时上身一件被蹂躏得有些褶皱的衬衫，领口敞开，唐菀的身高，此时恰能看到他的脖颈锁骨……

红的，白的，入目之处，尽是诱人之色。

他最近一直在锻炼，没什么夸张的肌肉，衬衫贴着他的身子，却也能勾勒出一点线条，一举一动都很勾人。

"今天你说的那些话……是不是表示，你也有点喜欢我？"

江锦上并不是个扭捏造作的人，素来也是说一不二，只是面对唐菀，不敢把所有话都说死了。

唐菀咬着唇，却没作声。

没恋爱前，大家都觉得自己是个敢爱敢恨的人，只是真的遇到了喜欢的人，却又总是口是心非，偏又希望对方能有所察觉。

"我有点头疼。"江锦上此时贴着她的额，任是谁往前一些，都能亲到对方。

唐菀把手机放进口袋，也没管它是否挂断了，伸手放在他太阳穴的位置，轻柔按着圈。

江锦上喉结微微滚动着，紧盯着她。

"好些了吗？"唐菀柔声问他。

"不好。"

"那你……唔——"

唐菀是准备让他躺下休息，他却抬手捧住她的脸，不由分说狠狠吻住，又急又凶，弄得唐菀嘴角隐隐作痛。

此时电话压根没挂断，阮梦西就在另一头听着，差点就炸了。

这江五爷私底下居然是这样的？我去，这么霸道，这么强势的？难怪唐小菀会喜欢。

而后面她就听到了一些乱七八糟的动静，然后就听到两人不同寻常的一段对话。

"你让开点，太重了，压着我了！"

"嗯？压着你了？"

"是啊，你让开！"一阵窸窣声。

阮梦西心底那叫一个翻江倒海，这两人该不会是要……

真是紧张又刺激！

她急忙喝了口水，润了润嗓子，准备再仔细听一下的时候，有电话打进来，直接把她的微信电话给挤掉了。

她心底低咒一声，这是谁啊……再仔细一看，立刻清了下嗓子，讨好地笑着："喂，爸——"

　　江家这边，得知唐菀和江锦上以结婚为前提在交往，喜不自胜。

　　按照老太太的想法，恨不能两人原地领证结婚，直接送入洞房，明天就给她生个大胖曾孙才好。

　　两家一合计，决定今年在一块儿过年，也比较热闹。

　　唐云先最开始有些不乐意，可父亲和女儿都满脸期待，也不能因为他一人扫了大家兴致。

　　唐菀自然是高兴的，加之爷爷手术顺利，没了心理压力，也有时间和江锦上出去约会。

　　两人吃完东西看了电影，在附近商场转了转。

　　几乎所有店铺都在为新年搞促销活动，各种花式宣传，看得人目不暇接。

　　"有什么想买的吗？"江锦上偏头看她。

　　"暂时还没有。"

　　可是说话间，江锦上却忽然拉住她的手，走到一处品牌专柜前，专柜的小姐立刻走过来，热情招呼他们："先生，小姐，想看什么？目前我们这里，婚戒正在打折，如果有需要，我可以给你们介绍一下。"

　　婚戒？唐菀心跳不知怎么忽然漏了几拍，垂头，就发现他们身处的玻璃专柜里，陈列的都是铂金戒指，大部分还是对戒。

　　"还是二位想看别的？大概要什么价位的？"专柜小姐笑着盯着他俩。

　　此时外面天冷，即便进了商场，还有不少人戴着口罩，唐菀半边脸都埋在围巾里，不知江锦上忽然跑到这里想干吗。

　　"有喜欢的吗？"江锦上低头，靠近她耳边，声音越发低柔缠绵。

　　"我先看看。"唐菀咳了声，这心底，只觉得又紧张又兴奋，略微弯腰，似乎是在看玻璃展示柜内的商品，这心思却飘飘忽忽，乱哄哄的。

　　两人最终也没买什么，倒是唐菀路过一家丝织品店，看上了几条丝巾，准备买些东西送给范明瑜和老太太，留在店内挑选。

　　"那你先看着，我去一下洗手间。"

　　唐菀当时顾着挑选东西，也没多想，只是东西买完，却还不见他回来，便有些着急，去个洗手间需要这么久？

当他回来时，唐菀就注意到他上衣的一侧口袋，似乎鼓了起来，像是装了什么。

看那个，形状大小，七成是首饰盒。

难不成他又折回去了？唐菀这颗心，又开始怦怦乱跳了……

因为约定时间迫近，两人并没在商场滞留很久，这一路走过，直至到了车内，江锦上都没提任何事，神色从容，倒是唐菀，忐忑又期待了一路。

可是刚上车，江锦上就从口袋里，摸了个盒子递给她，宝蓝色的丝绒盒，有家珠宝店的烫金标志："打开看看。"

唐菀挑眉，这个……似乎和自己想的不太一样啊。

这就给她了？求婚，戒指？就这么简简单单的……

"怎么了？不要？"江锦上看她神色不对劲，没有一点喜悦激动，有惊讶，却还有点失落。

难不成是不喜欢？

"不是。"唐菀笑着接过盒子，打开之后，里面躺着一条细细的铂金项链，倒不是什么复杂的款式，缀着个小小的爱心，几颗碎钻，精巧别致。

这条链子，她方才盯着看了很久，虽然喜欢，却也没到非要不可的地步。

最主要的是，她是和江锦上在一起，如果真的要了，只怕江锦上会抢着付钱，镶了钻，价格并不便宜，虽然两人在一起有段时间了，可唐菀却并不觉得，两人在一起所有开支，都要他支付。

思来想去，她还是放弃了。

只是没想到他又折回去，把项链买了，他的细心，似乎总是让人吃惊。

好像是自己想太多了，似乎不是求婚，唐菀这心底说不出什么滋味，不过看到项链，心底总归是欢喜的。

"喜欢吗？"江锦上紧盯着，观察她的反应。

"嗯。"唐菀取出项链。

"要不要试一下？"

唐菀嗯了声，抬手解开缠绕在脖子上的围巾。她此时倒是庆幸，自己今天里面穿了件V字领的毛衣。

江锦上从她手中接过项链，略微往前挪了下身子，车子本就不大，他往前一些，唐菀也要就着他往后靠，一来二去她的后背，就紧贴着他了。

江锦上伸手，手指从她前颈滑过，将她的头发尽数撩到身前，露出一截白皙修长的脖颈,他眸子稍微暗了几分,抬手从她头部绕过,双手指尖捏着搭扣,垂头给她系好。

唐菀能感觉到他的手指无意从她后颈蹭过,加上车厢光线本就不好,他靠得很近,潮热的呼吸悉数溅落在她的皮肤上,那又是极其敏感的地方,惹得唐菀忍不住心颤。

"还没好吗?"

"快了。"江锦上说话吐息,咬着字音,那呼吸都忽轻忽重地落在她后颈,着实让人心里难受。

弄好之后,唐菀抬手整理了一下落在锁骨处的项链,想回头问他好不好看,他却忽然伸手,从后面轻轻搂住她,靠近她的后颈……

唐菀身子一颤,浑身像是过了电般,瞬时僵直了身子。

"真的喜欢吗?"他紧贴着她,就好似有什么东西,轻轻捆束着她的心脏,忽轻忽重地拿捏着她所有的心跳呼吸。

"喜欢。"

"那就好……"

他手指略微收紧,厮磨轻吻,两人倒是在车内磨蹭了很久,直至外面有人经过,唐菀才推开他。

江锦上调整好呼吸,抬手整理了一下衣服,两人才出发前往早就与好友约好的会所。

很快就到了除夕夜。家人闲坐,灯火可亲。

众人围桌,喝酒言欢,好不热闹,只是这年夜饭吃完,老太太已经让人将麻将桌搬出来,与唐老、范明瑜和唐云先打牌看春晚,江震寰在边上,做起了端茶倒水的活儿。

"叔叔,我来吧。"唐菀想从江震寰手中接过茶壶。

"你和小五他们不是要出去玩吗?赶紧去换个衣服出门,今晚在河边有灯会,郊区还有烟火,还是很热闹的,不过要穿好衣服,别感冒。"老太太笑道,他们这些老人家,还是习惯性地看春晚,"端茶倒水,让你叔叔来做就行。"

江震寰笑容苦涩,这成年人的世界,总有些说不出的无奈啊!

他家老太太嫌弃他打牌太烂,直接禁止他上桌。

这每年的春晚,似乎都这样,大家一边吐槽,却又一边守着电视把它看完了。

若是往年，江锦上除夕也不会外出，只有江宴廷要带江江去看灯会，老太太一听这话，就让他带唐菀也去凑个热闹。

虽然是大年三十，街上还是很热闹。

待他们回去时，所有长辈都睡了，两人便上楼回屋。

唐菀回房后，洗漱完，却毫无睡意，询问江锦上是否睡了，这才打开两屋之间的柜子。

江锦上正坐在桌前，面前放着红包封，还有许多崭新的纸币，冲着她勾了勾手。

唐菀乖乖走过去，手腕被握住，江锦上略微用力，就把她整个人拉坐在自己腿上，按下，搂住她的腰，在她耳边低喃着："新年快乐。"

这姿势略微有些暧昧，无需天雷勾动，地火瞬时就被点燃，也不知是谁主动的，两人就亲到了一起。

许是今日气氛刚好，有些激烈。

唐菀整个人被拎到桌上，红包封和纸币落了一地，无人管它们，只是唐菀呼吸艰难，才推搡着他的胸口，让他松开些。

"我想和你说件事。"唐菀找他是有正事，可不是三更半夜，真的主动送上门，让某人为所欲为的。

"你说。"江锦上直起身子，一边平复呼吸，一边帮她将衣服整理好。

"今天我爸说，希望我们早点把婚事定下来。"

"结婚，我都可以。"江锦上抿了抿嘴，"我查一下民政局正月初几开门。"

"不是领证这个，是先订婚。"

唐菀无奈，他这是想三级跳，恨不能直接洞房是不是！

"我没问题，不过这个也不能委屈你，明天我和家里商量一下，具体该怎么做。"订婚，江锦上又没做过，自然没什么经验，"订婚，我需要上门提亲？要准备什么？"

唐菀也不清楚，两人窝在一起，百度了一番，只是各地风俗不同，最后也没得出什么结论。

一转眼已是凌晨三点多，两人从椅子上，聊到了床上。

江锦上看着天花板，还在想求亲订婚的事，唐菀朝他那边挪了挪，挨着他的身子，伸手搂着他的脖子，脑袋贴在他胸口，听着他沉稳有力的心跳声，"扑通扑通——"

好似两个人的呼吸心跳，都同步到了一个频率。

"五哥。"她闷声说，"年后，我们一家应该很快就回平江了。"

江锦上眸子微微收紧："准备什么时候走？"

"还不清楚，不过肯定要避开春运返程的高峰期，如果我们在一起，我也要回去处理很多事，工作室还在那边，陈叔还有一些员工，都要安排……"唐菀碎碎说着，要舍弃以前的生活，以及工作生活，随另一个人投奔他乡，并不是很容易的事。

"其实我的工作室成立不久，大家跟着我，都想做出一番事业，很多都是平江本地人，工作室转移，他们可能无法跟来。感觉挺对不起他们的。"

江锦上伸手搂紧她："多给他们一点补偿吧。"

唐菀撇嘴，紧了紧抱着他脖子的手，又往他怀里拱了拱。

唐菀一家离京，是在年初三。

在江家吃了早餐，唐家人就准备出发回平江。

告别的时候，老太太并未出门，只说年纪大了，见不得分分合合，若是唐菀他们再回来，必定风雨无阻，亲自相迎。

唐菀这次回去，处理善后，准备定亲的事，看起来皆是喜事，就算分开，江锦上虽不舍，倒也不觉得特别难受。只是瞧着唐家的车子渐行渐远，这心里才觉得不是滋味儿。

唐菀的车子还没驶出小区，手机振动着，已经收到一条短信：

【你一走，就开始想你了……】

唐菀扭头看了眼，江家的屋子都已看不清，她垂头发信息：【等我处理完那边的事情，很快就能见面，听周叔的话，好好照顾自己。】

她本以为处理这些私事，非常简单，却也没想到惹来风波不断，更是无端卷进去很多无辜之人……

京城到平江，自驾开车时间本就不短，在休息区吃了午饭，唐菀便靠在车窗边睡着了，直至到了平江收费站，才惺忪地睁开眼。

暖冬，暮色下的平江城，没有了往日的烟雨空蒙，年前下了点雪，此时也未完全消融殆尽。

这里是平原，虽没有北方苍山负雪的盛景，却也是一番别样景致。

唐菀的东院不算大，以前就住着她一个人，倒也不觉得冷清。

此时一个人回来，尤其是看着满园的绿植，上面还有残雪没消融。

她走近院子里的绿植，打落枝叶上的沉雪，恍惚就想起了艳阳天里，江锦上在这里拿着东西，浇花或者修剪花枝的情形。

一身白衣，笑容温润，除君身上三尺雪，这天下……怕无人可胜白衣。

人总是这样，不习惯陌生人介入自己的生活，可一旦习惯养成，那人恍然不在，这心底更失落。

此时她的手机振动起来：“喂——五哥。”

"到家了？"江锦上此时正坐在书房的桌前，抬手拨弄着桌卜的万岁爷，手中捏着虾干，却不让万岁爷吃。

乌龟本就是个行动极慢的动物，被他逗弄得又急又气。

万岁爷眼睛盯着虾干：想吃！

可是有一颗想吃的心，身体跟不上脑子，只能干着急。

江锦上闲来无事，也只能逗逗乌龟。

"嗯，刚到。"

"我看平江城的温度虽然不低，可那边没有暖气，还是要多穿点衣服……"

"这一路上也很辛苦，待会儿吃完东西，今天早些休息。"唐菀一走，整个三楼彻底冷清下来，他这心底颇不是滋味儿，"今天和家里商量过了，稍微准备一下，过些日子我就去平江……菀菀，你等我。"

等我……来娶你。

唐菀闷声点头，却因为他这话，心尖微微一颤，两人又说了会儿话，江锦上才笑道："好了，不聊了，你多去陪陪家人，等你忙完再和我说。"

江锦上倒是恨不能当时就随她去平江，可情况不允许啊，等了一会儿，却还不见唐菀挂断电话。

"菀菀？"

隔了几秒钟，那边传来低低的一句："……我想你了。"

她的声音温软，第一次说这种话，总是有些不好意思的，让江锦上的心底十分熨帖。

关于这次订婚，在京城讨论度颇高，在平江，自然也掀起了不小的议论风潮。

有认识唐菀的人，见面自然是恭喜祝贺，可私下却也议论过江锦上命不久矣这件事，只是不好当面询问她而已。

而第一个开口问她的，就是帮她管理工作室的陈经理——陈挚。

"菀菀，你和江五爷的婚事是真的要定下来了？"

"嗯，定了。"唐菀最近在处理工作室的事，忙得有些晕头转向，订婚的事都是江家在准备，不需要她插手。

"他身体真的和传闻一样，很差？"

"陈叔，既然是传闻，又怎么会是真的，现在平江，外面对我的评价也不好，您觉得我是那样的人吗？"

自从张俪云曾经拿唐菀给唐茉挡枪，掩饰她去酒吧被抓的事情后，即便澄清过，不少人还觉得苍蝇不叮无缝蛋，她也不是个好东西。

"你是什么人，我还能不清楚？这都是外面的人胡说八道。"陈经理笑道。

"所以传闻怎么能信？"唐菀今日约他，谈的还是工作，"工作室那边，大家反应怎么样？"

"现在还没开始上班，我先在群里通知了，说工作室为了更好地发展，准备搬到京城，以后会常驻那边，有老员工跟过去，那自然很好。不少人都不愿走，还有几个反应较大，觉得通知来得突然，难以接受。"陈挚叹息着，也是颇为无奈。

唐菀端起面前的温水，抿了口："也能理解，我说补发工资的事，并且帮他们多交一年社保的事，你都说了吗？"

"全都提了，而且你会补发六个月工资，这本高于合同上所写的补偿，大家自然高兴，很多人已经趁着过年招聘会，开始找新工作。"

"这是应该的，这事本来就很突然，我能做的，也只是多补偿他们一些。"

"工作室的事，一直都是我在管，你就别担心了。"

"陈叔，谢谢。"

"这有什么好谢的，这些原本就是我的分内事。"

陈挚是打算跟着唐菀去京城打拼的，虽然妻儿在平江，可是孩子大了，用钱的地方多，大城市发展前景更广阔，趁着年富力强，他也想给家里多挣点。

大年初七，不少上班族都正常开始工作。

而影视圈内，也迎来了新年官宣的第一部戏——《凤阕》。

这部清宫剧，汇集了众多当红女星，就连皇帝的扮演者，都是近两年最受追捧的男星，官宣演员时，讨论热度很高，连续三天占据热搜第一。

可谓自带流量，未播先火，赚足了人气。

讨论完演员，大家自然会关注这部剧的制作班底，导演，编剧，都是业内公认的好手，这部剧也成了2020年最受期待的古装剧。

女人群戏，都是当红女星，自然都想艳压群芳，这部剧的化装师，服装师，造型师瞬间就被扒了个底朝天。

而唐菀的工作室，也进入了大家的视野。

她之前并不认识祁则衍，祁氏会选择她的工作室，完全是基于他们以前的点翠作品。

有些点翠爱好者，在网上发了一些她的作品的图片，流光溢彩，早有绮罗惊翡翠，暗粉妒芙蓉一说，都说这一抹幽蓝，惊艳了两千年。

官宣这件事，给唐菀的工作室，带来巨大的关注度。

对她本人还好，因为很少有人知道，她就是幕后的老板，由于陈挚负责对外的一切事务，媒体焦点全都集中在他身上。这段时间，他除却要忙平江工作室员工遣散的问题，还要应付媒体，他们倒不是关注点翠这门手艺，纯粹是想从他这里，问出一些关于电视剧的内部消息。

唐菀忙着做点翠，忙起来，连吃饭都顾不上，更别提江锦上了。

就算是打电话，也是匆匆挂断，难免有些忽略他。

江锦上知道她在忙，作为一个体贴合格的男朋友，不该总是打扰她，想她还得忍着，实在煎熬。

此时距离提亲，也还有段日子，两人毕竟处于热恋期，江锦上知道她忙，只是这心里念得紧，没和任何人打招呼，提前几天，连夜去了平江。

出发时，已经是下午，抵达平江时，已经是晚上十点多。

江锦上来得突然，就连唐家人也是第二日才知道，更遑论其他人。

而江震寰夫妻俩则是三天后到了平江。

提亲很顺利，正式订婚摆酒，定在了2月中旬，宴请的都是些至亲好友，简单吃个饭，倒也没什么需要准备。

江震寰夫妇隔天在唐菀陪同下，在平江转了一圈，待了三天两夜就要回京。

唐菀工作室搬迁，需要选址，《凤阙》那边，演员要开始定妆，她有必要去看一下，便决定跟着江家人一起回京。

"你也要走？"唐云先知道这事儿，总是有些不舒服的，订婚结束，距离结婚也就不远了，女儿远嫁，此时自然希望她能在自己身边多留一段时间。

"工作的事，也需要安排。"

"既然是工作，那就走吧，走吧——"

唐老一挥手，那表情甚是无情，巴不得马上就把孙女送到江家一样。

出发去京城的前一晚，唐菀的确有很多工作的事情需要处理，便在书房收拾东西，江锦上则坐在边上，正在细看宾客名单，因为只邀请至亲好友，虽然就是几个人，也担心有所遗漏。

"菀菀，看一下有没有没邀请到的。"江锦上将名单递过去。

唐菀扫了眼自己这边的亲友，又快速掠过了江家那边的。

"那个……"唐菀犹豫着。

"有事就直说。"

"我能问一下，江兆林的长子，就是你的大堂哥，是怎么……"唐老告诉她，是早夭，早夭就是未成年便死了，这对做父母的人来说，得是多大的打击啊。

关于他的事，整个江家讳莫如深，无人提起，外人更是无从知晓了，唐菀有些好奇，却不好询问。

"想知道他怎么过世的？"江锦上看着她。

"如果不方便就算了，就是很少听人说起，有点好奇，我就随口一问。"

唐菀说着，又继续收拾东西，过了几分钟，她才听江锦上低低说了两个字：

"自杀！"

她想过很多种可能，意外，生病，事故……却怎么都没想过，会是自杀！

这得对生活多么绝望，才会做出这种决定……

她手指顿了下，倒是把一些工具洒了一地，江锦上弯腰，半蹲着，帮她捡拾。

"在他17岁生日的第二天，对外没提半个字，很多人以为是意外身亡。"江锦上深吸一口气,"他……是个很好的人,爷爷在世时,最喜欢的就是他了,对我们这些弟弟,也很照顾。他走后,奶奶大病一场,在医院住了几个月,又在老宅养了大半年,这之后,家里也就没人再敢提他了。江姝研之前那么对你,奶奶最后对她还是宽容的,大抵也是看在过世的大堂哥面子上。她和爷爷太喜欢他了,连带着对他们一家,都厚待几分,再怎么说,也是经历过丧子之痛,奶奶他们尚且如此难受,何况是他家。但凡与他接触过的,没人会说他半个字不是,只是可惜了,你没见过他。"

以这种方式离开,对于亲人来说,比起意外更加让人无法接受。点到即止,江锦上没继续说,唐菀也就没再问下去。

为了早些赶到京城,江家一行人天微亮就出发了,赶着最早的一班回京的飞机,唐菀昨晚忙着整理工作要用的东西,凌晨才睡,上了飞机,便困得不成模样。

飞机滑行起飞后,范明瑜回头,想问唐菀饿不饿,起得太早,大家都没吃东西,结果却瞧见,她的儿子,正动作温柔地把唐菀给搂进了怀里。

她位置靠窗,原本是挨着窗边睡的,江锦上却慢慢地把她给搂到了自己肩上,抬手帮她将膝上的薄毯往上拉了几寸,那动作,那神情,可是范明瑜从未见过的柔色。

她急忙回头,靠近江震寰,压低声音:"这谈恋爱就是不一样,我还从未见过小五这般模样。"

江震寰正低头翻看着航空公司提供的杂志:"我当年对你不好?"

"你?"范明瑜哂笑,"你当年追我的时候,我还真没感觉……"

"想约我,就大大方方地约啊,总搞什么偶遇,嘴又硬,当年如果我没有个狂热的追求者,你会当众给我表白?"

江震寰低咳两声:"你拿我们那时候比什么,那时候大家都比较单纯,拉个手就不得了了,和现在的大环境不一样。"

"可交往之后,你可一点都不单纯啊,我都以为,在我之前,你谈过好几个。"

"……"

江震寰搁了杂志,闭目养神,开启装死模式。

飞机上午九点多抵京,到了江家已是十点多。

到家的时候，恰好遇到周仲清在给老太太检查身体。

"小五，正好，我也给你检查一下。"周仲清打量着他，"这次去平江，身体有什么不适吗？"

"还是老样子，去的前两天有些不舒服。"看病，自然是什么都如实相告。

"去房间吧，我给你好好检查一下。"

周仲清与江锦上直抵三楼，唐菀却被老太太拉着，叙了很久的家常，才提着行李上三楼，两个卧室之间本就不隔音，所以隔壁两人的对话，唐菀断断续续，却听了个大概。

"……开春之后，气温回升，不过现在室内外温差很大，还是要注意保暖！"

"我知道。"江锦上咳了声，指了指隔壁，方才有开门声传来，料想是唐菀过来了，他便不想周仲清再谈下去。

可是周仲清却完全无视他的暗指："我之前和你说的手术一事，你一定要好好考虑，你总不能拖着这副身子结婚吧。就你这个样子，别想去外地度什么蜜月了，不是我说，你底子太虚，你能活多久，还真不好说。"

"周叔！"江锦上提高声音。

"你别以为生气，我就不提了，做手术，虽然遭点罪，能根治大部分毛病，你别以为我是和你开玩笑的。"

"您以前不是说，我这身体只能养着？"

"医疗技术在进步，二十年前能和现在一样吗，你自己考虑一下，尽快给我答复。"

周仲清说完，收拾东西就走了，却在二楼，被楼上小跑下来的唐菀叫住了："周叔，您等一下……"

"怎么？有事？"

"实在不好意思，刚才你和五哥说话，我不是故意偷听的，这房间实在不隔音，您说手术那件事，是怎么回事？"

"这手术，两三年前就该做了，只是他身体反复，实在太虚，不宜手术，我看他最近养得不错，可以上手术台，就让他考虑一下。"

"如果不做手术的话，有什么危害？"

"他是娘胎里带来的病，不好根治，发病的时候，你也见过，以前更严重，一犯病就直接拖去医院了，做了手术，最起码不会如此反复。"

"他说，自己身体没那么差。"唐菀低声说道。

"一个病秧子的话，你也信？"

"……"

"你有空劝劝他，这也是为你俩好，你也不希望身边有个定时炸弹吧，你想以后你俩有了孩子，他这病反复无常，你说吓不吓人……"

周仲清特会吓唬人，罗列了一堆她听不懂的医学术语，简单一句话，不做手术，江锦上会随时发病，享受不到天人之寿，容易早死……

"我知道了，我会劝他的，那我送您下楼。"唐菀很信任周仲清，被他说得更是后背发凉。

周仲清太了解江锦上了，脾气又倔又拗，劝不动。小时候还好拿捏，长大之后，给他看个病就是斗智斗勇，对什么都没所谓。现在喜欢上了唐菀，那就有了弱点，他方才就是故意说给唐菀听的。既然他的话不听，未来媳妇儿的话，总要上心吧，要不然还结什么婚啊。

江锦上也知晓他是故意的，却也没法子，唐菀就在隔壁，他又不能掐着周仲清的脖子捂住他的嘴。

唐菀与周仲清站在门口，还说了一会儿话，就瞧见一辆黑色轿车缓缓驶来，停在了江家门口，开门下车的却是江兆林与江姝研。

唐老住院时，医闹事情，早有旧怨，见面没有剑拔弩张，却也暗中火花四溅。

"江叔叔，江小姐。"唐菀与他们打招呼，客气有余。

"唐姐姐，周医生。"经过上次的事，江姝研就连穿衣打扮都收敛许多。

"江先生。"周仲清语气淡定。

"来给小五看病？他刚回京就……"江兆林试探着。

周仲清一笑："不是，循例来给老太太检查身体而已，小五身体挺好的。"

一群人进屋后，老太太开口，唐菀才知道，是她邀请了江兆林过来吃饭，说的是过段时间祭扫的事。

江家长孙早夭，这是老太太心里的痛。过段时间就是他的忌日，原本每年商量着在一起过。只是吃饭的时候，江姝研又提起了医院的事，她似乎是想和唐菀和解，却戳到了大家的雷区。最后一顿饭，搞得不欢而散，就连今年的清明，也说分开过。

老太太心疼早夭的孙子，对江兆林一家多有包容，如今这个死去的儿子也不管用了，这让江兆林也开始着急，失去了江家这个依仗，即便他顶着江家的姓，怕也没人会给他一点好脸色。

　　唐菀这段时间在忙着剧组《凤阕》拍摄的事，因为演员最近在拍摄定妆照，需要她制作的点翠头面。所以回京后，除了制作点翠，她还得为工作室重新选址，忙得不可开交。
　　而在演员拍摄定妆的当天，恰逢江家长孙的忌日。
　　唐菀能感觉到，这个人在江家人心里的分量，所以剧组定妆，她并未跟去，而是全权委托给了陈挚。
　　"放心吧，我会把你的东西盯好的。"
　　每一个点翠都制作不易，都是唐菀的心血。
　　转眼便到了江家长孙的忌日，头一天晚上，老太太就反复叮嘱范明瑜要把去祭扫的东西都准备好了。
　　"都备好了，明日一早出门，再买束花就齐了。"
　　花，总要新鲜的才好。
　　"那我们明天……几点出发？"以往祭扫，总会和江兆林一家同时过去，之前虽然闹得难看，最后还得看老太太是什么态度。
　　"八点吧，我们自己走。"范明瑜没挑明，可老太太心知肚明。
　　"那行，我去通知孩子们。"
　　老太太叹了口气，拄着拐杖往回走，许是临近忌日，她最近食欲不振，清瘦不少。
　　第二天，唐菀原以为她起得够早了，却不承想江家人都已到了客厅，就连江江都在。
　　"婶婶早。"整个家里，也就江江如常，热情地与她打招呼。
　　小孩子，即便知道是去祭扫，却也难懂亲人离世的苦楚。
　　用完早餐，众人分坐两辆车出发。
　　唐菀原本以为是在某处郊区的陵园，却没想到墓地居然在山里，车子开不进去，步行了一个多小时，才到目的地。
　　今日虽是个难得的艳阳天，入了深山里，也是凉意瑟瑟，越往深处，道路越窄，周围风吹林响，只有虫雀的低鸣。
　　"怎么会葬在这里？"唐菀与江锦上走在后侧。
　　"他留了遗书，说不愿待在那方小小的盒子里，所以火化后，骨灰就带到山里撒了,最后就在撒骨灰的地方,给他立个碑。"

唐菀点头,这地方荒凉僻静,怎么看也不像是有什么埋骨之地的。

到了山头,唐菀见着墓碑,才算是第一次见到了他,照片还是十多年前的,年纪很小,嘴角带笑,看也知道是个很温柔的人,与江兆林截然不同。

跪拜之后,老太太对着墓碑,自言自语地说了一会儿话,她年纪大了,山里不好爬,她每年也只能来一次。

这时候,唐菀手机振动起来,她看了眼来电显示,陈挚打来的,挂断一次,却又反复打来,她只能走得远一点,接起电话:"喂——"

"你在忙什么啊?还挂我电话。"

"有点事。"江家这事儿,一时半会儿也解释不清,她便知推说有事。

"赶紧来一下工作室吧,这边出了点状况,有两个演员来定妆试镜,因为用化妆间发生矛盾,把你的东西都给弄坏了。"

"什么?"唐菀那些点翠,都是纯手工,弄坏一点点都心疼得要命。

陈挚的电话那头隐约还能听见一些争执声:"你过来看一下吧。"

"我知道了。"

有些明星人设与真人还是有差别的,不少面和心不和,私下为了抢资源争得头破血流,只是没想到今日摆上了明面儿。

"出什么事了?"江锦上走过来。

"工作上出了点问题。"

"现在要下山?"

"没事。"

唐菀饶是这么说,可是电话打了几次,料想是有急事,范明瑜都过来和她说,有事就去忙,他们估计还要在这里多待一会儿。

"那我送你下山。"江锦上直言,今日只有江家的至亲在,就连江措他们都没跟来。

"没事,我自己下山也行,你还是留在这里吧,多照应着点。"

"那我打电话给江措,让他来接你。"

"嗯。"

"就沿着上山的路下去就行,千万别乱跑。"

"我又不是小孩子。"唐菀笑道,"放心吧,我能照顾自己。"

祭拜这事儿,对江家人来说是大事,只是唐菀毕竟不认识死者,人走了只能说很遗憾,却无法真正地感同身受。

上山下山,只有一条路,倒是不必担心会迷失方向。

……

约莫半个多小时后,江措打来电话,说是已经到山脚了,却联系不到唐菀。

按照时间,下山少说也得一个多小时,他们是不可能错开的:"爷,可能是山里信号不好,就一条路,不可能错过,我在车里等着,江就已经去迎她了。"

江锦上挂了电话,又给唐菀打电话,显示不在服务区。

而他们这边也快结束准备下山……

江就是练家子,脚程非常快,小跑进山,直至他与江锦上等人都会合了,居然都没发现唐菀。

"江就叔叔。"江江瞧见他,还开心地和他打了招呼,"您是来接我们的?"

他们一大群人,哪儿需要他来接,小孩子不懂这些,可其他人心底清楚,这怕是江锦上叫来接唐菀的,如果接了人,肯定就走了,又怎么会和他们撞上。

"人呢?"江锦上蹙眉。

江就摇头:"没看到。"

"没看到?江措那边也没有?"

"我们一直保持联系,没见到唐小姐下山。"

路就一条,铺着青砖,退一万步,唐菀就是摔了碰了,也不可能看不到人,她第一次来,更不可能抄什么小路,周围都是灌木草丛,也没捷径,唐菀做事很稳妥,更不会做什么危险的事。

"难不成这人还能在山里平白无故消失了?"江锦上声音略微提高,倒是把江江给吓了一跳。

第十八章
姜糖夫妇联手

时值正午，暖阳悬空，山里却凉意瑟瑟，周围一时静得好似只能听到松林响动。

山风袭来，好似要把人脸上最后一点血色都尽数吹散。

江锦上紧抿着唇，唇色发白，周身更是生人勿近的气势。

"是不是和江措他们走岔了？错过了？"范明瑜似乎也觉得这种可能性太小，说话颇没底气。而且出山后，这边交通并不发达，公车都不会走的路线，想要叫出租更难。唐菀若是无车，靠步行，也不可能无人看见。

"确定没遇到她？"江锦上再度询问江就。

江就点头，这种事他怎么可能胡说八道。

"她会不会走小路下去了？"江宴廷说道。

有些地方山路陡峭，却不是没法走。

"她不会的。"江锦上语气肯定，唐菀就算再赶时间，也不会为了那点时间让自己涉险。

他说着，立刻给陈挚打电话，却得知他也在联系唐菀，心里的不安再度被放大。

"五爷，菀菀是不是出事了？"陈挚试探着问道。

江锦上抿了抿唇："没事。"

"喂，喂——"陈挚再想问些什么，电话就被挂断了。

这边的江家人也意识到，唐菀大概率是出事了，既然工作没解决，没下山，这人又去哪儿了。

"小五，你先别急，菀菀应该不会出事的。"江震寰蹙眉，"明瑜，你先把母亲和江江带下去,我们几个人继续找人。"

"你让我怎么下去?"老太太也着急啊,这人平白消失,如何不急。

"可您和孩子留在这里,我们还得分神照顾您。"

"我……"老太太想反驳,这又是事实,她光是爬山上来,已经累断了半条腿,的确帮不上忙,留下只能添乱。

"宴廷,你打电话叫人,你从山上,从头再仔细找一下,小五,你……"江震寰知晓江锦上身体不好,找人是体力活,不适合他。

"我和大哥一起。"江锦上直言,这人凭空没了,他怎么可能待得住。

"那让江就跟着你,如果身体不舒服,一定要及时说!"

江震寰本就是个雷厉风行的人,很快就把事情给安排妥当:"现在时间很短,只怕报警,那边也不会受理,我们多叫点人来找一下,只要她还在山上,肯定能找到。"

众人说着便开始行动……

这片山不算小,周围灌木丛生,想要找个人,也不是件容易的事,所有人边走边喊,观察着周围,可回应他们的始终只有阵阵松涛。

唐菀是不可能凭空消失的,江锦上心底慌乱,一时间完全失了分寸。

此时又走了半个山道,他才稍稍冷静下来。

"你们跟着我,沿路铺开,往上搜,但凡能藏人的地方,一个都不要放过。"

关心则乱,江锦上最开始哪儿有心思考虑分析那么多,此时大概划了块范围,众人便集中上去搜寻。

"找到了,找到了!"

有人发现了唐菀的踪迹!

江锦上收到信息,按照发来的定位信息找过去,看到唐菀的第一眼,他的心脏就好似被什么东西重击了一下,钝钝地疼。

他嘴唇抿成一条直线,在这荒山野岭之处,浑身透着一股令人生畏的寒凉戾气。

"可能是从上面掉下来的,我们稍微检查了一下,身上没有骨折或者其他外伤,可能是因为滚落撞击,昏迷过去了,手机也在不远处找到了。"

周围的蔓藤荒草,枯黄凋敝,唐菀穿了一身黑。长期无人清理的荒山,蔓草都足有半人高,滚在里面,若是不细看,很容易错漏。

江锦上都不知道自己是怎么走过去的,伸手摸了摸她的脸,指尖冰凉,感受到她鼻息间轻缓的呼吸，这才稍稍安心。

"爷……"江就低声道，"赶紧送唐小姐下山吧。"

他说着，就准备伸手帮忙，只是手指还没碰到，就被江锦上抬手给挡了回去。

江锦上伸手，帮她将颈部的一点枯草择出来，动作细致而专注，帮她将凌乱的衣服略微整理一下，又顺手将额头的乱发拨到耳后，然后将她整个人打横抱起来。

"爷！"江就一脸担心，江锦上这身体本就不大好，此时又是山路，方才着急寻人，消耗了大量的体力，他抱着唐菀，这若是摔了，从山上滚下去，他可担不起。

"我可以。"

江锦上抱着唐菀到山下时，所有人都已集中到了山脚处。

一群人手忙脚乱准备去医院，最后还是江锦上带着唐菀过去，其余众人，先各自回家。因为若是江家人齐聚医院，只怕唐菀没什么事，无端都要生出不少流言蜚语，况且老人孩子都在，人多反而乱。

"幸亏没事，这要是真出点什么状况，我怎么和老唐交代啊。"老太太回了家还心有余悸，"有惊无险啊，怎么好端端就滚下去了。"

"可能顾着打电话，没注意脚下。"山里荒草蔓延，有些地方是空的，却被蔓草遮掩，若是踏错，的确容易出意外。

"只要人平安就好。"

而此时的医院里，江锦上不想惊动太多人，只是提前通知了周仲清，安排检查，唐菀毕竟是从山上滚下的，身上都是些枯草残枝，倒是把周仲清给吓了一跳。

初步检查也是没有大碍，又安排她多做了几项检查。

"等她醒了就行，别太担心。"周仲清拍了拍他的肩膀，"不过她可能不是自己失足滚下山的，你要有心理准备……"

不是失足？那就是人为？

今天这个特殊的日子，他能想到的人也没几个！

江锦上余光扫了眼病床上还在昏睡的唐菀，眸子精光一闪，寒意陡升。

"给我查两个人。"

江锦上站在窗边，指尖不停捻着袖扣，虽已立春，阳光肆意，却仍寒意料峭，有人叩门，声音很轻，悄然推门低唤了一声爷，便轻着手脚走到他身边。

江就压着声音："江姝研好像要跑。"

"江姝研……"江锦上冷笑。

"通知叔叔，带她回老宅！我倒想看看，他这次要如何包庇她！"

江家，今天是忌日，所有人的穿着均以黑色为主，气氛也显得格外沉闷。

"那个……刚才听说谁出事？是唐菀？"江兆林完全不知情，只是问完之后，才察觉坐在身侧的女儿，似乎身子剧烈地抖了下。

上次吃饭，闹得不欢而散，江兆林原本以为今年祭扫不会在一起。

可是老太太突然打电话，说让他带着女儿到老宅一趟，江兆林还以为老太太看在过世的儿子面上，心软了，不疑有他，便带着女儿过去了。

"嗯，去给老大扫墓，她不小心从山上滚下去了。"老太太方才喝了口茶，热气在镜片上，熏出了一层白雾，她正低头擦拭着镜片，说得也是漫不经心。

"滚下去？"江兆林挑眉，"人没事吧。"

"昏迷。"老太太说着，戴上眼镜，看了眼坐在双人沙发上的父女俩。

但凡做贼心虚之人，别人就是无意一个眼神，都能解读出千百种意思。

江姝研强装镇定，偏头看向江兆林："爸……"

江兆林没理她，看向老太太："昏迷？受伤了？好端端地怎么会从山上滚下去？这么不小心。"

山路不算陡峭，若不然老太太这把年纪，压根爬不上去。

"我也觉得奇怪，可能是这孩子太不小心了。"老太太眯着眼，又喝了口热茶。

"没醒？"

江兆林觉得这气氛不对，唐菀都昏迷了，江家众人居然还待在这里，怎么一点都不着急？

江宴廷冷笑："弟妹若是醒了，只怕某些人就坐不住了，是吧，江姝研。"

一声江姝研，吓得她浑身一抖，后背手心，全是冷汗。

"你胡说什么？"江兆林拧着眉，眼底俱是戾气。

"你不如问问江姝研，亲哥的忌日，都干了些什么？"

"我什么都没干！"江姝研本能地狡辩。

此时所有人目光都集中在江姝研身上，老太太眯了眯眼："姝研，你今天见过菀菀吗？"

"我……"

面对这么多双眼睛，江姝研还是有些撑不住。

"今天姝研一整天都在家，压根没出去过。"江兆林自然想帮女儿。

"你这一天都和她待在一起？确定她没出去过？"老太太追问。

江兆林上午与妻子出门去买祭扫需要用的东西，确实没在家，自然不能说是时刻都在一起。

"既然不是，就别随意下保证。"老太太轻哼。

"可是……"

"还不给我闭嘴！"

老太太一声怒斥，江兆林压着火，没敢发作。

她拄着拐杖，径直走到江姝研面前："姝研，今天上过山吗？见过菀菀没？你们发生冲突，你推了她？"

"没有！"此时几乎江家人都到了。

江震寰与江宴廷更是天生面冷凌厉，老太太原本浑浊的眸子，更是精光毕现，直逼人心。

"没有？你确定？"

江姝研不是什么好人，小奸小恶做过不少，可杀人这种事，从未干过，从心底觉得惊恐害怕，遏制不住地身抖牙颤。

"我……我没……"

其实她做没做，可能大家心底都有数了。

她是江家这一辈最小的孩子，江家所有人都是看着她长大的，她是紧张，还是害怕，总是分得出的。

老太太攥紧手中的拐杖，怒其不争，抬起手臂，冲着她的胳膊，就狠狠捶了一下，力道大得像是能把她的骨头敲碎。

"再说一遍，你没有？"

"没有！我说了，我没有，你们有本事就拿出证据啊！"

"混账东西，到了这个地步，你还抵死不认，非要别人把证据摆在你面前，你才死心？"老太太是真的气炸了，抬起拐杖，朝着她的后背，又是一棍子——

江姝研被打得直不起身子，双腿一软，扑通一声跪在地上，后背疼得好似皮肉绽开。

拐杖实木制成，铆足了劲儿，这一棍子下去，着实不轻。

江兆林隐隐也察觉了事态不对，只怕她真的一时糊涂做了错事，可又心疼女儿，刚要过去，老太太抬起拐杖指着他。

"你给我坐下，今天谁敢上来，我就连他一块儿打！"

疾言厉色，直指江兆林。

江姝研跪在地上，仍旧是抵死不认，这种故意杀人的罪，一旦认下，就完了。

"姝研，我这是在给你机会！"老太太气得心肝疼。

"给我机会？"江姝研被打了几下，后背疼得她头皮发麻，四面楚歌，孤立无援，人被逼到绝境，就会爆发，她忽然从地上爬起来，看向老太太，"我看你们就是想逼死我！唐菀就是个外人，我才是你亲孙女，你现在为了她，居然想逼死我。一个个，全部都说是为我好，却硬着我做杀人犯！我没推她，和我没关系！你们到底要怎么样？非要我承认杀人，才甘心吗？"

老太太气得身子发颤："糊涂东西，到了这个地步，你还……"

自家这几个孩子，她还是清楚的，死到临头还嘴硬，她抬起拐杖，就准备打她。

可江姝研这次却没让拐杖落下，伸手抓住，四目相对，老太太怒不可遏："你——"

"姝研！""江姝研！"

所有人都没想到，她居然敢如此反抗，瞬间都站了起来。

江姝研心虚又害怕，可一想到自己会坐牢什么的，出于本能，她一把推开老太太，狂奔而出——

必须走。

她不能留在京城，更不能留在江家！

"妈——"江震寰离得近，飞快过去，伸手就扶住了老太太。

"江姝研！"江宴廷震怒！

只是江姝研刚跑出门，一辆黑色轿车驶入江家院子，朝她迎面撞来，她再想收住力道，已经迟了！

膝盖撞到车上，江姝研整个人趴在引擎盖上，吓得惊魂未定。

她下意识抬头，透明的挡风玻璃后面，坐着她此时最不想见的人。

除却驾驶位的江锦上，还有……

唐菀！

唐菀冲她一笑，婉约娇俏，好似最温润的酒，暗藏着呛喉的烈。江锦上需要停车熄火，所以唐菀率先推门下车。

江姝研紧张地吞咽着口水，身子一软，趔趄后退，整个人栽倒在地。

一人步步逼近，一人寸寸后退，直至江姝研整个人又退回了屋子里。

"菀菀——"老太太本来又急又气，可瞧见唐菀，又惊又喜，"醒啦？没事吧！"

唐菀笑着摇头："我没事。"

"那就好——"老太太长舒一口气，可被江姝研推搡那么一下，还是气得心头冒火。

"怎么？看到我，连站起来的力气都没有了？"唐菀睨着地上的人。

随着唐菀进屋，料峭寒意也随之逼近门内。

她的外套破了，此时穿着江锦上的黑色外套，宽大及膝，头发柔顺地垂于两侧，透着股温良无害。

江姝研颤巍巍地从地上爬起来，唐菀还在逼近，直至两人之间余了一人距离才停下。

江锦上也紧跟着进了门，他穿得较为单薄，唇色淡极，嘴角尽是冰冷之色。

"你个混账，奶奶都敢推？"江震寰心有余悸，厉声斥责。

"你推奶奶了？"唐菀比她高出一些，垂眸睨着她，眼底好像结了层冰霜，冷极了。

江姝研以为她不死也会去掉半条命，那地方陡峭，荒草丛生，她怎么可能安然无恙，怎么可能……

巨大的震惊，吓得她哆嗦着嘴巴一张一合，嗓子眼像是被什么东西堵住，竟连一个字都吐不出来。

"唐小姐……"江兆林料想到自己女儿做了糊涂事，不过看唐菀平安无恙，心底还是稍稍松了口气，毕竟她没事，事情可能还有转圜的余地。

可下一秒，出现的一幕，让他瞠目结舌……

唐菀居然直接抬起手，对准江姝研的脸就是狠狠一记耳刮子！

又急又狠，只是一时没收住力道，打得有些偏，几乎是对着她的耳朵抽打过去。

"啪——"一声,就连淡定如江震寰都忍不住挑了下眉。

唐菀在他家也住了段日子,小姑娘细声细气的,对他更是非常客气,说话都柔声细语,忽然发作,自然惹人诧异。

江姝研整个脑袋被打偏过去,脑袋昏沉,瞳孔睁大,嘴里尽是血腥味儿,耳鸣嗡嗡。

"这一下子,是替奶奶教训你的,她平素待你不薄,你居然敢对她动手,是为不孝!"

"唐菀,你……"江姝研咬牙抬头,"你算个什么东西,你也敢打我?"

"马上你就知道我算什么了!"唐菀咬着牙,一个反手,又是一记耳光。

江姝研刚抬脸,迎面结结实实又挨了一下,这下子两边脸算是对了称,瞬间红肿,头发凌乱,整张脸更是血红一片,身子气得直打颤。

"这一下,是为我自己打的,我们山上偶遇,你却趁我不备,推我下山,想要我的命?"

江姝研咬牙,倔强地抬头看她,似乎还想说什么,只是这话还没说出口,唐菀居然又抬手想抽她……

这次她早有准备,伸手挡住了!

可唐菀一个反手,另一只手抬起,结结实实,又是闷声一下。

一下比一下重,江姝研之前膝盖磕撞在车上,本就腿软酸胀,这下子算是结结实实被一巴掌,抽在了地上。

"这一下,是为我爷爷打的,当初医院那件事,我是看在奶奶和五哥的面子上,才没与你过多计较,你真以为我是怕了你,主意都打到我的家人头上了。仗着家人的几分疼爱,为非作歹,江家于我家有恩,你若是不姓江……真当我弄不死你?"

唐菀居高临下,那语气,嚣张骄傲到了极致。

江姝研紧盯着她的脸,唐菀平时总是给人一副和善可亲的模样,忽然变得这般可怕,就好似她跌下山,从地狱走了一遭,眼底迸射出火苗。

江姝研的喉咙里,好似有一团火在烧,嘶哑着嗓子:"我、我没……"

"当时你推我下去的时候,我抓过你的衣服,你那时候穿的是一件黑色呢子衣,袖子处的纽扣还被我抓掉了一颗,估计就掉在附近,如果派人寻找,不可能一点蛛丝马迹都找不到。"

江兆林此时瞳孔微颤,他一个男人,哪儿会记得女儿每天都穿了些什么,不过今天要去祭扫,他记得早上,江姝研的确穿了一件呢子衣。

那时妻子还叮嘱她,说山上冷,让她去换件羽绒服,女孩子爱美,她愣是没听。

唐菀若是没见过江姝研,又怎会知道这件事。

唐菀忽然一笑:"我指甲抓折了,你衣服上可能还留着我的血渍,你若是矢口否认,等我报了警,让警察搜了,一验便知……"

江姝研身子抖如筛糠,唐菀此时看着她的样子,落在她眼底,简直如同勾魂索命的厉鬼。

她推完唐菀,抖着身子回家,整个过程好似一场噩梦,所有细节,她都记不清了,回去之后,立马换了衣服,想收拾东西,赶紧逃离这里,她脑袋混乱,哪儿记得什么扣子。

扣子,血……心头的最后一丝侥幸也没了,江姝研猛地闭上眼睛,声音尖厉地嘶喊:"是我,就是我推了你,那又怎么样?就是我做的!"

那声音尖锐刺耳,听得人极不舒服。

她吼完之后,一片死寂。

只有她趴在地上,披头散发,面容狰狞,嘶吼声似乎还带着回响在不断震荡着。

老太太深吸一口气,闭上眼,无奈摇头:"造孽——"

"还不都是因为你,明明我才是你的孙女,为什么你总是那么喜欢她,那么偏心,说什么都是一家人,可是在你心里,真的把我当做孙女吗?"

"这就是你向我出手的理由?"唐菀哂笑。

"如果不是因为你,我们的关系又怎么会变成这样?自从你出现之后,一切都变了……原本奶奶只会疼我一个人,自打你出现后,她就把你整天挂在嘴上,逢人就夸,你们才认识多久?凭什么所有人都向着你。现在就连我哥,居然都为了你打我!一切都是因为你!"

江姝研是江家这辈唯一的女孩,自然娇惯些,老太太出席任何活动,也都会带着她,可自从唐菀出现,似乎一切都变了,这才让她没忍住动了手。

老太太以前很疼她,现在却见不到面,可她知道,今日老太太肯定会去祭拜,于是她特意提前过去,却没想到碰到了唐菀。

似乎一切的症结,全部都是唐菀。

所有事都围绕着唐菀而来,她如何能不恨!

唐菀与她打了招呼,便径自打电话处理事情,看着唐菀的背影,她歹念一生,胆从恶边生……她都不知道自己当时怎么就头脑发热,居然真的下了手。

一切都发生得太快了,等唐菀滚下去,她才慌了手脚,直至回家,脑袋都是一片空白的。

"只疼你一个人?"江锦上轻笑道,"你算哪门子孙女?奶奶就算不疼你,那又如何?别人给予你一点善意,你就真把自己当回事了?"

他生得清瘦,面若冷霜,周身裹挟着冰天雪地般的寒意,说话更是刻薄得不近人情。

唐菀冷笑:"可能在她看来,全世界都应该围着她转,要不然,那人就是万恶之源,毁不掉……就干脆杀了!"

老太太苦笑着,拄着拐杖,在江宴廷的搀扶下,佝偻着身子,坐回沙发上。

江姝研……是彻底没救了。

就在这时候,江兆林忽然开口:"唐小姐,这件事,我代小女和你道歉,她年纪还小,您就……"

"我就什么?"唐菀细细撩了下眉眼,就这么直勾勾看着他,不惧不畏,不卑不亢。

"饶她一次。"江兆林咬牙,冲着她弯腰鞠躬,"真的对不起。"

"爸?"江姝研还是第一次看到自己父亲如此冲人弯腰,心底极不是滋味儿。

"歉意我收到了,可我并不打算原谅她。"

江兆林手指猝然收紧,抬头看她,眼底一片寒沉:"唐菀——"

"江兆林先生!"唐菀声音陡然提高,直呼名讳,惊得江家不少人瞠目,"您是五哥的堂叔,我敬重您,唤一声叔叔,可做长辈,您也得值得我尊重。江姝研变成今天这个模样,您以为自己没责任吗?轻轻松松就要我原谅,今日如果我出了事,把命丢在山上,或是摔断了个胳膊,瘸了腿,也是一句对不起就能敷衍了事?"

"那我今日把她推下山,和您说声抱歉,您是否也觉得无所谓?"

江兆林与她接触过多次,是个极温柔好说话的小姑娘,这般针锋相对,也是初次。

他已经如此服软，她居然还步步紧逼，寸步不让。

"那你要怎么样？"

"自古杀人要偿命，今日我没事，却不代表她不需要付出代价，自然是交给警方处理。"

"好歹是一家人，你真的要这么赶尽杀绝？"

"江先生，从你对她的包庇纵容到现在轻轻的一句对不起，你有资格当江家人吗？一家人？你配吗？我和五哥还没结婚，我们不算一家人，别和我攀关系。再一再二，我已经很宽容了，杀人逃逸，罪上加罪……"

唐菀就这么看着江兆林，脸上没有一点惧色。

"今天，就算你跪在我面前，她也逃不掉。"

江兆林还是第一次被人这么指着鼻子骂，内心大骇。

有些话，江家人总是不大好开口，此时唐菀却宣之于口，虽然隔着一段距离，字字句句，简直比当众扇他巴掌还难堪。

江兆林气得脸色铁青，可江姝研小命还攥在她手里……

有怒，难言！

唐菀瞧他不再开口，又睥睨了一眼还趴在地上的人："江姝研，你不是想跑吗？刚才也是想走对不对？你跑吧……我给你机会。杀人逃跑，你若是不怕被全国通缉，牢底坐穿，你就继续跑。"

这女人疯起来，连她爸都敢骂，江姝研心虚腿软，哪儿还有力气奔跑，瘫在地上，面如死灰。

而此时外面有警笛声响起，江姝研浑身僵硬，跌撞地从地上爬起来，也不知从哪儿来的力气，忽然推开唐菀就狂奔而出——

她还不想死在这里。

"江姝研！"江兆林都急疯了，这都什么时候了，警察堵到门口，居然还想着跑。

"菀菀？"江锦上伸手扶住她，"怎么样？"

"我……"

唐菀话没说完，就听到外面传来一阵撞击声。

凄厉的惨叫声，伴随着急促的刹车，车轮摩擦地面，声音尖细刺耳，好似要把人的耳膜撕裂，所有人都心头一颤——

刹车声戛然而止，江家客厅出现短暂的死寂。

"姝研——"江兆林第一个回过神，冲过去。

随后，除却老太太，所有人都出去查看情况。

江姝研躺在一侧水泥地上，车子显然是从她腿上碾过去的，饶是刹车再及时，她这腿也被轮子碾了两次。

有血浸透她的衣服，在她身下蔓延开。

"姝研——"江兆林飞扑过去，看着她，她张了张嘴，似乎想说什么，可嘴里冒出来的，都是汩汩血水，他手指颤抖着，不敢碰她。

唐菀也没想到，她飞奔出去，恰好被车撞了。

而她撞的……恰好就是警车！

开车的警察，都蒙了，他们是接到报案来抓人的，车子进入小区，车速已经很慢了，她突然窜出来，没头苍蝇一样，还没见过这么"碰瓷"的，下车定睛一看，又蒙了……

抓人，结果把犯人撞了个半死。

这回去，肯定要被领导骂死的。

他已经及时刹车了，可她就躺在他车轮下，就算是再及时，还是碾了她的腿。

江江一直待在二楼，听到有警笛声，趴在窗户上张望，幸亏保姆及时把他拉开，合上窗帘，若不然江姝研车祸的一幕，必将刻入他心里。

"姝研，你别吓爸爸……"江兆林双手发颤，完全不敢动她。

小区里，听到警笛，又听到撞击与惨烈的叫声，不少人都出来围观，瞧见这一幕，交头接耳，指指点点。

"怎么回事啊？这大过年的，警察来干吗？出什么事了？"

"被撞的是江姝研？怎么那么不小心？"

"太惨了吧，你看她那腿都变形了，要命了。"

"我刚才亲眼看到，是她自己冲出来的，倒霉的是那个小警察吧，莫名其妙被碰瓷。"

"方才路过江家门口，里面好像有争执声，也不知道发生了什么。"

……

"江先生，您还是让我们看一下吧。"警察都掌握一定的急救知识。

江兆林此时好似五雷轰顶，呆滞地让开身子。

两个警察给江姝研检查了一下，互看一眼，纷纷摇头，有人拨了120，很快，便有救护车驶入小区，把她抬上去，送入了医院，江兆林紧跟着上了救护车。

"她的腿……"唐菀手指微微收紧,这还真是天理昭昭,报应不爽。没想到,出了门,报应就来了。

"就算人救得回来,这腿……怕是好不了了。"江锦上直言。

警方过来,是调查故意杀人一案,还是循例与江家众人一一问话。

"唐小姐,当时找到您的人是……"警方需要把细节核实清楚,找到她的时候,具体是什么情形,估计还得跑一趟现场。

"是我。"江锦上直言。

"您说现场有她掉落的纽扣对吧,到时候我们会回去找的,现场还有遗留其他东西了吗?"其实这件事算是铁案了,因为江姝研已经认罪,只是警方办案,肯定什么细节都不会放过。

"没有了。"唐菀直言,江姝研认罪服法,还有什么比这个更有力的证据。

"你之前不是说,你指甲抓她的时候,留了血迹……"江宴廷蹙眉。

"诈她的。"

江家众人:"……"

真话假话,掺杂在一起,愣是活生生把江姝研给逼疯了。

江宴廷低咳一声,当时唐菀说得斩钉截铁,谁会怀疑她这里面居然还有假话。而血迹 DNA 是铁证,江姝研也是自知逃不过,才认罪的,结果你现在说……都是假的?

"我的指甲,是摔下山的时候,抓东西的时候不小心弄折出血的。"唐菀的手的确受伤了,却不是抓江姝研造成的。

一切发生得太快,江姝研根本记不清太多细节。

所以说,如果江姝研意志坚定些,这个案子,单凭一粒纽扣和唐菀的证词,恐怕定罪困难,偏偏……她遇到了唐菀。

几句话,就把自己给卖了。

"那我们待会儿会去现场,唐小姐,近期您不要离开京城,如果有情况,我们需要随时联系您。"对于民警来说,今天也是相当惊心动魄。

"好,有事您随时找我。"

"不过江姝研现在……"民警迟疑着数秒,"她的腿被撞断了,恐怕这辈子都站不起来,估计要在医院休养很久,这个案子恐怕……"

"残疾,会影响审判结果吗?还是说,她伤残,故意杀人就能被赦免?"

"我们不是这个意思。"警察倒是一笑,"只是案子审理时间可能会往后压,而且她是逃跑过程中,自己的原因造成的损伤,与人无尤,不会影响审判结果,这点您大可放心。"

杀人未遂逃逸,肯定是要进去蹲几年的。

人都要为自己做的事负责。

"麻烦你们了。"范明瑜说道。

"江夫人客气了,如果有什么事,随时联系我们,那我们先走了。"民警那边也有一堆事要处理,搜山找证据……

"我送你们。"唐菀刚要起身。

"我去吧,你坐着,好好休息。"江锦上按住了她。

"五爷,不用送,这都是我们的分内事……"

几人客客气气地走出了门。

江姝研的车祸就发生在江家门口,紧急送医,警察又在江家滞留许久,唐菀出事的消息,江家虽未声张,还是在圈内传开了。

就连远在平江的唐家都收到了风声。

江锦上回屋的时候,唐菀正在打电话:"……我真的没事,那些都是外面的人夸大其词。"

"说你从山上摔下去了!这个江姝研怕是疯了,一而再再而三,她家到底想干吗?"

"爸,我真的没什么事,您别担心。"

唐菀说得口干舌燥,唐云先才勉强信了,挂了电话,她看向江锦上:"我爸的电话。"

"担心是正常的。"他方才下楼拿了些药膏。

此时的三楼,唐菀背对着江锦上,她回来后洗了个澡——在山林里滚一圈,泥土草籽黏了一身。

唐菀手摸到睡衣扣子,刚解开两粒扣子,把衣服往后拽……

江锦上站在她后面,抬手又把她头发撩开,拨到一边,目光落在她细嫩白皙的脖颈上,以及衣服滑到一半的肩,喉咙不自觉紧了几分。

江锦上伸手碰到她后颈,手指一勾,反手往下拉了一寸,指尖好似带着火星,一路蹭过。

热意在心头骤起，她整个人的身体瞬时紧绷。

只是下一秒，他忽然伸手按了蝴蝶骨的位置，这才疼得唐菀叫出声。

"除了后背，还有什么地方被撞到了？"冬日穿得多，唐菀虽没外伤，可从山上滚落，也不可能真的安然无恙，跌打撞伤在所难免。

不过这些小伤，她就没告诉旁人，免得他们又担心。

"没了。"

江锦上坐到她身后，伸手在她后侧按了按，问她哪个地方疼，几乎都集中在蝴蝶骨的位置。

他的手心好似有火，触碰的时候，总有火星溅落，唐菀屏着呼吸，双手揪着胸前的衣襟，担心衣服彻底滑下去。

"我后背是什么样子？红了还是青了？"唐菀看不到，"没破皮，也不至于留疤吧。"

"你介意留疤？"

"哪个女生希望自己身上……"

唐菀话没说完，就感觉他从后面伸手环住了自己的腰："就算留疤，我也不介意。"

"你不介意，我就无所谓了。"唐菀抓着衣襟的手指微微收紧。

"嗯？不是说女孩子都……"

"反正这种地方，也只有你能看，你不嫌弃，我还怕什么。"

江锦上心头一热，搂着她的手，又紧了几分："那你介意我身上有伤吗？"

"你身上……"

江锦上说着，松开手，走到她面前，攥住她的一只手，掀开自己的衣服下摆。

他身上很热，就连呼吸都烫得灼人。好似最热的盛夏，热风吹来，燥得人浑身都出了点点热汗。

他攥着她的手，摸到自己的腰侧："摸到了吗？"

疤痕，在平滑的皮肤上，分外明显。

"嗯。"唐菀紧抿着唇，"手术留下的？"

江锦上点头："身上还有很多这样的疤。"

"是吗？"唐菀下意识就往边上摸了一把，倒是惹得江锦上眸色深了几分，这丫头，胆子倒是大了。

他肤色很白，也不是什么疤痕体质，许多疤痕，都不甚明显，若不是亲自上手触碰，隔了一段距离，用肉眼都未必看得出来。

唐菀无非是想看看，他身上是否真如他所说，有很多疤痕，却完全没注意某人眼神越发深沉。

"还摸？"

唐菀一愣，一抬头，迎上他的视线。

就那么一秒，她心脏战栗。

他那眼神，像是要吃了她。

唐菀立刻撤回手，动作飞快。

因着白天的事，晚饭时候，似乎所有人都没什么食欲，匆匆吃完，所有人都各自回房。

江宴廷担心弟弟身体，还是特意去询问了一番。

"你今天身体感觉怎么样？没问题吧。"江锦上亲自把唐菀从山上抱下来，他当时脸白得不见一丝血色，好似随时能倒下。

本就天寒，山里更凉，江宴廷担心他吃不消。

"我没事，这段时间锻炼身体还是有用的。"

"那就好。"

睡觉前，江锦上又帮唐菀上了一遍药。

唐菀穿好衣服时，江锦上很自然地伸手帮她整理了一下衣领，两人相处的方式，倒是颇有点新婚小夫妻的模样。

灯光下，唐菀整个人都显得非常柔和，想着今天的事，江锦上还是心有余悸，伸手挑起她的下巴，亲了一口。

屋里静悄悄的，唐菀满脸绯红，耳朵里听见的，除却屋外呼啸肆虐的寒风，就只有两人亲密之时的暧昧声。

江锦上撤身离开，翻身下床时，方才穿好的外套已不知何时从他身上掉在了地上，他深吸一口气："我去下洗手间。"

唐菀躺在床上，整个人由内而外，红了个透。

洗手间传来水流声，她翻身，帮他将衣服捡起来，过了五六分钟，她忽然听到洗手间里传来猛烈的咳嗽声。

"五哥？"唐菀站在门口，回应她的，却只有更猛烈的咳嗽声。

她蹙眉，直接拧开门，江锦上双手撑着盥洗台，脸白得吓人，唐菀伸手去碰他的手，方才还热情如火，此时已凉意渗骨。

唐菀慌忙跑到屋里，倒了水，跑过去喂他。吞了药后，扶他上床，她将室内温度调高，用被子裹紧他，却没有丝毫作用，他身体温度越来越低，偶尔冷热交替，这是以前从未有过的症状。

唐菀一个人弄不动他，急忙去找江宴廷帮忙。

江宴廷闻言冲进唐菀的卧室，摸了下他的手腕，又试了下他的额头："吃药了吗？"

"吃了！"

"吃了多久？"

"有五六分钟了吧。"

"送他去医院！"江宴廷力气大，将他从床上抱起，就往楼下跑，今日所有人都回房很早，他们出门的事，老太太他们倒是毫无所觉。

周仲清今晚不当班，接到电话，匆匆赶往医院，一番检查，折腾了一个多小时，他的情况才算稳定，当他出来时，唐菀立刻走过去："周叔，五哥怎么样？"

"他今天做什么激烈运动了？"

"……"唐菀怔了下。

江宴廷开口道："今天上上下下，爬了很多次山，估计是身体吃不消了，而且找到人的时候，是小五亲自抱她下山的。"

"爬山……"周仲清咬了咬牙，"今天来医院的时候，我问他，他说是别人帮忙找的，我就以为他没亲自折腾。果然，这病秧子的嘴里，吐不出半句实话，手术不做，倒是挺会糟践自己身体的。"

"周叔，那他现在没事了吗？"就算是爬山的原因，也和她有关，唐菀这心底越发自责。

"放心，有我在，留得住他这条小命。"

而此时一辆车缓缓驶入江家的院子里。

门铃响起，江家的女佣首先开门："唐先生，您怎么来了？"

唐菀出事，唐云先怎么可能待得住，即便在电话里说什么事都没有，可是做父亲的，不亲眼看到，心里不踏实。

江震寰夫妇一听说唐云先到了，急忙穿了衣服出来迎客，这才知道，唐菀与江锦上皆不在家，再打电话细问，说是去了医院。

一群人又着急忙慌赶到医院。

"白天还好好的，怎么突然就……"范明瑜看着病床上的人，急得心头突突直跳。

"今天在山上，他爬上爬下……"江宴廷点到即止，唐菀已经挺自责了。

周仲清站在一侧："暂时稳定了，不过最近……"

"不过什么？"范明瑜追问。

"咳咳——少做激烈运动。"他说着，眼神飘飘忽忽地瞥了唐菀一眼，弄得一屋子的人，都莫名其妙盯着她看。

唐菀咬了咬唇，他俩……也没干吗啊！真的，什么都没干！她真是比窦娥还冤。

所有人目光都集中在唐菀身上，羞愤交加，她恨不能找个地缝钻进去，唐云先低咳一声："菀菀，跟我出来一下。"

算是帮她解了围。

而此时江锦上昏倒住院的消息，已经在医院传开。

"……五爷这身体，真的和传闻一样，这么差？之前看他，就是脸白，没什么血色，看得出来底子虚，没想到这么严重。"

"你是新来的吧，周仲清医生知道吧，这二十多年，差不多是他的私人医生，就是这样，这病也没根除。"

"娘胎里带出来的毛病，天生底子在那里，哪儿那么容易改善。"

"据说他活不过28岁，也没两年了啊，那这唐小姐怎么办？"

值班的医护人员低声议论着，都觉得太可惜了，瞧着唐家父女出来，才立刻噤声。

医院正常下班，晚餐高峰期结束后，住院部静得针落可闻，两人行至走廊尽头才停住脚步。

"爸，您过来怎么也不提前说一下？"

"我要是告诉你了，你会同意？"

唐菀紧抿着唇，在父亲面前，她就是个温文乖巧的小人，哪儿有今天怒怼江兆林的嚣张放肆。

"身体真的没事？"唐云先饶是看到她安然无恙出现在自己面前，还是多问了一句。

"你看我这样子，像是有事吗？"唐菀笑着。

"别嬉皮笑脸的，我问你，那小子的身体到底怎么回事？他行不行啊？"

"爸，怎么连你也……"

"这眼看着就要订婚了，距离结婚也就不远了，他身体要是真的这么反复，这门婚事，真的要好好考虑一下。"唐云先对江锦上没什么意见，可他身体这么反复无常，要是结婚后也如此，唐菀嫁过去，基本就是照顾他饮食起居了，往后日子他可不敢想。

"他身体没问题。"唐菀咬着牙。

"就算那方面没问题，可就这体质……"唐云先也没指望说，唐菀嫁到江家，就要过什么公主一样整日让人伺候的生活，可婚后，最起码要互相扶持吧，就他那样……怎么扶持？

"他那样，我是真的不放心，难不成你嫁过去，就是真的为他传宗接代？"

"爸——"唐菀明白他的忧心。

"这事儿很严肃。"

父女俩回去后，江宴廷方才开口："今晚我留在这里守夜，你们都回去吧。"

"我……"唐菀刚要说话，范明瑜就打断了她。

"菀菀，你今天也该累了，确实需要好好休息，这边有宴廷在，周医生也在，没什么问题的，你回去好好休息，明天早点过来。"

江家人如此也是心疼她，唐菀深深看了江锦上两眼，终是不愿离开。

第二天，江锦上就醒了，周仲清过来查房，确定他身体无碍。

"我能出院回家吗？"江锦上肯定不愿待在这里。

"观察一天，没问题，明天再出院。"周仲清说得很坚定，没有丝毫讨价还价的余地。

谈话间，唐云先到了。他来京城比较突然，公司有很多事需要安排，他进来后，江锦上立刻双手撑着身子，从床上坐起。

"身体感觉如何？"

"挺好的，实在不好意思，还让您跑一趟。"江锦上直着身子，未来岳父，说话都要斟酌三分，"我没照顾好菀菀……"

"你那个堂妹，做出如此出格的事，也不是你能预料的。"唐云先不是不讲理的人，江锦上又不是神仙，哪儿能未卜先知，"不过好在菀菀没有大碍。"

若不是唐菀没事，江姝研又因为车祸断了双腿，现在还在重症观察室……唐云先怕是要冲到江兆林家里要个说法。现在想来，他心里还是很恼火。

"也是我考虑不周全。"江锦上姿态放得很低。

"菀菀这事儿先不提，你连自己都照顾不好，以后我怎么把女儿交给你。"唐云先对他没意见，女儿喜欢，人品三观正就行，可身体这事儿，真的是大事。

没有哪个做父母的，愿意把女儿交给一个病秧子。

"爸，五哥身体还很虚，要不……"唐菀话音未落，就被唐云先一个眼神阻止了，让她别出声。

"唐叔，我会好好养身体的。"江锦上明白他的担忧。

"我方才和周医生也聊过了，他说你这病，如果做手术，不能说百分百治愈，不过目前的状况可以改善许多，术后休养得好，享天人之寿，和菀菀百年终老也不是不可能！"

"周叔和您聊了？"江锦上头疼得紧。

他就知道，周仲清肯定是背着他，各种骚操作，之前是在唐菀面前说，现在直接把手术的事情捅到了唐云先这里，他干脆把自己绑上手术台得了。

"他说你不愿意做手术。"这关系到女儿的终身大事，唐云先说话也很直接，"能说一下理由吗？"

"锦上，你别怪我这个做叔叔的无情，如果真的按照传闻，你活不过28，我是不会把女儿嫁给你的。"

如果两人这一两年再有个孩子，他都不敢细想唐菀以后的日子要怎么过……

唐云先妻子走得早，这种苦他太明白了。

"爸……"唐菀再想开口，就被唐云先一记冷眼给瞪了回去，转头看着江锦上，"你俩要是结婚，你生病就不是你一个人的事，我必须为菀菀考虑。"

"我明白。"江锦上认真看着他，"我会配合周叔做治疗手术。"

"那就好……"

周仲清此时就站在门外，听了这话，无奈摇头，这死孩子，不拿岳父逼他,还不肯就范。真以为自己拿他没辙了?

而此时病房里,又传出声音:"菀菀对不起,又让你担心了……"

"我没事。"

"如果早知道会遇到你,我一定会比以前,千倍百倍地爱惜身体,一直陪你到老。"

周仲清站在外面,被这肉麻的情话,激起了一身鸡皮疙瘩!

这江小五简直要人命,恨不能拿着手术针,把他嘴巴给缝起来。

唐云先在屋内,手指握拳,放在唇边,咳嗽两声:"行了,你答应手术,就好好养身体,说得再多,不如行动实在。"

"让您担心了。"江锦上放在被子下的手,不停搓动着,"那……我和菀菀订婚的事,需要推迟吗?"

手术不是一两天的事,前期准备休养,还有后期调理,伤筋动骨都得一百天,他若是手术,必然不是割个阑尾那么简单的。

"订婚日期不变,不过什么时候结婚,要看你身体恢复情况。"

"谢谢唐叔。"

"我也不是为你考虑。"唐云先无奈,这要不是唐菀喜欢,单就身体这一条,他就不会让江锦上做他女婿。

"爸,我给你削个苹果。"唐菀笑道。

"我今天若是说他身体不好,不同意你俩订婚,我怕是一个苹果都吃不到了。"那语气颇像是喝了一碗陈醋,酸得不行。

中午,周仲清下班前来病房探望,一听说江锦上要做手术,立马装得一脸震惊:"小五,你认真的?我没听错吧,你真要做手术?"

江锦上心底咬牙,却还是笑着看他:"对!"

奥斯卡欠你一座小金人,手术的事,就是你捅出去的,你现在装什么装。

"是你自愿的对吧,这可没人逼你。"周仲清与他确认。

"我心甘情愿的。"

"那这个……"周仲清从口袋拿出一张折好的纸递给唐菀,"菀菀,以后就按照这上面的营养配比,每天盯着他好好吃饭,锻炼身体,养好了才能上手术台。"

众人:"……"

周仲清离开病房时，双手负于身后，心情极好，是晃着脑袋出去的。

唐云先一看江锦上那表情，倒是一乐："我现在终于明白父亲为什么会喜欢你了。"

这一老一少，在做手术这件事上，表现出来的态度，居然出奇一致，一类人，肯定互相吸引。

而此时江锦上昏倒住院的事，已经在京城慢慢传来，就连唐菀与唐云先走廊尽头的对话，也不知怎么，传来传去，就变成因为五爷身体不好，唐家并不同意这门婚事。

"据说唐先生根本不同意，可这门亲事是早就定下来的，不好推托。"

"我听说唐小姐嫁过去，纯粹就是为了给五爷这一脉延续香火，毕竟五爷这身体，保不齐什么时候就嗝屁了。"

"难怪江家对她那么好，这是觉得亏欠，补偿她的。"

"要不然能为了她和江兆林一家闹成那样，怕她跑了，想稳住她呗。"

唐菀看到网上这些言论，简直哭笑不得。完全都是胡编乱造，毫无根据啊，都什么乱七八糟的。就连唐云先被记者抓到，问及江锦上身体如何，他的一个眼神，都能被记者歪曲成各种意思。

"你现在知道，我活不过28，与大哥想谋杀我的流言是怎么出现的吧？"江锦上笑着看她。

三人成虎，大抵如此。

江锦上出院后，唐菀也跟着唐云先回了平江。

订婚一事，已经提上日程，只是关于江唐两家的各类流言却随着订婚，尤其是唐云先不满江锦上的传闻，愈演愈烈……

订婚前两天，唐菀正在院子里，边拿着粉色小喷壶给院子里的绿植浇水，边戴着蓝牙耳机与江锦上打电话，订婚不比结婚，繁琐的事没有那么多，她还算清闲。

据说京城前些日子还下了场雪，平江却早已春风化雨，花开半城。

马上要订婚，江锦上整个人都变得容光焕发。

"最近有按照医嘱，补充营养，锻炼身体吧……"

自打江锦上答应做手术，唐菀又回到平江，便一日三餐，如同老母亲一般叮嘱他，祁则衍甚至调侃，他可能娶了个老妈回去。

"有，你最近……"

江锦上话还没说完，唐菀手机振动起来，一个来自京城的电话插播打进来："五哥，我接个电话。"

"喂——"

"唐小姐，我们是京城河西派出所的，您现在不在京城对吧……"

"嗯。"

无非是江姝研那个案子，还有一些事情要找她反复确认。

"……她昨晚脱离生命危险，这双腿算是废了，医生说就算是复健得好，也不可能和常人一样，最坏的情况就是必须坐轮椅出行，终身残疾。"

唐菀捏着手中的洒水壶，继续给花草浇水，并没说话。

"今天上午我们去病房，准备对她进行问话，不过她情绪比较激动，不太配合调查。"

她的反应，预料得到，江姝研也是个很骄傲的人，况且年纪不大，双腿残疾，肯定难以接受。

"她家那边，想和你商量赔偿的问题，给她争取宽大处理，估计最近会联系你……"

"我知道了。"

"不客气，听说您要订婚了，恭喜。"

"谢谢。"

唐菀挂了电话，又继续和江锦上煲电话粥。

"谁的电话？"江锦上坐在窗边晒太阳，前些天一场大雪，最近霁雪初融，温度倒是比寻常又低了几度，他膝上覆着一张薄毯。

"派出所的，还是江姝研的事。"

"有问题吗？"

"老生常谈的事情……"

"没事就好。"

江锦上正抬手戳着一侧万岁爷的龟壳。

万岁爷正慢条斯理地吃着虾干，压根不想理他。

没看到我在吃东西吗，能不能别挨着我！

它慢吞吞挪着身子，只是动作太慢，刚动两下，就被江锦上给拽了回去，周而复始，惹得他闷笑出声，低声说了句："蠢龟。"

万岁爷：……

唐菀挂了电话后，又整理了一下院子里的花草，便听着外面传来脚步声,紧跟着沈疏词就出现了。

"小姨。"

因为唐菀即将订婚,沈家二老也带着沈疏词特意从国外赶了回来,此时都住在唐家,几个老人凑在一块儿,家中每天倒是热闹。

"江兆林来了。"

唐菀眉头拧紧,急忙擦了下手上的灰渍:"他怎么来了?"

自打江姝研出事那天,她便再没见过江兆林。

"不清楚,姐夫正在招待他。"

"爷爷,外公,外婆他们……"

"他们去小公园遛弯了,还没回来。"

"走吧,去看看。"

唐家前厅,唐云先与江兆林相对而坐,屋外春光煦暖,廊下画眉还在啁啾叫着,室内气氛却稍显诡异。

"江先生。"黄妈给他送了茶水,便退到一边,安静站着。

"喝茶。"唐云先生得斯文,端看是非常和气好说话的那类,抬头招呼江兆林,嘴角带笑,可垂眸端茶喝水,眼底蒙了层云翳般的阴霾,挥之不去。

"谢谢。"

也就是喝茶这点时间,唐菀已经从东院过来:"爸,江叔叔。"

她对江兆林称呼,仍旧是客客气气的,可在他心底,却早已无法把她当普通小姑娘看待,敢指着他鼻子骂,甚至连名带姓喊他的,唐菀是第一个。

"坐。"唐云先拍了拍自己身侧的位置。

唐菀坐下后,沈疏词便随意寻了个位置看戏。

江兆林还未开口,唐云先就说话了:"小女订婚在后天,江先生若是来道贺,也未免太早了一点。"

唐菀已经注意到一侧的桌上堆放着礼物,估计都是他送来的。

"当天我可能不太方便,今日正好得闲,就提前过来了。"江兆林看着唐菀,"恭喜。"

"谢谢。"

她方才接了派出所打来的电话,江兆林就千里迢迢忽然造访,想也知道此行的目的。

此时的京城江家，江锦上不断逗弄着乌龟，万岁爷被他戳得缩在龟壳里都不愿理他，某人还是继续戳着。

"爷——"江措叩门进屋，"江兆林去平江了。"

"肯定是想给江姝研争取宽大处理吧，也不知道唐家那边要怎么处理，您和唐小姐快订婚，很多人都盯着。"

江锦上看了眼腕表："这个时间点，爷爷应该出去遛弯了吧，他还挺会挑时间过去的。"

他在唐家住过很长一段时间，老人家作息都很规律，上午打太极，下午找人下象棋。

画眉唧唧啾啾叫个不停，对江兆林的到来，表现出了极强的攻击性。

江兆林低咳一声："其实我今天过来，除却来道贺，还是为了我那个不省心的女儿……"

他心底清楚，故意杀人，还逃逸，数罪并罚，江姝研逃不过，只有唐菀出具谅解书，才可能减轻刑罚。虽然自知这方法很难，他也要豁出老脸来这里一试。

"之前的事，还是要和你们郑重地赔礼道歉。"江兆林这段时间，消瘦许多，他本就生得凌厉，此时两颊皮肉清减，颇有些形销骨立之感，只是有求于人，不得不放低姿态。

"对于给唐小姐造成的伤害，我觉得很抱歉，也知道没办法弥补，这里是我一点小小的心意……"

江兆林说着从怀里拿出一张支票，放在父女二人面前。

"姝研双腿断了，就算恢复得好，这辈子只怕也不良于行，她也尝到了教训，我今天觍着脸过来，也是想……"

可是他的话没说完，就被唐云先打断了。

"五百万？江先生，您这是什么意思？"唐云先瞥了眼支票。

"小小的心意？"

"您是觉得，我女儿的性命，在你眼里，就值五百万？"

"唐先生……"

"您既然也知道，自己是觍着脸，就不该过来。"

江兆林呼吸一沉，眼皮狠狠跳动两下，他怎么都没想到，自己话都没说完,就被唐云先给硬撅了回去。

"她也得到了应有的惩罚,她才二十出头……"

"十八岁,犯法就该坐牢了!"一句话,又把江兆林堵得一噎。

他怕是没想到,唐云先模样斯文,说话却如此扎心刺骨,一点面子都不给他:"三岁小孩都知道,不该欺负人,才二十出头,她年纪还小?"

"再者说,她现在变成这般模样,是自己畏罪潜逃闯出的事故。"

"每个人都该为自己做的事负责,而她需要负的责任就是接受法律的审判。"

唐云先坐在沙发上,说完又慢条斯理喝着热茶,语气温和,态度却很强硬。

"唐小姐身体没大碍,马上又要订婚,大喜的日子,以后嫁给小五,也该喊我一声叔叔,这件事就真的不能……"

江兆林完全是豁出了脸面。

可唐云先一听这话,就好似触到逆鳞,抬手将紫砂茶杯扣在桌上,猝然起身。

"江兆林,若是菀菀当天出了一丁点儿意外,你以为我们还能坐在这里聊天?出事当晚我就去了京城,也是知道江姝研自食其果,正在医院抢救,大家都是做父母的,知道你当时也是心急如焚,才没去找你们算账。要不然,就算菀菀没事,我也会冲过去找你们家要个说法!当时我没有步步紧逼,已经很仁慈了,你现在和我说什么她没大碍?若是真的出事,你负得起这个责任吗!"

谁家孩子谁心疼,唐云先就唐菀这么个女儿,自然更加疼爱。

唐云先说话算是委婉客气了,就差直接骂他不要脸了。

此时画眉忽然又叫了两声,唐云先偏头看着它:"您看我们家这画眉鸟,虽说就是个鸟,可你喂点吃的,驯化一下,还是很乖的,可是有些人,是怎么养,都喂不熟……总想着,偷摸找机会啄你一口,当真是厚颜无耻。有些人,真的还不如这些小畜生,是吧江先生。"

唐云先冲他笑着,笑容淡淡,眉眼温润。

江兆林手指微微攥紧,额头青筋更是突突直跳,他是专门避开唐老出门时间过来的,总觉得老爷子不在,事情还有一线转机,没想到……

指桑骂槐,暗讽他还不如畜生?

"我还有点事,就先走了。"话说到这个份上,江兆林哪儿还有脸面留下。

"江先生，支票。"唐云先睨了眼茶几上的支票。

江兆林一把抓起，揉在手心，都要走到门口，又被他叫住了。

"还有那些东西……"

江兆林深吸一口气，提着东西，刚走到门口，门从外面被推开，迎面撞到了唐老爷子。

"呦——兆林啊，你什么时候过来的？"

"刚来。"江兆林心头攒着火，可这是在唐家地盘，无处发泄，脸憋得铁青，说话吐字，都好似从牙缝里一个个抠出来般。

"你这是……要走？"唐老拄着拐杖，他做完手术已经有段日子了，孙女要订婚，还有沈老陪着，日子过得舒服，胖了一圈，笑起来，更加和善慈祥。

江兆林是挑着时间过来的，没想到会碰见唐老。听说这位老爷子脾气更不好，他所以才故意避着。

"还提着东西？"唐老皱眉，看向不远处听到动静走出来的唐云先，"云先啊，这是怎么回事？他过来，你也不打电话通知我一下！人家客人提着东西过来，你是做了什么，把他气成这样？"

"爸——"唐云先蹙眉，他父亲怎么提前回来了？

"兆林，进来坐。"老爷子抓着他的手，就往里走。

"唐老，我还有事，该走了。"

方才已经闹得那么难看，江兆林哪儿还有脸继续待着。

"来都来了，再坐一会儿。"唐老扭头看向唐云先，"人家远来是客，还带了礼物过来，你却要把人赶走？"

"是啊，进来坐。"沈家老太太笑眯眯的。

江兆林刚才被硬撅了一通，脸都差点气歪了，唐云先就差亲自动手，连人带礼物把他给丢出去了，可唐老玩的这又是哪出？

三个老人家太过热情，江兆林手中又提着东西，非常被动，莫名其妙又被拉进了客厅。

一番寒暄后，唐老笑着看他："我听说姝研已经醒了，人怎么样？没事吧？"

"还好。"这种情况，江兆林还能说什么。

"那就好……"唐老长舒一口气。

"谢谢您的关心。"

江兆林心底千头万绪，摸不清唐老到底想干吗，按理说，他比唐云先更难缠才对，怎么会对自己如此和颜悦色。

"那什么时候能出院？"沈家老爷子询问。

"还不清楚，可能还要休养一段时间。"他们这般客气，江兆林也只能客客气气的。

"保住性命就好，我还想说，如果需要，我可以给她介绍几个好的医生。"沈老笑着，可接下来一句话，却让江兆林如堕冰窖，"毕竟……日后还要坐牢的。"

唐菀原本也是莫名其妙，不知道自己爷爷和外公在玩什么把戏，他俩知道江姝研做的事，气得就差冲到京城去了，怎么可能对江兆林这么和颜悦色。

没想到，玩的是软刀子。

这一刀下去，可比父亲那种狠多了。

江兆林更是登时脸色一白。

"现在很多做父母的，就是太溺爱孩子了，惯得他们有恃无恐，要是不吃大亏，都不知道怕。"唐老无奈摇头，"兆林，我知道你这次过来，除了给菀菀道贺，肯定还是来道歉的。其实没必要，她已经得了教训，后面还有法律制裁。我们原不原谅无所谓，主要是要让孩子知道错了，以后从里面出来，不要再做这种伤天害理的事，这才是最重要的。惩处只是教育手段，让她知错，才是根本。对吧，兆林？"

唐老爷子笑呵呵的，这每句话，都像是淬毒带刺的钩子，一点点在江兆林身上划拉着。

彻底把他那点后路给堵死了。

还说得好像是为他考虑，为了江姝研将来着想。

江兆林暗恨咬牙，却还得赔着笑："您说的有道理。"

"你千里迢迢过来一趟，也不容易，留下吃了饭再走吧。"沈老太太笑着。

"不用，我还有点事要处理。"

"吃顿饭的时间总是有的，你又是小五的叔叔，我们应该好好招待。"沈老爷子附和，"老唐啊，你珍藏的花雕酒，是不是该拿出来了啊。"

"我……"江兆林想拒绝。

他都能想到，这压根就是个鸿门宴。

明知是是非之地，不宜久留，他却跑不掉！

不待他拒绝，唐老忽然大笑："老沈啊，就是你想喝吧，还借着别人的名义，不过今天高兴，兆林千里迢迢过来，的确要喝一杯……"

"那我去拿酒。"唐菀笑着起身。

唐家热热闹闹忙活起来，倒是把江兆林给晾在了一边。

到了最后，他只能被动地上了餐桌，被动地喝了不少酒，餐桌上，两个老爷子打着太极。

软刀子一寸寸划拉着，真要生生把他的心给撕开。

气得他差点呕出一口老血。

吃了饭，礼物也留下了，唐家人还乐呵呵地送他出了门。

在门口，唐老还笑着对他说："以后有空啊，多来家里玩。"

江兆林笑着答应，可上了车，却气得直接把手机给摔了。

这家人未免太欺负人了。

目送江兆林车子离开，唐老才笑着转身，一群人进屋，把门关上，他才冷哼一声：

"什么玩意儿，以为我们唐家是这么好进的？居然还有脸过来。现在外面很多人盯着我们，撵他出去，只怕几个小时后，新闻就见报了，马上就是菀菀和小五订婚的好日子，犯不着为了这种人败了兴致。别等着有些媒体说，我们唐家得理不饶人，我们是受害者，也能被写成施暴者。"唐老爷子看得很远。

虽说江姝研涉嫌谋杀，可唐菀毕竟没事，她又断了腿，唐家此时把江兆林连人带礼物丢出去，有些圣母心泛滥的人，可能还会同情他们，反过来谴责唐家过分。

"人既然来了，咱们就好吃好喝招待，亲自送他出去，给足了他面子。他女儿都做出了这等事，我们唐家还能以德报怨，以礼相待，我看谁还能指出我们唐家半点错漏。"

"云先啊……"唐老拄着拐杖，抓着唐云先的胳膊，"我早就告诉过你，要打败敌人，方法很多，你啊，还要慢慢学。"

"我知道。"

唐菀只觉得父亲怼了江兆林，让他带着东西滚蛋，很是解气，却没深究太多，此时听爷爷一番解释，只能感慨：姜还是老的辣！

第十九章
身体好了，就去领证

订婚在平江举行，江家全员是提前一天抵达的。

唐菀与唐云先亲自去机场接的人。

老太太也不知是激动，还是平江城太热，下了飞机，便出了一身汗，抓着唐菀的手，直言平江这里变化太大。

日后结婚，婚宴肯定是江家操持，所以订婚宴，唐云先几乎是亲力亲为，极为重视。

订婚宴，虽说不似结婚，却也很郑重，老太太和范明瑜临睡前，还拉着江锦上说了半天话，无非是叮嘱他明日看到唐家的亲友，一定要热情点，不要失了礼数，给人留下不好的印象。

酒宴就在江锦上入住的酒店5楼包厢，摆了三桌，江家就占了一桌，加上唐沈两家人，算起来宴请的人并不多，不过皆是至交好友，一个都不能怠慢。

办酒的事宜，都是唐云先在安排，唐菀没过问，包厢她还是第一次过来。

她进入后，整个人就傻眼了。

张灯结彩，悬红挂绿，甚至还点缀着许多粉色玫瑰，包厢不大，有主舞台，居然还有香槟塔，布置得好似……结婚现场！

最主要的是，一侧墙上还拉着横幅，写着：【欢迎参加小女唐菀与女婿江锦上的订婚仪式】。

"爸，"唐菀支吾着，"你这是不是有点夸张了？"

有些订婚都不会举办仪式，就是两家人一起吃个饭，怎么把这里弄成这样。

"哪里夸张？"唐云先挑眉，他还觉得这包厢太小，不利于发挥，若不然，真的想把最好的都给女儿。

"没事。"木已成舟，这马上亲友都要来了，唐菀能怎么办。

首先来的是江家人，他们看到会场，虽然诧异，还是笑着与唐云先说了一句，辛苦。

所有人都憋着笑：这是订婚？而且还是中西结合，土洋结合，时尚中，还透着股浓浓的中老年风，是长辈喜欢的风格。

订婚虽不比结婚，可唐云先搞得隆重，还特意上台致辞，感谢大家到来，因为在平江，来的多是唐家这边的亲友，所以由他带着唐菀与江锦上——去敬酒，打招呼。

江锦上刚倒了杯酒，唐云先就给他递了杯茶。

"叔叔？"

"过段时间要做手术，别喝酒了，今天来的都是熟人，不在乎这些虚礼。"

突如其来的关心，江锦上有些受宠若惊，笑着说道："谢谢叔叔。"

看某人如此嘚瑟，唐云先还是给他泼了盆冷水："我不是为了你，主要是为了菀菀。"

江锦上倒不在乎，只是跟着他挨桌给人敬酒。

除却身体不好，生得清瘦，无论是家世，还是江锦上的为人处世，自然是让人挑不出一点错漏，况且大喜的日子，都是各种夸赞恭喜，说两人天作之合，郎才女貌，让江锦上务必要对唐菀好之类的。

订婚之后，送走亲友，安排好长辈，唐菀早就在隔壁KTV订了包厢，众人又出去小聚了下。

一场订婚宴，热闹了好些天。

直至江家众人回京，才算消停些，原本老太太是希望唐菀和她一起回去的，毕竟她现在的工作室也搬到了京城。

唐菀以前在书房进行点翠制作，材料、工作台、工具……所有东西都要弄到京城，也需要时间整理，她便没跟着一道回去。

倒是江锦上本想留下陪她，周仲清却打电话来催了。

"小五呀——你什么时候回京啊，我等你很久啦。病房都给你安排好了，回来做个全身检查，我们要开会给你制订手术方案。你离开这么久，我怪想你的，快点回来吧，等你啊——"

江锦上眼皮狠狠跳了两下,周仲清就这么迫不及待想宰自己一刀?

若是只催他就罢了,电话还直接打到了唐菀这里,她便开始"驱赶"江锦上,让他抓紧回去。

"周叔对你真的很好,你回去之后,一定要配合他治疗,你手术之前,我肯定会赶回去的。"

唐菀千叮万嘱,最后把他一脚踹上了飞机。

所有人都离开了,唐家好像瞬间变得寂静冷清起来,就连逗弄画眉,都不足以让老爷子提起半点兴致。

"爸?"唐云先下班回来,进了院子,就瞧着他在叹气。

"回来啦?"唐老好似忽然回过神,"我以前也不是个爱凑热闹的人,只是他们一走,我这心里还怪不自在的。"

"之前江家提议,让我们搬去京城住,您怎么看?菀菀迟早要嫁过去的,她和小五要是真有了孩子,估计一年也见不到几次。"

虽说现在交通发达,未出嫁前的闺女都说会经常回家看看,可成立了小家庭,拖家带口,千里归家,又谈何容易。

"要是过去,公司那边……"老太太提出这个问题时,唐老不是没动摇过。

"去哪儿都能做生意,况且这钱是赚不完的,我可以把一些业务转移到京城,偶尔来回跑跑也不妨事。"

唐云先正值壮年,身体也好,没病没痛,就算唐菀远嫁,他多奔波几次,常去看她也行,只是他家老爷子这身体,没法这般折腾,而且之前做手术在江家住的那段日子,父亲的确很开心。

"我想想吧。"老爷子有些心动,可离开祖居之地,也肯定牵念不舍。

江锦上刚回京,周仲清就迫不及待冲到他家里,让他去医院做了个检查,全身上下,一丝不落,由于项目太多,他不得已在医院住了一天。

江家这边,则把远在郊区的老宅子清理打扫,好让他术后来这里休养。

江锦上入院检查,结果出来后,周仲清就带着一大拨人,浩浩荡荡冲进了病房。

说是会诊!

他这病太特殊,娘胎里带的毛病,小时候做过不少手术,加上这么多年反复,未曾根治,与普通病症不同。

疑难杂症,可能全国只此一例,手术没有任何参照,周仲清格外谨慎,会集了不少专家给他进行会诊。

一群人在说着一些江锦上听不懂的话,他躺在病床上,生无可恋。

到后面居然讨论到该从哪儿下刀了?

周仲清眯着眼,盯着他:"嗳,你们说,到底从他身上哪里下刀比较好?开胸,还是从侧面切——"

"主要是没有先例,无论怎么动刀,风险都不小。"

"我觉得还是需要做开胸手术。"

……

会诊应该很严肃的,这些医生也相当专业,可是江锦上从他们看自己的眼神里,却分明读出了一丝兴奋。

这些医生怎么可能不激动,他这病例相当罕见,他们这辈子可能都遇不到一个,能参与到这样的大手术中,紧张压力大,更多的却是动力。

如果能攻克这样的疑难杂症,也是医学界的一大进步,非常具有挑战性。

一群人看着江锦上,那眼里,简直在放光。恨不能马上就把他拖进手术室,要把他当个小白鼠,将他身体内内外外、研究个透彻。

给他做手术,周仲清也是冒了极大的风险,会集了医院各科骨干专家,开会研究了多种方案,评估风险,最怕的还是术中出现突发情况,这不是小手术,又无先例参照,江锦上真有可能把性命丢在手术台上。

即便没有江家施压,他本身压力就很大了,几乎住在医院,与江锦上同吃同住,他身体此时反映出来的一点小问题,都有可能成为手术中的大麻烦。

"周叔……"江锦上手中捧了本《霍乱时期的爱情》。

"嗯?"周仲清坐在他床边,手中拿着本子,还在不停勾勾画画。

"您尽力就好,不用给自己太大压力,生死有命。"为了他的手术,周仲清以肉眼可见的速度消瘦,江锦上不是没心没肺的人,两人是医患关系,却胜似父子,也是心疼他。

"少给我胡说八道,当年我能从老天手里把你这条命给拽回来,现在也能!

"只要有我在一天,你这条小命,谁都夺不走!

"再胡说,上了手术台,第一件事,就是找了针线,把你嘴巴缝上。"周仲清是典型的嘴硬心软。

江锦上摩挲着书脊:"叔……"

"都这时候了,你别给我整出什么幺蛾子,那我可就……"

"我如果能平安下手术台,就认你做干爹。"

周仲清愣了下,他这辈子没娶妻,无儿无女,听了这话,心底酸甜交织,脸上却冷冷一笑:"你小子想认我做干爹?是不是指望你和菀菀结婚时,从我这里拿个大红包啊!"

江锦上知道他嘴硬,只是笑了笑:"叔,等我身体好了,你就给我找个姨吧。"

周仲清因为干爹的事,心里还挺感动的,觉得这么些年在他身上的心血,也没白费,臭小子虽然嘴毒,还是知道感恩的。

可下一秒,他居然……催自己找对象?

"江锦上!"怒目而对。

"我说认真的,您虽然年纪不小了,可是看着一点都不显老,现在很多小姑娘都喜欢大叔,您很有市场,说不准还能给我找个小阿姨——"

"你给我闭嘴。"周仲清气结,抬手佯装要揍他。

"您若不找,这样的话……"江锦上语气一顿,周仲清横眉冷对,好似他再敢调侃他,就绝对会动手一般。

只是他接下来的话,却撞得他心头一软。

"等您老了,我照顾你。"

"下了手术台再说这种话吧。"周仲清嘴上哼哼着,走出病房,脚下生风,忍不住咧嘴笑出声。

江锦上住院检查,由于手术方案迟迟未定,手术时间也一推再推,在最终未确定之前,他便回家住了。

手术风险太大,牵一发动全身,周仲清又想一次性把他的顽疾给根除了,每次照镜子,瞥见自己熬白了头发,就打电话说江锦上是混小子,是讨债鬼。

江锦上入院前一天,唐菀也赶到了京城。

一家人凑在一块儿,吃了顿饭,预祝他手术顺利。

整个餐桌上除却他,所有人都很高兴,毕竟手术完,他这病就有可能会被根除。

大家举杯庆祝,欢送他即将住院手术。

亲人做手术，哪家不是愁云惨雾，担心忐忑，他还真没见过，谁家会这么高兴的。

江锦上以前不愿做手术，江家人为此也发愁，好不容易等到他主动上手术台的一天，加上对周仲清医术的信任，他即将手术，自然值得欢庆。

唐菀更是提前一天帮他将行李都收拾好了，未婚夫要手术，这么着急送他住院的未婚妻，还真是前所未见。真是亲媳妇儿！

江锦上住院的头两天，不少人前来问候。

唐菀的工作室刚转移过来，最近在招募员工，虽然有陈挚过来帮忙，她这个负责人，也不能所有事都假手于人。

更重要的是江锦上一旦手术完，她更是没空管工作室，所以这段时间，要把接下来的工作安排好，一直都是工作室与医院两头跑。

江锦上手术在上午八点半，预计会持续八个小时，手术前，所有人都陆续到了，就是唐家都派了代表，由唐云先过来问候一下。

老太太："小五呀，别怕，要相信医生，咱们一定会好的。"

范明瑜："只要挺过这一次，什么都会有的。"

江震寰与江宴廷皆是面无表情，倒是江江给他创作了一幅画……说真的，红脸黑发，绿衣服蓝裤子，他真没看出来这个是他，最主要的是……他两只胳膊都没画。

"二叔加油。"江江奶声奶气说着。

周仲清研究了许多种方案，虽然最后选择了他自认为最佳的一种，可手术风险还是很大，弄不好，真的会把命折在上面，手术同意书是江震寰签的。

各种手术风险，周仲清提前都与所有人说了，尽量用简洁易懂的方式表达，总结下来……风险很大。

手术室内，所有医护人员都在紧锣密鼓做术前准备工作，江锦上身上早已被周仲清画了线，护士在给他身体消毒……

"目前各项体征如何？"周仲清穿好防护服，进入手术室。

"很平稳。"

"小五，感觉怎么样？"周仲清走到床边，这场手术，几乎会集了京城医学各方面的权威，除却手术室内负责手术操刀的，另一侧还有一大群人隔着玻璃在观摩。

据说……这场手术，还会被全程录像。

用周仲清的话来说："你这种疑难杂症，虽不具有普遍性，却相当具有研究价值，很多外地的同僚无法赶过来，还想让我弄个直播……"

直播？

"我拒绝。"江锦上皱眉，这群人是真把自己当小白鼠啊，一群人动刀，一群人围观？指指点点，还是加油助威？那画面怎么想都很诡异。

"其实我这心里也紧张，你说手术要是出点意外，全程直播，我这不是砸自己招牌嘛。"周仲清那时语气轻松，状似在开玩笑，其实他所担负的压力也很大。

尤其是唐菀一直在医院陪着，忙前忙后，但凡有点好吃好喝的，都想着他，一想到他俩都订婚了，如果出点意外……

"现在挺好的。"江锦上直言，"我又不是第一次上手术台了。"

"这次手术是全麻，时间会特别长，没事……睡一觉就好，剩下的事情交给我，我会让你平安下手术台。"

手术开始，所有医护人员都按照事先安排的流程，在自己岗位，完成应该做的事，虽然周仲清已经反复研究斟酌了手术方案，可上了手术台，还是会有诸多意想不到的事情发生……

江锦上在进入手术室两个小时之后，外面的人就收到了病危通知。

唐菀心脏突地狠狠一抽，只觉得胸闷，压抑得好似无法喘息，眼前一黑，那一秒的天旋地转，快得让人窒息……

"好，我知道。"江震寰深吸一口气，"辛苦你们了。"

江家人都在外面守着，唐菀知道手术危险，却也没想到，会这么快收到病危通知，手术室外等人的滋味极不好受。

除却他们，周围还有其他做手术病人的家属，有椅子的还好，没椅子的，在地上铺了点东西，席地而坐，气氛压抑得让人窒息。

唐菀实在受不了这种气氛，出来透口气。

融雪时分，刚出来，她的四肢百骸就被一股冷意灌满，医院后侧的小花园，淡黄色的迎春花簇拥着一捧温软的白雪，静静绽放。

手术期间，下了4次病危，预计会持续8个小时，可直至天黑，都没有结束的迹象。

直至晚上七点多，手术室的门打开，护士喊了一句："江锦上的家属，到谈话间。"

老太太坐了一整天，一听见孙子的名字，慌忙拄着拐杖起身，身子趔趄，差点摔倒。

"妈，还是我去吧。"今日所有签字，与医生交流，都是江震寰全权负责。

"我与你一起。"唐云先与他一起进了谈话间。

很快周仲清就出来了，他整个人就好似在水里泡过一样，额角还有细汗，防护服那些不透气，脸上还被口罩勒出了细细的印痕。

"手术有惊无险，算是结束了，接下来还有手术缝合之类的事，由我同事进行，回头在复苏观察室，生命体征稳定，麻药褪得差不多，就可以出来了……"周仲清说完，又和他们简单说了一下手术的事，诸如做了些什么。

"谢谢您，谢谢——"揪了几天的心，终于松了口气，江震寰只顾着给他道谢。

"出去和他们说一声吧。"

周仲清心情像是坐过山车，跌宕起伏，作为家属，可能轻松了些，可对他来说，术后恢复也很重要，除非江锦上出院，要不然揪攥的心，都无法彻底安定。

这边得到了手术成功的消息，所有人都松了口气，老太太这眼一红，眼泪就止不住往下落……

"小五手术这么成功，您怎么还哭了。"范明瑜心情激动，只是强忍着罢了。

"高兴！"老太太攥着拐杖的手指还在发抖。

"可能还要三四个小时才能出来……"江震寰解释。

"没关系。"老太太笑着，"回头啊，我要亲自去庙里上炷香，佛祖保佑啊。"

……

江锦上从手术室被推出来，已经接近凌晨。

所有人都在手术室外耗了一天，精疲力竭，可他出来时，大家就好似瞬间打了鸡血，全部都围拢上去，不过边上有专业医护，他身上还插着管子，正在输液，没敢靠得太近。

"手术很顺利，恭喜。"

"辛苦你们了。"老太太拄着拐杖，紧跟着转移病床。

"辛苦的是医生，我看周医生手术完，脖子都僵了，做完手术后，伤口缝合都在边上盯着……"

他的情况，本应该送入重症监护室再观察两天，不过术后各项体征都很平稳，周仲清觉得没什么问题，便直接让他回了普通病区。

不过何时醒来，还不好说。

有可能一两个小时就能转醒，也可能要几天。

众人忙忙碌碌一天，又在病房待到凌晨一点多，才各自回去。

老太太这些长辈，似乎都已撑不住了，商量了一下，留了江宴廷与唐菀在这里，如果半夜醒了，需要做什么，江宴廷是个男人，力气大，也方便些。

"你要不要去睡一下？"江宴廷看着唐菀，她双眼很红，像是要哭，他抽了两张面纸递给她……

唐菀压抑紧张了一整天，眼眶泛红是觉得紧绷的神经瞬间松弛，有些激动，可他递了面纸过来，反倒弄得她一阵鼻酸，居然真的哭了。

江宴廷挑眉，又给她递了几张纸。

他不懂该如何安慰。

这种时候，通常都会说"手术顺利，别哭了"。

江宴廷思量着，她压抑太久，可能需要宣泄一下，直接把纸巾盒递给她："哭吧，哭出来就好。"

唐菀是真不想哭，可是莫名其妙的，许是情绪所致，这眼泪就一直往下掉。

"小五现在怎么样？"周仲清半夜还在医院，未曾离开，护士也是每隔两个小时，都会过来记录。

常年站在手术台上，他有很严重的颈椎病，双腿静脉曲张，今日站了太久，饶是休息了一会儿，此时走路还有点一瘸一拐，脖子更是僵得难受。

"挺好的，周叔，您坐，我去给您倒点水。"唐菀垂头掩面，借故先去洗手间，捧水洗了把脸。

她说话带着哭腔，周仲清走到江宴廷身边，压着声音说："怎么哭了？你弄的？"

此时距离手术结束，已经有很长一段时间，唐菀当时都没哭，现在怎么哭？周仲清自然以为，是江宴廷做了什么。

"小五手术顺利，太激动，喜极而泣吧。"

"她这反射弧，还挺长……"周仲清想着她年纪不大，也是太紧张

223

所致,"那我先走了,待会儿,安慰她一下。"

"我知道了。"

唐菀出来时,周仲清已经走了,她哭得眼睛通红,看着江宴廷,还有些不大好意思:"大哥,不好意思,让你见笑了。"

江宴廷嗯了声,继而说了句:"还需要面纸吗?"

"……"

而此时躺在病床上的江锦上,戴着指夹的手指,微微动了下。

隔天一早,唐菀出门买早点,顺便给周仲清带了一份,瞧他就窝在办公室里睡觉,也觉得心疼。

"周叔,给您买了点包子和豆浆。"

"其实我去食堂吃饭也一样,医生卡,还便宜。"周仲清虽然这么说,却还是乐呵呵地接过了早点。

"周叔,谢谢您。"

"我是医生,应该的……"

"五哥的手术很顺利,您也该放心了。"唐菀低咳一声,"您想过找个人照顾自己吗?"

"你也看到了,我都忙成这样了,今天下午还有一台手术,明天还要去别的医院做两台手术,还要给他们开个讲座,没法照顾家庭的,还是别拖累别人了。"

唐菀没说话……

倒是下午的时候,周仲清收到了一份来自唐菀的礼物。

长方形的盒子,还特意包装了一下。

"呦,周医生,这该不会是送来的锦旗吧。"边上的医生围过去。

"可能是花,现在很多盒装花,可以保存很长时间。"

"其实五爷和他这未婚妻对您真不错,但凡有点吃的喝的,都往这里送。"

"……"

"哎呀,这有什么的。"周仲清嘴硬,还是笑着拆开了包装。

本以为是锦旗或者花束,就算是男人,收到礼物,也难免有些小雀跃,可是包装拆开后,里面静静躺着一双……

静脉曲张袜。

唐菀此时在病房里，还觉得自己很贴心，毕竟送锦旗送花这些，都太普通太寻常，不如这个实用……

围着周仲清，准备看礼物的一众医生护士，瞧着居然是这个，怔了下。

"真贴心，比送花什么的，实用多了。"

"这袜子的颜色也好看。"

"款式也不错。"

……

围观医生都不知该说些什么，胡乱夸了一通，憋着笑离开了。

周仲清嘴角抽搐着：说真的……第一次有人送他这玩意儿。

哪有患者手术成功，家属给医生送这个的。

嘴上嫌弃着，拿回家之后，还是穿上试了一下，以前总觉得，这种静脉曲张袜子很鸡肋，现在看来，好像是有那么点用。

陆陆续续，唐菀又给他送了外套，甚至还有颈部按摩仪、保温杯、毛衣、枸杞一类，这是完全把他当老父亲在孝顺了。

他就是个孤家寡人，过得难免糙了些，江锦上就是再好，对他也不错，可男人毕竟没女孩子那么细致贴心。

每次有唐菀送来的东西，同事难免会打趣两句，说他做了个手术，好像多了个干女儿。

周仲清嘴上嫌弃着，回了家第二天就穿着新的毛衣外套来上班了。

按照周仲清的设想，最迟两天内也该苏醒。

可直至三天后，江锦上似乎还是没有转醒的迹象。

因为生命体征非常平稳，身上架设的一些仪器都被取掉，不过每天十多瓶的药水吊着，说真的……

用祁则衍开玩笑的话来说，就像是在打注水猪肉！

"周医生，今天还是……"

周仲清查房时，负责他这屋的护士，也是眉头紧蹙。

"没有苏醒的迹象？"他手中拿着江锦上今日各项体征数据的记录表，也没任何异常。

江锦上这毛病，别说全国了，可能全球就这一例，没有依据可循，全凭经验，所以他具体何时会醒，真不好说。

"没有。"

唐菀等人站在边上，心底着急，却也不好追着周仲清询问，他定然是更焦躁的。

周仲清从口袋拿出笔灯，抬手撑起江锦上的眼皮，观察他的瞳孔虹膜，其余各项检查完，均无异常。

"如果今晚再醒不来，就送去重症那边，可能还需要一次手术。"

众人："……"

可能对手术心里抵制，江锦上的手指倏地动了下。

"二叔手指动了。"江江第一个发现，众人再看过去时，和寻常没什么两样。

"你确定没看错？"唐菀问他。

"没有，真的动了。"

周仲清收好笔灯，看了眼病床上的人。

"他这手术，虽然很顺利，毕竟没有先例，我也不知道具体会是什么样。现在所有的体征都很正常，人却迟迟未醒，最好的办法，就是再拖进去，拆了针线，再检查一遍……缝合的伤口还比较新，没长好，也容易开刀。这要是伤口已经愈合了，再重新画线，割上几刀，我看他这身上，就没一处好的了。"

……

就在某人的刺激下，江锦上的手指居然真的又动了几下。

所有人都震惊了。

还有这种操作？

手术顺利，人却未醒，周仲清也担心，手术虽然没有直播，全程却都有录像，这两天，他反复观看，也没问题啊。

一直不醒，这人难不成要成植物人？

此时看他手指动了，微微一笑："看来，对外界的刺激还是有反应的，那就没什么问题了，你们可以试着多刺激他一下，保不齐多刺激两下，人就醒了。"

众人：这是个做医生的人，该说的话？

什么划刀子，又割又宰的，他说这话的时候，良心都不会痛？

"你们多和他说说话，他能听到……醒来就是迟早的事，不用太担心。"

众人听了这话，心下也宽慰了一点。

江锦上苏醒的时候，是在隔天晚上……

那时候病房里，还有江宴廷和唐云先在，唐菀弄了些热水，拧了毛巾，稍微给他擦一下脸和手臂,他腹部有缝合的针线,每日都有医护人员专门来处理,她不敢动,只能给他简单擦拭。

小心而细致。

江家本想请护工,被唐菀拒绝了,他此时又没醒,其实也没什么事是她做不来,需要假手于人的。

"菀菀,要不今晚我和宴廷在这里,你回去睡一觉。"唐云先心疼女儿,自打江锦上手术结束,她在医院,就没离开半步,睡得不踏实,整个人都瘦了一圈。

"没事。"

"我以前是真不喜欢他,你说就这身子,万一好不了,可能你后半辈子都要过这样的日子,我这心里……"虽然夜未深,可医院里静悄悄的,唐云先莫名感慨,"当年你母亲走得早,这种苦我太知道了,我不想你后半辈子和我一样。"

"爸,五哥和母亲不一样,他会好的!"唐菀咬着牙,说得异常笃定。

"你这样尽心照顾,他要是不好,我立刻就让你滕叔叔给你安排相亲,咱们回平江嫁人。"

江宴廷膝上放着电脑,听了这话,手指一颤,差点把整理好的文件都给误删了。

"他要是一直不醒,你也不能等他一辈子,别怪我这做父亲的狠心,我不想你过这样的日子。这世上好男人很多,我女儿这么优秀,还愁找不到一个身体好,知心疼你的人?干吗在这根朽木上吊死。"

"我和五哥已经订婚了。"唐菀咬牙。

江宴廷张了张嘴,想帮弟弟说两句话,可唐云先接着来了一句:

"结婚都能离,况且只是订婚?"

这话说得……无法反驳。

"其实我一直不太赞成你远嫁,太远了,要是被人欺负,都没个娘家人给你撑腰,他要是真不醒,咱们就回家去。回去我就给你安排相亲,世上男人千千万,你不喜欢咱就换。时间长了,你就会忘记他了。"

江宴廷觉着,唐云先还是故意刺激他的。

自打周仲清说可以给他一点刺激后,有不少人来过,奶奶、爸妈、祁则衍……今晚是轮到未来岳父了。

某人本就不是个好人,有这么个好机会能"报仇",指着他鼻子"骂他"，刺激他，谁都不会放过这个机会。

祁则衍今天刺激完江锦上，还笑着说了一句："如果把人刺激醒了，还是大功一件呢，这差事不错，他今天不醒，我明天再来。"

"爸，您别说了。"唐菀也察觉到了父亲的意图。

她家五哥人缘就这么差，怎么那么多人上赶着来刺激他，就连她爸都这样。

"如果他醒了……"唐云先其实心里很担心，人就算醒了，如果身体还不好，或者最坏的情况，有些偏瘫残疾怎么办？

可是这种疑问还没说出口，唐菀就已经打断了他的话。

"等他醒了，我们就去领证！"

她视线灼灼，语气更是笃定。

唐云先与江宴廷皆是愣了下。

唐菀见父亲终于不说话，这才低头，重新在热水里过了遍毛巾，给他擦脸，察觉到他睫毛轻轻颤动着，她本来以为又是刺激作用，还自顾自地看了眼江宴廷："大哥，待会儿你给他擦一下下半……半……身。"

他眼皮颤动，缓缓睁开，唐菀心底又惊又喜，最后的几个字，在嘴里被咬得细碎。

"我待会儿帮他擦。"江宴廷最近几乎一直在伺候他。

老太太还说什么："拿出以前照顾江江的细致，照顾你弟弟就行。"

江宴廷带孩子没经验，江江还小的时候，有时不明缘由一直哭闹，饶是江宴廷耐心再好，也难免烦躁，气得差点就想把他从怀里给扔了……想想，是亲儿子，还是算了。

"五、五哥，你醒了？"唐菀声音颤抖着，掩饰不住的激动。

江宴廷与唐云先对视一眼，纷纷放下手里的事情，急忙上去查看。

江锦上眼前好似有团白雾，阖眼太久，一直处于黑暗状态，似乎一时还难以适应眼前的光亮，能听到声音，可眼前的一切却都是虚影。

"周叔，周叔——"唐菀此时哪里还有以前的镇定矜持，攥着毛巾，就推开了周仲清的办公室。

周仲清今晚没手术，正戴着唐菀送的颈部按摩仪，准备休息，被她吓得差点从椅子上栽下去。

"怎么啦！"他以为江锦上出事了。

"醒了，人醒了！"

……

周仲清急忙往病房跑，因为唐菀这一吆喝，整个楼层的人都知道江锦上醒了。

幸亏这个病区人极少，时间也不是太晚，可还是打扰了其他人休息，唐菀回去的路上，遇到一些探头出来的病人或者家属，还一个劲儿给他们赔不是。

江锦上苏醒的消息，很快就传开了，此时已经接近晚上九点，老太太原本已经上了床，还是穿了衣服，要亲自去医院一趟。

老人家脸上笑着，嘴里还不停念叨着：

"这小子，从小就爱折腾，让人操心，没想到长大也这样，白天醒多好，偏要等天黑，大家都睡了，可怜了我这把老骨头……"

江锦上苏醒后，很快就被一些医护人员围住，他此时嘴巴干，嗓子哑，几乎无法说话，浑身都没什么劲，只能稍微做一下动手抬臂的姿势。

唐菀站在边上，咬着唇，眼睛憋得通红。

这两天总听一些人说，手术不是最难的，手术成功，这是第一步，接下来，还有更难的……以前就是这么一听，可他一直没醒，眼看着他就这么躺着，她如何不心焦。

可算是醒了……

"小五，抬一下右手。"周仲清也是很激动。

江锦上听着他的话，眨眼，抬手，伸伸腿……只是余光看到唐菀细细吸着气儿，像是要哭的模样，人也清瘦一圈，自然心疼，抬了抬手，想摸摸她……刚抬起来，就被周仲清给按了下去："现在抬一下右腿。"

江锦上皱眉，继续伸手，他嗓子太疼，说不出话，就只能试图够一下唐菀……

他三番两次抬起，又被周仲清给按了下去："你听不到我说的指示？我说的是腿，不是手……你一直抬手干吗？"

唐菀也注意到了他不断伸手的动作，只是不知道他想干吗。

她还看着周仲清，问了一句让江锦上呕血的话："五哥是不是弄坏脑子了？"

这是亲媳妇儿说的话吗？

江锦上沉沉叹了口气，放下胳膊，只能按照周仲清的要求，伸伸胳膊，蹬蹬腿……

"没事了,接下来就是好好调养。"周仲清可算是松了口气,看向唐菀,"你放心,他脑子应该没问题。"

江锦上是晚上苏醒的,江家陆续赶来探望,夜深了大家也不曾走。

根据周仲清的医嘱,唐菀弄了点温水,捏着棉签蘸了水,先帮江锦上润润唇。有些手术可能当天无法饮水,隔天便能适当喝点水,江锦上这个比较特殊,隔天要给他做个造影检查,才能让他喝水。

唐菀拿着棉签,一点点将他的唇濡湿,某人就这么直勾勾盯着她看,唇色淡极,眼底却尽是笑意。

他稍微抬了下手,唐菀皱眉:"哪里不舒服?"

他嗓子干哑得只能依稀咬出单个字音:"……手。"

唐菀伸手抓住他的手,他没什么力气,只能稍稍做出握紧合拢的手势,手心干燥温热,轻轻覆盖着她的手,好似能将她的手彻底拢着。

似乎是想劝慰她,别担心。

她抿唇笑着,人已经醒了,还有什么可担心的。

"先松开吧,先弄点水,润润唇。"唐菀说话轻声细语,极有耐心,可某人虽然没力气,却仍旧想抓着她的手……

江家人与唐云先都在,和周仲清正低声议论着江锦上的病情,他总这么抓着自己也不是事儿啊。

唐菀凑到他耳边,温温软软喊了声:"五哥——"

江锦上身上麻药早已褪去,止痛泵也撤了,腹部伤口隐隐作痛,她那温热的呼吸吹在他耳边、颈侧……烫得他心口酥酥麻麻。

"松开吧,乖——"

她生怕被人听了去,声音压得特别低,甚至像是打了颤儿,柔柔软软,耐着所有性子,分外娇嗔软糯。

温温热热,气息香甜。

乖?

江锦上素来觉得,这种话对自己是毫无用处的,毕竟从小时候开始,为了哄他喝药看病,家人无所不用其极,软的硬的,所有手段都用了一遍,这个字似乎被说了千万遍。

可从她嘴里吐出,却让他麻了半边身子。

他呼吸瞬间有些沉,喉咙滚动着,本就干哑,此时更难受了,若非此时行动不便,真想……亲她。

可他还是依言，松开了手，棉签濡湿了唇角，他整个人气色看着也好了些。

这一晚，江家人几乎都没走，唐菀就安静乖顺地坐在边上，与他们说着话，倒是江锦上撑到后半夜，又睡了一遭，再度醒来时，已是早上。

众人正在他屋里吃早餐，他许久没进食，都是靠着注射营养液，此时闻着食物的味儿，居然被勾起了馋虫。

"小五醒啦。"最先察觉的是范明瑜，"待会儿你要去做个检查，回来之后啊，看情况才能给你喝水吃饭……"

可大家因为他苏醒，都特别高兴，早饭吃得都比寻常香甜。

江锦上造影检查结果不错，却也不能立刻就吃饭，只能少量喝水，再慢慢少量吃点流食，还必须以清淡为主。

老太太这身子骨不能随时往医院跑，主动说要做饭，医生说清淡，老人家就会再夸大一些，结果送到江锦上嘴里的食物，几乎都是没滋没味的。

可这是老人家的一番心意，再没味儿，也只能咽下去。

江锦上能吃能喝之后，身体恢复得自然快一些，每天输液的次数也在减少……

江锦上这病是天生带来的，本就不容易祛根，手术前后期间，极少有亲朋好友来探望，毕竟这种时候过去，就是给人添乱，听说他身体在恢复，这才陆陆续续到了医院。

待亲友离开，江锦上掀开被子，似乎想下床。

"五哥？"

"我去洗手间。"

"我扶你吧。"他此时已经能下地，只是身上使不上劲儿，需要借东西支撑，唐菀走过去，自然熟稔地将他胳膊搭在肩上，扶着他的腰往洗手间走。

她只是没跟进去，某人穿裤子什么的，力气总是有的，只是时间过去太长，她忍不住开口："五哥，还没好？"

没声音。

"五哥？"唐菀皱眉，怎么一点声音都没有，他到底是不是去洗手间啊。

该不会出事了吧……

这家医院的洗手间，门上都没装锁，就是担心出现这类情况，不便破门而入，唐菀刚打开门，手腕被人拉住，整个人被拽进了洗手间，门被"嘭——"地撞上。

江宴廷正在收拾吃完的东西，听着动静，再瞧着唐菀已经消失在洗手间门口，略略挑眉，没作声……

"喂，你……"唐菀后背抵在门上，吓得惊魂未定，他伸手，从她后颈处穿过，按着她的后脑勺，整个人便凑了过去……

他指尖很凉，惊得她浑身一颤，下意识要躲。

"别乱动。"他嗓子有点哑，带着股莫名的吸引力。

手凉，可他的呼吸很烫，就连眼神都好似带着股热风，像是滚烫的热油，惹得她心头火星四溅。

"我身上有缝合的刀口，不敢太用力，你别躲，要是扯到伤口……"他声音压得低，好似紧贴着她的耳朵，呵出的热气，让她浑身僵硬，心跳骤停。

唐菀心底低咒：这是人说的话吗？太不要脸了吧。

"乖一点。"

他声音本就好听，此时刻意压着，软着嗓子，让她耳朵迅速充血泛红，那抹艳色以极快的速度蔓延到了脸上，让她整个人都显得活色生香。

"菀菀……"江锦上凑过去，轻轻吻住了她，小心翼翼，温柔缱绻。

一吻结束，两人之间还保持着暧昧的距离。

江锦上手指从她侧脸轻轻滑过，落入发间，轻轻揉着，这种耳鬓厮磨的感觉，比方才接吻更让人心颤。

"五哥……"

"你之前说过，等我醒了，我们就去领证，这话……可不是骗我。"

唐菀刚想开口解释当时的情况，他已经更快地说话堵住了她的嘴："无论如何，反正……我当真了。"

"可你现在的身体，也不能……"

"我听说民政局可以上门服务。"

唐菀眨了眨眼，把民政局搬到医院？

"我好像……"江锦上笑着，声线撩人，"太想和你在一起了。"

唐菀扶着他从洗手间出来时，江宴廷已经坐在一把椅子上，打开电脑在办公，瞧着两人出来，撩着眉眼看了下，低声说了句："以后你俩想独处，可以让我出去，不用躲在洗手间里，毕竟地方小，味道也……"

实在不大好。

他是搞不懂，这两人到底在里面磨蹭什么。

唐菀大窘，简直没脸见人了，只能垂着头，扶江锦上上床。

江锦上却很淡定只说了一句："我和菀菀有事要说，你能出去吗？"

江宴廷却淡淡瞥了床上的某人一眼，合上电脑，离开前只说了句："身体还没恢复，你俩悠着点。"

唐菀此时真想找个地缝钻进去，这都什么事儿啊。

就在江宴廷即将踏出病房时，江锦上又突然出声叫住了他：

"哥，等一下……"

"还有事？"

"帮我把风。"

"……"

翌日，周仲清来查房，以前让他输液吃药，简直比登天还难，某人很不配合，要不然以前的江宴廷也不会说出"灌他吃药"这种话。

现在唐菀在，他还要点脸，无论是检查还是吃药，都很配合，恢复得不错。

"等我查房结束，就过来，帮你把腹部的针线拆了。"他这伤口已经长了十多天，够久了。

不过唐菀已经定了时间去机场，所以江锦上拆针线的时候，她并没在。

他腹部的切口横亘着，落在他冷白的皮肤上。

他生得又纤瘦，缝合的伤口，便被衬得越发狰狞可怖。

他皮肤薄，一扯就疼，饶是伤口恢复得再好，拆针线还是难免刺痛。

"忍着点疼。"周仲清叮嘱，一侧的助手已经帮他准备好了镊子剪刀等工具。

虽然早已有可吸收的线，可被人体吸收，可有些材料会引起急性炎症，张力不够，周仲清也不想在他身上留这么狰狞的疮疤，可相比美观，命更重要。

"我没事，您拆吧。"江锦上又不是第一次做手术了。

周仲清低头，帮他拆针线，结束后，又叮嘱他不能下水，注意清洁，他会让护士定时来给他进行消毒，涂点药膏。

江锦上毕竟年轻,拆了针线后,伤口恢复得不错,很快,就算无人搀扶,也能在走廊上走几圈。

时间过得很快,术后近一个月,江锦上又在周仲清安排下,做了一次全身检查,医院各科室骨干专家,聚在一起,拿着他的体检报告,又进行了一次会诊。

"之前我们一直担心,术后会不会出现感染或者并发症,目前看来,恢复得很好。"

"他对外界环境感知比寻常人敏感些,身体新陈代谢也很快,以前周医生还担心会因此影响他术后恢复,现在看来,代谢快,反而是好事。"

"根据报告来看,没什么大问题的话,近期可以安排回家休养,定期来检查就好。"

好的医院,病房通常都很紧张,尤其是年后上京求诊的人太多,病房已经要饱和了,只要符合出院条件,医院不会留人。

最后决定,让江锦上再住几天,安排出院。

消息传到江家,所有人都很高兴,唐云先这段时间都留在京城,原本已经打算离开,此时听说江锦上近期出院,便决定再多留两天。

江锦上出院,要住在江家的老宅子里,那边清净,适合养病,老太太提前几天搬回去,消毒清扫,就连院子里冬日残留的枯枝败叶,都拾掇得干干净净。

老太太特意去上山拜神,请了几个平安符回来,家里小辈都有,图个吉利。

他这手术是疑难杂症,整个医院的医护人员都知道他,出院当天,不少科室,负责过他手术的人,都来看望他,当他离开病房时,更有部分护士,夹道送他出院,江锦上低声咳嗽着说,真的……没必要这样!

江锦上出院当天,众人齐聚喝了不少酒,尤其是周仲清,醉得不省人事,只能安排在老宅客房睡觉。

唐云先醒得早,傍晚时分,敲开了江锦上卧室的门。

"唐叔叔。"江锦上还在靠在床头,百无聊赖地玩着一份拼图。

"爸,您醒了。"唐菀也在这里,正在画点翠的设计稿,久不拿笔,有些生疏,"要不要我去给你倒杯水?"

"不用。"被酒精刺激烧灼,唐云先双目赤红,浑身还带着股未散的酒味，径直寻了个椅子坐下，难受地揉了揉眉心，撩着眼皮，看了下唐菀，"菀菀，过几天，收拾东西，随我回一趟平江，再过几日……"

"我知道。"唐菀捏着手中的笔，神色紧绷。

"可惜小五身体不好，要不然他……"唐云先声音被烈酒烧灼，干渴到撕裂般沙哑，"也该去看看你的母亲了。"

江锦上捻着拼图的手指，稍稍收紧。

方才他还好奇，怎么突然说要回去，本想问原因，可看父女俩神色都不太对，就没问出口。

"没关系，以后总有机会的。"唐菀紧抿着唇，"爸，你也别……"

"行了，我就是和你说一声，先走了。"唐云先显然并不想当着江锦上的面谈论过世的妻子。

唐菀回平江，是在江锦上出院后的第四天，因为是回去祭扫，江家也不好挽留，原本想让江宴廷送他们的，被唐云先婉拒了。

"哎，云先也是不容易啊……"老太太拿着剪刀，正低头修剪着院子里的花枝。

江锦上正坐在院子里晒太阳："菀菀母亲是……"

"重病，那时候医疗条件不如现在好，没撑几年就去了，原本以为熬过了冬天，就能多活一年，没想到开春后，人还是没了。"老太太叹息着，"你以后一定要对菀菀好，你生病这段时间，她寸步不离，人都熬瘦了。"

"你母亲要去医院换她回来休息，她也不肯，这孩子啊，嘴上不说，可她早早失去母亲，肯定怕你也……"

江锦上眯眼看着太阳，没作声。

每年都祭扫，过程都差不多，并无什么特别，只是这一年来发生了太多事，心境自然不同。

沈家人也赶了回来，祭拜回程，大家兴致都不太高。

回去的路上，唐老又拉着唐菀的手："瘦了这么多，回家待两天，好好补补。"

"不过小五身体好了，爷爷把你交给他也放心。"

"他以后要是敢辜负你，我就是拼了老命，都要冲到京城，打得他半死不活。"

唐菀低声笑着："爷爷……"

"对了，前几天，江家打电话过来，问我，什么时候结婚办酒比较合适，菀菀,你说呢?"

老爷子心底不舍唐菀远嫁,却又希望孙女幸福,早点让自己抱到小曾外孙。

唐菀脸皮子比较薄,说起结婚,还是难免有些不好意思。

"爸,他刚出院,身体还没养好,现在就讨论结婚,是不是太早了?"唐云先皱眉。

唐老拄着拐杖:"他俩都订婚了,结婚不是迟早的事吗,哪里早?再说了,又不是现在商量,明天就结婚,也要给江家一个准备时间啊,筹备婚礼,都是需要时间的。我知道你心里舍不得菀菀,可孩子大了,总要结婚的,我们不可能陪她一辈子的。"

许是刚祭扫完,唐老说话带着几分沉重。

"爷爷,您说什么呢,您不是说,以后还要帮我带孩子?"唐菀挽着他的手臂,老人家年纪大了,身子又算不得好,说出这种话,让人格外心酸。

"这是肯定的,等你和小五有了孩子,就算你嫌弃我,我也要去帮忙的。"老爷子笑道。

天黑之后,唐菀原本在房间和江锦上视频,忽然有人叩门,"你等一下,我去开门看看。"

"嗯。"江锦上点了静音。

"爷爷,这么晚,您有事?"唐菀有些诧异,尤其是看到老爷子一手揣在怀里,似乎藏了什么东西,好似做贼般,偷偷摸摸的,"您这是干什么?"

"先进去再说。"

唐菀一脸迷茫,什么事啊,神秘兮兮的。

"您有事叫我过去就行,黑灯瞎火,要是摔着怎么办?"老人家眼神不好,院子里灯光也不算好,要是摔着碰着可不得了。

"给你拿样东西。"老爷子将怀里的东西摸出来递给唐菀,外面包了两层塑料袋,看不清是什么东西,看轮廓大小,像是什么小本本……

唐菀狐疑地接过,慢慢打开,瞧着里面的东西,瞳孔微颤。

"爷爷?"

"怎么了?"老爷子瞧她一脸震惊,神色倒是悠闲。

老人家坐下后,打量着她桌上的一盆薄荷,凑过去闻了两下,这薄荷在她屋里，居然能活到现在，也是不容易。

仙人球都养不活的人，倒是把这盆薄荷伺候得不错。

"这是我们家的户口本？"唐菀声音微颤，难以置信地看着自家爷爷。

电话并没挂断，江锦上一听户口本，眼睛都亮了。

唐菀捏着暗红色的小本本，一脸错愕，他深更半夜过来敲门，做贼一样，就是来给她送户口本？

以前恨不能把她塞给江锦上，现在好了，连户口本都塞给她了，幸亏民政局不是他开的，要不然……

"不是我们家的，还能是谁的，这户口本啊，原本都是你爸收着，今晚他喝多了，我就给顺手拿出来了。"

"顺手？"唐菀咬唇，"我记得户口本是放在保险箱的吧，您哪里来的密码？"

"你爸那死心眼，密码不是你就是你母亲的生日，我试了两次就打开了。"老爷子轻哼，"我连你爸银行卡都能试出来，你信不信？"

唐菀低咳一声："那您把户口本给我干吗？"

"结婚领证不要户口本啊？"

"可是我和五哥还没打算去领证啊……"

"胡说！"老爷子手指一抖，薄荷叶都被薅掉几片，"我听说，小五醒之前，你跟你爸说，等他醒了，就去领证，这话你说过没？"

唐菀没作声。

"就你爸的气性，你想从他手里拿户口本，简直比登天还难，反正户口本在你手里，你和他，什么时候想去领证了，都行。"

"这可是您偷的，要是被我爸知道，他……"

"什么偷！我是这家的户主，我拿个户口本怎么了，再说了，我拿之前问过他的。"老爷子摩挲着手中的薄荷叶，"我问他，户口本我能不能拿走，他还点头了。"

"对了，我还录像了，不信，我拿给你看看。"老爷子说着从口袋摸出一台时新的智能机。

"您什么时候换手机了？"

"前些日子，小五给我买的啊，我以前觉得用老年机也不错，现在觉得智能机也挺好用的。"

唐菀皱眉，江锦上什么时候偷摸给她爷爷换了手机。

237

收买人心啊。

老爷子有老花眼，眯眼找了半天，才翻出一段视频，画面中的唐云先醉得不省人事，估计连他面前的人是谁都不知道，只是机械性地点头。

"爷爷，我觉得您这……"唐菀抿了抿嘴，这真的不太妥吧。

"我困了，先去睡觉了。"

"爷爷……"

"哎呦，是不是最近要下雨了啊，我这腰和腿，忽然有点酸。"老爷子自说自话，压根不给她说话的机会。

过了一分钟，才恍然想起，和江锦上的视频电话还没挂断，他该不会都听到了吧，可她拿过手机时，通话早已被挂断，再回拨过去时……

"和爷爷聊完了？"江锦上语气温缓，与往常并无不同。

"你什么时候挂的电话？"

"爷爷进来后，我觉得你们爷孙可能要说什么私密话，就把电话挂了，怎么了？"

"没事。"

……

唐菀捏着户口本，手心都被烫得热乎乎的，哪儿还有闲心去深究其他的。

以她对江锦上的了解，要是被他知道，自己爷爷把户口本都塞给她，指不定又要想出什么乱七八糟的了。

而挂了电话的江锦上，睡不着觉，下床披了外套，准备出去。

"爷，您这么晚，要干吗去？"江措与江就几乎一直在门口，他此时还是病人，如果有事，身边得有人及时照应。

"锻炼身体。"

两个人目瞪口呆，这月黑风高的，又是郊外，您出去瞎溜达什么？

"周叔说，我每日锻炼，要少量多次。"

话是没错，可这深更半夜的，您到底想干吗啊！

两人又拦不住他，只能在后面跟着，入夜后，郊外的风凉飕飕的……某人却精神抖擞，溜达了两圈才回去，然后乖乖吃药，乖乖睡觉，"安分守己"得有些可怕。

江措咋舌："这是唐小姐离开后，他最不作，最有精神的一天。怎么回事啊？怪怪的……"

江锦上本就不是个"好人",唐菀在的时候,还顾着面子,她一走,有时是真难伺候。

瞧着身边的人不说话,江措用胳膊肘抵了抵他:"哎,你说咱们爷是不是手术后忽然转了性子?"

江就直言:"转性?我更倾向于他吃错药了。"

翌日,唐家院内。

"现在小五手术也成功了,就等术后恢复,大概什么时候结婚办酒啊,我也要提前给菀菀准备一份大礼啊。"沈老爷子笑着。

唐老一听这话,喜上眉梢,江锦上本就是他看上的,两人修成正果,他比谁都高兴:"还在商量具体时间,不过还要看小五身体恢复的情况。"

"不过啊,不结婚,能提前领证啊,我看两个孩子感情挺好的。"

这话说完,整个餐桌的气氛都变得无比诡异。

尤其是唐云先,虽然看着和寻常没什么两样,斯文儒气的,可看着唐菀的眼神,就好比小李飞刀,嗖嗖嗖——带着凶光。

"云先,你怎么看?"唐老出声。

"看什么?"唐云先压根不想回答这个问题。

"如果小五和菀菀还没办酒,就领证的话……"

"他们已经订婚了,都是成年人,无论做什么决定,自己可以负责就好,我没什么意见。"

他是真不明白,他家老爷子为何那般喜欢江锦上,加上还有岳父岳母在,唐云先虽然很想说,不许提前领证之类的,顾及着形象,加上此时氛围很好,他不愿破坏,就说了违心的话。

"呦,你开窍了?"唐老打趣。

"我又不可能陪着菀菀一辈子,如果是她选择的幸福,我自然支持。"江锦上住院这段时间,唐云先算是看清了两人的感情。

饶是知道两人结婚领证是大势所趋,可只要一天不领证结婚,他就觉得,女儿还是自家的人,况且……漂亮话谁都会说,哄老人开心罢了。

户口本可是攥在他手里的,只要他不松手,自家闺女想和那臭小子偷摸领证是不可能的!

"爸,您真这么想?"唐菀试探着又追问了一句。

"你都这么大了,我能管多少,只要你觉得选对了人,不后悔就行。"

"嗯。"唐菀原本攥着户口本，一直心焦忐忑。

爷爷说是拿，和"偷"差不多，他爸要是怒了，肯定不会把气撒在她和爷爷身上，八成倒霉的是自家五哥……

现在有了他这句话，唐菀就放心了。

这顿饭，众人尽欢，送沈家人离开后，唐菀便收拾东西，准备再度启程回京。

唐云先的保险箱，除却户口本，就是家里的一些投资，基本都是房产一类，所以极少动保险箱。

唐菀几乎不进他卧室，更不会发生偷户口本之类的事。

况且要动保险箱，得有密码，他自认为把东西放在保险箱内，就是万无一失，压根没去查看。

所以直至唐菀与江锦上两人领证之后，唐云先才惊觉家里出了内鬼。

再回想自己当时说的这些所谓哄老人的"漂亮话"，又悔又恼，只能感慨：

家贼难防啊！

第二十章
人间烟火气，最抚凡人心

唐菀回家祭扫，来回共去了5天。

江锦上由于身体原因，不能亲自去接机，只能在家等着。

左顾右盼，好不容易等到媳妇儿回来，又被老太太中途截和，拉去说了半晌体己话，待唐菀回屋放好行李，再回到江锦上房间时，他似乎刚擦拭了身子，正准备给伤口涂药。

他腹部伤口深且长，此时都无法碰水，只能用毛巾蘸了水擦拭着身子。

"搽药？"

"嗯。"江锦上点头。

"我帮你吧。"唐菀说着去洗了个手，擦干了水，才拿起了药膏，挤了少许在手心，以点涂的方式轻轻抹在他伤口处，再缓缓推开，让它吸收。

她刚洗手擦了水，指尖微凉，刚碰到他腹部，他身子一僵，本能地颤了下，惹得唐菀发笑。

"我的手是不是太冷了？"

"没事。"

唐菀离开后，都是他自己搽药，那感觉肯定不同。

很快她手指恢复热意，在他腹部轻轻推着药膏，药膏涂上去，原本没什么感觉，只是她整个人都凑过来，呼吸不轻不重地落在他伤口上……

最近江锦上的伤口在结痂，本就又麻又痒，此时更难受了，浑身都酥酥麻麻的，就连呼吸都变得不顺畅了。

你要知道，光是她此时的姿势，就足以让人浮想联翩了，况且江锦上也是个正常男人。

他盯着唐菀，只觉得嗓子眼像是着了火。那股火意从喉咙，一直蔓延到四肢百骸，烧得他浑身都热烘烘的。

江锦上盯着她，冲她勾了勾手指。

"怎么了？有话就说。"唐菀此时双手都沾了药膏，实在不大方便。

"我说话费劲，你过来点……"伤口位置，就连呼吸都能拉扯到，的确不舒服，唐菀半信半疑，便往他那边凑了凑，只是刚靠近，他忽然伸手就按住了她的后颈，对准她的唇……猝不及防，就狠狠吻住了她。

唐菀双手沾了药膏，生怕蹭到他身上，也因为这样，无法推搡他，身子一下子靠了过去，隔着衣服，都能感觉他身体传来的热意。

这人怕是疯了，刚给他擦了药，肯定都弄到自己身上去了，唐菀心脏狂颤，身体都绷紧了。

亲完了，江锦上才抬手帮她将了下鬓角的碎发，唐菀则直勾勾瞪着他，带着几分控诉：药膏都弄她衣服上了，白抹了这么久。

江锦上像是看懂了她的眼神，散漫笑着，声线低沉温缓："你走了这么久，实在想你，刚才也是真的忍不住了。"

就知道说些甜言蜜语，可女孩子谁又不爱听这个，况且他是个病患，唐菀也不好说些别的,只是叹了口气……

"而且我也想告诉你一件事。"

"什么?"

"我想亲你。"

他毫不掩饰,说得过分坦诚。

唐菀脸微微泛红,这男人自打手术成功后,真是越发放肆不要脸了。

千难万难,给某人涂好药,他穿衣服,唐菀则去洗了个手,又回房给他拿了点东西过来。

"给你带了点吃的,一隅茶馆的茶点,都是你爱吃的那几样。"唐菀把糕点放在他屋内。

"除了这个,还有别的?"

"什么别的?"唐菀挑眉。

"没事。"

江锦上微微皱眉:难不成户口本没带回来?还是又还回去了?

唐菀将糕点送过去之后,江锦上吃着糕点,看着她收拾行李。

结果唐菀刚打开行李箱夹层,一个暗红色的本子就掉了出来。

"连户口本都带来了。"江锦上眼疾手快,已经拿出了户口本。

"不是,这个……"

唐菀压根忘了,自己把户口本放在夹层,此时被江锦上拿在手里,又羞又恼。

"我带户口本上京,又不是要和你领证,你也知道,我现在工作在这里,有些手续什么的,可能需要用到户口本……如果让我爸再寄过来,如果路上弄丢了也不好办。在外地处理事情,总是不容易的,证件什么的,放在身边,有备无患嘛!"

唐菀总不能说,我带户口本过来,就是为了和你结婚吧。

胡乱瞎扯着,准备糊弄过去。

江锦上摩挲着本子,促狭地看着她,那眼神分明在说:

编,继续编!

这户口本是怎么来的,他心底一清二楚。

唐菀也说不下去了,抬手要抢夺户口本的时候,江锦上却怎么都不给,这一来二去,两人就抢到了床上……

"江锦上!"唐菀有些急了。

江锦上也不逗她，只是把户口本给她的时候，靠在她耳边低低说了一句："菀菀，撒谎可不行啊。"

"我什么时候……"唐菀一脸窘迫，自己方才是表现得那么明显吗？

"爷爷给你户口本的时候，他可不是这么说的。"

唐菀脑袋轰地就炸了，他果然是听到了。

唐菀从床上起来后，又在收拾东西，这事儿被撞破，总有些憋闷的，过了一会儿，江锦上靠过去，低声："生气了？"

"也不是。"

"可是……我和你说的话是认真的，领证的事，你好好考虑，我随时都有空。"男人声音低沉，又刻意撩拨着她，听得唐菀浑身酥软，"我是真的……很想和你结婚，想和你永远在一起。"

自打江锦上提过领证那件事之后，唐菀虽没正面说些什么，却也算是拒绝了，再度见面，好似一切都很正常，可她却明显感觉到，某人情绪有些低落——锻炼的时候不认真，热身不充分，差点拉伤了韧带，就是看书的时候都不专心，整日魂不守舍。

就连祁则衍来看他，都下意识说了句："江小五，最近是怎么了？郁郁寡欢？"

别人不知道，唐菀大概是清楚的。

领证的事，是她在医院提的，最后又算是拒绝了他，想来是伤心了……

她原本想着，可能过几天就好了，没想到，某人的低落情绪，持续了不少日子，去医院复查的时候，周仲清似乎察觉到了什么，还旁敲侧击问她，江锦上最近是不是出了什么事，情绪不太对。

"应该没什么事吧。"

唐菀也不能把真实情况告诉他，而且这一切也只是她的猜测。

"他现在在恢复身体的关键时刻，保持心情愉悦很重要，如果出了什么事，你多开解他一下，如果一直情绪低落，很影响恢复。"周仲清轻哂，"这小子素来心很大，没什么事能影响到他，这是怎么了？"

唐菀没作声。

思来想去，解铃还须系铃人，在某个晚上，唐菀还是敲开了他的房门。

"这么晚过来？"江锦上刚洗了澡，此时正百无聊赖地在逗弄万岁爷，这只乌龟，从他住院，直至搬到老宅，已经被他反复蹂躏了不知多少次。

无聊，逗龟。

开心,逗龟。

不开心了,还是要来搞它。

万岁爷觉得,人心真是太复杂了,完全搞不懂。

"有事想和你说。"唐菀手指握拳,放在唇边咳嗽了一声。

唐菀支吾着,欲言又止……

"想说什么?"江锦上低头,戳弄着乌龟。

"就是关于领证的事……"

江锦上眸子亮了下,神色从容淡定,看不出任何喜怒之色,只是抬手把乌龟丢进了水缸里。

万岁爷:……

老宅本就极为清净,此时又是晚上,除却风吹叶婆娑,屋内静得几乎可以听到自己的心跳声。

唐菀本也不是个扭捏矫情的人,可话到嘴边,却又不知该怎么说下去了,仿佛斟酌着措辞,可江锦上的眸子却越来越亮,最后等不及,干脆起身走了过去。

高大的身形笼罩过来,遮住她面前所有的光。

"关于领证的事,你想说什么?"声线温缓,格外温柔。

他忽然伸手,干燥温热的指尖从她侧颈滑过,唐菀身子一缩,本能想躲……

他手指一钩,从她毛衣领口处,将一缕被压着的头发挑出。

"嗯?说话啊。"江锦上询问着。

那声音压得越低,越显痴缠。

有些话,心里清楚,唐菀却觉得有些难以启齿。

男人就站在她面前,居高临下的,灼烫的气息自上而下,一寸寸燎过她的皮肤,像是带着一股子荒野八月的季风……

湿热得让人浑身难受。

他声线温柔,嘴角更是噙着一抹暖色,只是那眼神,紧盯着她,有点热。

唐菀后腰抵着一张桌子,双手不安地抠弄着桌子边角:"你最近都不怎么开心,是因为领证的事?"

"怎么可能,你想多了。"江锦上轻笑,"我知道领证是大事,你犹豫是正常的,说明我做得还不够好……"

"你很好。"唐菀脱口说道。

江锦上笑出声，原本帮她挑头发的手指，还放在她侧颈处，手指略微往后，抚着她的后脑勺，整个人就压了过去……

温柔的，痴缠的，一点点侵蚀她，不急不躁，反而弄得唐菀浑身热烘烘的。

"菀菀，你觉得我还要做得多努力，才能做你老公……"

老公一词，成功让唐菀身子酥透了。

现在的小情侣，没结婚，称呼老公老婆的就很多，可对于他俩来说，这是头一遭，似乎只要想想，就能让人心跳加快。

唐菀身子软得站不住，只能紧紧贴着后侧的桌子，双手紧紧扒着桌沿，可下一秒……

他的手覆盖住她的手，将她的手，从桌沿点点掰开，强行搂到了自己腰上。

手腕略微用力，唐菀整个人支撑的重心就从桌子上直接撞到了他身上，江锦上偏头啄了下她的侧脸，嗓音低沉得直往她心口撞：

"桌子那么硬，靠着我不好吗？之前住院，是你照顾我，以后……我让你靠一辈子。"

心跳怦怦……

额头抵在他的胸口，刚接了吻，江锦上也不是什么柳下惠，不可能半点感觉都没有，心脏比平时跳动得更快，甚至一下快过一下，好似破膛而出，已经撞到她的心房……

有那么一瞬间，呼吸同步，心跳一致，就好似两人本就该是共生的一体。

唐菀觉着自己就如同落入油锅里的一条鱼，热得怕是要褪了一层皮。

"其实……"唐菀双手抓着他腰侧的衣服，略微收紧。

"你做手术的时候，下了很多次病危，手术时间特别长，真的挺吓人的，我就想着，如果你真的出事，我该怎么办？我可能这辈子，都不会遇到，像你这样的人了……"

江锦上的出现，本身就挺意外，说好退婚，又走到一起，最后如果真的以那般惨烈的方式离开她的生活，对唐菀来说，这辈子也难忘记。

"菀菀……"手术过程多凶险，他听周仲清提过，这对所有人来说，都不是个好的回忆，他刻意避着，没问过唐菀这件事，此时听她提起，自然心疼。

"我真的挺怕的,怕你走了以后……我就喜欢不上任何人了。也没人能让我觉得,就算两个人安静待着,都心生欢喜了。"

江锦上手臂收紧,将她紧紧抱在怀里:"对不起,让你担心了。"

"所以……如果你不娶我,我也不知道自己该嫁给谁了……"她靠在他怀里,声音好似细细的藤蔓,紧缚着他的心脏……

生涩,悸动,欢喜,却又揪得心疼。

其实许多事,在唐菀决定陪他手术,照顾他时,就表现得很明显了,若非真的在意,谁会愿意奔赴他乡,照顾一个连生死都未卜的人。

"别怕……"江锦上伸手揉了揉她的头发,"除了你,我这辈子也没想过娶别人。"

"人这一辈子很长,你现在不愿意,我就慢慢等……"

"我也没说不愿意。"唐菀觉着自己说了半天,好似白说了。

对于感情,谁不是带着一点不安,小心翼翼试探着爱人的心意。

她仰头看着江锦上,眉目温和,相比较初见时的孱弱清瘦,此时肤色仍旧冷白,可唇角带着血色。

江锦上低头深深地看着她,低头吻住……

唐菀躺在床上时,才注意到唐云先十多分钟前曾给她打过电话,立刻直起身子,回拨了一个过去。

"爸,我刚才在洗澡,没注意你的电话。"唐菀下意识就扯了谎,总不能和他说,自己和江锦上在……

"我和你爷爷,正在说周医生,他给你爷爷做手术,如今又救了江小五这小子一命,他有什么特别喜欢的吗?想给他送点东西。"

"特别喜欢的……"唐菀皱眉,"好像除却看病手术,他并没什么其他爱好。"

"那就难办了。"唐云先皱着眉。

"对了爸,有件事……我想和你说一下。"唐菀抠弄着被子。

"什么事,支支吾吾的。"

"上回送外公外婆离开时,一起吃饭,您说,不反对我和五哥领证,是不是认真的?"

唐云先余光瞥了眼一侧的老爷子,此时电话开着免提,他清了下嗓子:"肯定是认真的。"

他必须说漂亮话哄着父亲,要不然今晚,他怕是睡不了了,自家老爷子绝对和他没完没了。

"江锦上这小子要是辜负你,不娶你,我绝对饶不了他。"他住院时,唐菀如何尽心照顾,他这个做父亲的都是看在眼里的。

"这么说,您不反对?"

"我有什么可反对的,你俩好好地就行。"唐云先笑着,"他最近身体恢复得怎么样?"

"挺好的,等你和爷爷过来,见了就知道了。"

"那就行,手术都挺过来了,他要是这时候掉链子,我非……"唐云先轻哂,"那他对你呢?好不好?有没有给你脸色看?"

唐云先觉着,江锦上有时候的性格,挺像他父亲的,就好比不愿手术这件事,而老爷子手术结束,恢复身体的时候,那是挺能折腾人的。

自己女儿又远在京城,唐云先心底还是担心的。

"没有。"唐菀笑道。

"如果他给你脸色看,你千万不要自己藏着掖着,趁着还没结婚领证,一定要好好观察他,现在的小恶,结婚后就变成大恶,明白吗?"唐云先是又当爹又当妈,苦口婆心。

"结婚是一辈子的大事,只要你过得幸福就好,这小子要是欺负你,你一定要和我说,我立马就……"

"云先!"老爷子出声打断他的话,"胡说什么呢?小五可不是这样的人,你别乱说话。"

"爷爷!"唐菀不知老爷子就在身边,立刻喊了他一声。

"菀菀啊,别听你爸的,你俩好好的就行……"

老爷子拿着电话,和她热络地聊起来,抬手还招呼唐云先,让他立马滚蛋。

唐菀挂了电话之后,发现江锦上几分钟前给她发过信息。

【菀菀,你答应我的事,别忘了。】

唐菀咬了咬唇,那时脑子昏乎乎的,就听得江锦上在她耳边呢喃着什么……

"……你要是觉得不安,我们明天就去领证好不好?"

"你就不想和我永远在一起?"

唐菀当时头昏脑涨,加上本身也不抗拒,就答应了。

她低头回复信息:【我知道。】

只是这边的江就和江措两个人，就有些傻眼了，自家这位爷，深更半夜不让人睡觉，把他们弄起来，说什么，把他名下所有的房产，资产全部给他盘算出来……

江锦上名下有江氏的一点股份，还有不知多少套房产，他一一细数着房产证。

"爷……"江措打着哈欠，"您这是干吗？"

"为结婚做准备。"

"……"

江锦上捏着房产证："这个地段好，给菀菀，这个也不错，给她，这个……"

唐菀靠在床头，正和阮梦西发信息，拿着一堆表情包斗图，压根不知道，自己马上真的要成包租婆了。

翌日一早，明媚的艳阳天，江锦上要去医院复检，唐菀有工作要处理，送他到医院，和阮梦西见了一面，便直奔工作室。

开了两个多钟头的会议，没讨论出结果，中途暂停时，她给江锦上打了个电话。

"检查结束了吗？"唐菀依靠在窗边。

"急诊那边临时来了个病人，他去处理了，还要等一会，你那边怎么样？"

"还要继续开会。"

"那我结束，去接你，我们午饭在外面吃。"江锦上身体恢复得不错，此时出行，老太太也不强求他要坐轮椅。

唐菀挂断电话后，陈挚便走过来，帮她冲了杯红茶："谢谢陈叔。"

"看样子，他对你很好。"陈挚笑着，"一个人幸不幸福，从眼神就看得出来。"

"有吗？"唐菀握着马克杯，"您跟我来京城，阿姨在家带孩子，怕是不容易，她埋怨过你吗？"

"男人嘛，都是要赚钱养家的，等《凤阕》这部剧结束，我就准备明年带她俩出国玩，如果以后在京城扎了根，就把她俩接过来……"

有人说，幸福的家庭都是相似的，不幸的家庭各有各的不幸，其实不然，就算是幸福，也是完全不同的，对于陈挚来说，赚钱养家，让妻子孩子过得更好，他就是幸福的，而对唐菀来说……

江锦上手术成功，能和他待在一起，就很幸福。

而此时的医院里，周仲清从急诊那边匆匆回到办公室，白大褂上还留了点喷溅型血迹，足以看出，他额头都是细汗……

"等很久了吧。"周仲清换下染了血的白大褂，拿了件干净的换上，"这个病人突然内出血，一直在呕血。"

"稳定住了？"江锦上给他倒了杯水。

周仲清摇头："原本想急救一下，直接送进手术室，只是老人八十多了，身体撑不住，没办法，家属那边又难以接受……"

这么多年，饶是见惯了生死，周仲清还是长叹一声。

江锦上把水递给他，周仲清本就不是急诊部医生，平素他的专家号，都不易求诊，能把他临时叫过去，定然是病情危重到急诊部那边束手无策了，情况高危，没想到……

"你今天体检单呢？给我看一下。"周仲清喝了一大杯水，"我十点半还有个手术，我得抓紧一点。"

江锦上把体检单递过去，他需要看的，只是几个数值："还行，最近可以不用忌口，稍微吃点重口的食物，不过过于辛辣刺激的，还是少碰。"

"那我的运动量，需不需要增加？"江锦上以前是身体底子不好，运动太多，过犹不及，对他不是好事。

"可以加大，但要循序渐进，不能突然就增加太多，这样身体会吃不消。"

周仲清说着，又喝了口水。

"那什么时候可以做剧烈运动？"

"什么运动？"周仲清一边喝水，一边拿过待会儿要做手术的病人资料，认真翻看着，确定他身体没大碍，回答问题便有些漫不经心。

"情侣之间爱做的事。"

"噗——咳咳——"周仲清这会直接被呛到了，水差点溅到病人的资料上，"你小子说话能不能委婉点？"

"我之前说得很委婉，您没听懂。"

"……"

"周叔，我的身体，大概什么时候可以……"

"你小子，就这么急？"

"周叔……"江锦上抿了抿嘴,"您别怪我说话冒犯您。"

"有话就直说,这么多年,你冒犯我的次数还少吗?"

"您没娶妻,有些事,您真的不懂。"

周仲清皱眉,只想送他一个字:"滚。"

"周叔,那我的身体……"

"再等等吧。"周仲清轻哼着,其实他最近身体恢复得还行,只是这事儿占的是自己干女儿的便宜,加上这小子和他磨了这么多年,周仲清怎么可能轻易让他得逞。

"周叔?"

"要不你就试试,如果出了事,别人问起怎么发病了,我是不好意思说的。你不害臊,也得照顾着菀菀,她脸皮子薄,要脸。"

"……"

周仲清还有台手术,匆匆就去准备了,江锦上离开医院时,还是意难平,他自认为没大碍,可周仲清不松口,唐菀又太听他的话,这可怎么办?

唐菀开会出来时,江锦上已经到了工作室,他还是第一次来,她工作室员工本就不多,都在开会,开了三个多小时会议,所有人身心疲惫,出来时,瞧见他正站在一个点翠屏风前,他皮肤又白,衬着暗色的屏风……

公子皎皎,温颜如玉。

说得大抵也就如此了。

所有员工,除却陈挚和徐霖,皆是第一次见他,瞪大眼睛,还有人抑制不住发出了惊呼声。

"你等我一下,我回办公室拿个包。"唐菀感觉到员工促狭的目光,忽然觉得有些不好意思了。

"嗯。"

唐菀余光瞥见每个员工桌上都有某个咖啡店的包装袋:"这个是……"

"帮他们买了咖啡和一些吃的,初次过来,也不知该带什么。"

"五爷,您太客气了。"陈挚笑道,其余员工便跟着道了谢。

待两人离开前,唐菀忙着问他复健情况,而江锦上则从她手中接了包,熟稔地牵着她的手往外走。与她说话,因为身高差距,总是稍稍偏头凑近,几乎不用再多亲密的举动,都能看得出来,两人感情极好。

"我看午饭是不用吃了,光是这狗粮就吃撑了。"

"这是接唐老师下班吗?分明就是来秀恩爱的。"

"五爷身体看着并不像传闻那么差啊,就是肤色比常人白点,我对这种温柔又干净的男人,真的没有一点抵抗力。"

餐厅是江锦上定的,除却点了个香菇青菜,其余皆是重口的硬菜。

"你能吃吗?"江锦上在家的伙食,都是老太太亲自监督的,几乎和白水煮的没两样。

"周叔说可以,他现在估计在做手术,你若不信,回头可以亲自问他。"

"我信。"那就说明江锦上身体恢复得不错,唐菀自然是信的。

吃完饭回家,唐菀刚脱下外套,江锦上就敲开了她的门,把一个很大的牛皮纸袋递给她。

"这是什么?"很厚重的样子。

"打开看看就知道了。"

唐菀狐疑地拆开纸袋,这才发现,里面装的居然都是房产证,这原本都是江锦上名下的房子,可此时的产权人,全都变更成了她。

"五哥?"唐菀瞠目,看着他,难以置信。

"婚前财产,是属于个人的。"

"不是,你这……"

唐菀不傻,江锦上这无非是想和自己表明心迹,告诉她,想和她在一起的心意有多坚决,这等于是把所有资产转赠给了她,万一婚姻出现状况,江锦上是什么东西都得不到的。

她大概知道,他名下有多少房产,这几乎是把家底都掏给她了。

"只要我们在一起,这些东西属于谁,都是无所谓的,对吧?"江锦上看得很明白。

他是打定主意要和唐菀厮守一辈子的,有些话说来太空洞,可能说扯到钱和房子有点俗,可他也清楚,实打实的东西,才最让人心安。

倒不是说唐家缺这点东西,他只是想告诉唐菀,自己很认真。

唐菀摩挲着厚厚一摞房本:"你就没给自己留点后路?"

"我只要牵着你的手,一直往前走就行,干吗要留后路?"

这话说得……

真的是往人心尖钻。

唐菀没作声,只是厚厚一摞房本,却砸得她心神震荡。

"我这么做,不是要给你什么压力,我只是想说,对于想娶你这件事,你不要有任何怀疑,知道吗?"

江锦上知道她吃软不吃硬,自己姿态放得越低,唐菀越是心软。

唐菀咬了咬唇,忽然就说了句:"抽空我们去领证吧!"

"菀菀?"江锦上没想到她会突然冒出这么一句,他还想着,反正时间还长,他们可以慢慢来,"你认真的?"

唐菀清了下嗓子:"你要是不愿意就算了。"

"不是,我愿意!"

有些话,有些念头,突然冒出来,就是短短一瞬,未必需要太深思熟虑。往往就是凭着那股子冲动劲儿……

"要不我们今天去怎么样?"趁热打铁,避免夜长梦多。

唐菀诧异:"今天?这都快四点了,时间来不及了吧?民政局怕是要关门了。"

"来得及!"

"那你要不要和奶奶、叔叔阿姨说一下。"

"你等一下!"江锦上说着,就摸出手机,给江震寰打电话。

江震寰此时正在公司开会,看到来电显示,略微皱眉,江锦上鲜少主动找他,都是男人,父子之间,没那么多话要说。

"暂停一下,我出去接个电话。"他以为江锦上有什么重要的事,出了会议室,才低声问,"小五?"

"爸,我要和菀菀去领证。"江锦上电话开着免提。

唐菀瞳孔睁得浑圆,这么直接?

江震寰愣了下,本就是个面无表情的人,就连说话都没什么温度:"哦——"

"您有意见吗?"

"没有,没事的话,我要去开会了。"

"那您忙。"

某人这话说得太突然,江震寰以为他在开玩笑,也没放在心上。

随后他又给范明瑜打了个电话,她此时正和几个好友在美容院保养皮肤,听到这话,倒是一乐:"去啊,只要唐家同意,我是一万个赞同,我巴不得你俩现在就结婚领证。"

范明瑜到底也没当真,还笑着说,巴不得他俩明天就给她生个大胖孙子。

唐菀眨了眨眼,就这样?

"我觉得奶奶那边也没问题。"江锦上说得笃定,"爷爷和唐叔那边,你要不要打个招呼?"

"不用。"唐菀担心的就是唐云先,而他昨晚也同意了。

江锦上点头:"你要不要收拾打扮一下,我们抓紧时间出门。"

唐菀整个人有点糊里糊涂的,只是心底有股子冲劲儿,兴头上来,心情都无端亢奋起来,简单化了妆,又换了件得体大方的衣服,装上户口本,便随他下了楼。

老太太正坐在客厅,戴着眼镜,拿着钩针,正用毛线打着什么东西。

"你们要出门啦?"她清楚,他俩晚上要去江宴廷那边吃饭。

"您这是在做什么?"唐菀凑过去看了眼,东西没成型,端量不出是什么。

"前几天江江说幼儿园有个小朋友,背着她奶奶给她做的包,我就想着,给他也弄一个。"老太太笑道打量着唐菀,"菀菀今天穿得很漂亮啊。"

"我们准备去领证。"江锦上忽然开口。

老太太一乐:"去啊,你俩就是结婚,也没人拦着。"

"奶奶,我说认真的,我要娶她,是领证,受法律保护那种。"江锦上又追加了一句。

"你小子说的这是什么糊涂话,你对菀菀要是不认真,我都饶不过你!你不娶她,还想娶谁啊!"

江锦上看了眼唐菀:"你看,奶奶也是同意的。"

什么结婚领证,有时靠的就是一股子冲劲儿,直至到了民政局门口,唐菀才惊觉:

这是在玩真的!

"菀菀,你还有半个小时的时间考虑。"江锦上看着她,因为再过半个小时,民政局就关门了,借着一股冲劲来的,错过了今天,以后可能瞻前顾后,就没这么顺利了。

"走吧。"都到了,唐菀也就不想那么多了,反正除了他,自己也不会嫁给旁人,扯不扯证,似乎都是无所谓的。

"那进去吧。"江锦上拉着她往里走。

因为临近下班,民政局内除却工作人员,几乎没人,决定来领证的,肯定都是赶早的，像他俩这种，卡着下班点过来的，还真是不多见……

两人以前上过电视，工作人员看到他俩，还有些诧异，接过两人户口本时，打开确认。

"领证对吧？"

江锦上点头，其实他此时心底也非常紧张忐忑。

这种事，他也是头一遭。

"先填一下表格。"工作人员把《申请结婚登记表》递给两人，一切都按照流程来。

唐菀这边已经填好了表格，又仔细检查了两遍，就连姓名都怕写错，才递给工作人员……

领结婚证，没有想的那么复杂，工作人员询问两人的意愿和基本情况，填表，签字，按手印。

按照工作人员的指示，一步步来。

江措和江就两个人都是傻了眼的，说真的，极少见到他家五爷如此乖巧的模样。

工作人员要给两人拍照，他就乖巧安静地坐着，就连双手交叠的姿势，都是中规中矩的。

"两人可以亲密点，可以笑一下，不用这么严肃的。"

又不是明星，面对镜头闪光灯，常人都难免紧张些。

唐菀往他那边挪了半寸，摄影师一笑："放松点，别眨眼。"

照片出来得也很快，工作人员快速剪裁，贴在结婚证上，戳印，盖章，很快热乎乎的两个红本本就放在两人面前。

"恭喜——"

当两人的名字出现在同一个本子上，触碰到本子，那感觉才真实起来。

"谢谢。"江锦上和她道谢。

"不客气，忙完你们这对，我们也该下班了。"以前只是在电视上见过这两人，尤其是京城关于江锦上的传闻非常多，什么久病乖张，可真的接触，温润谦和，对他们十分客气，没有半点世家公子的架子。

瞧着两人长得好看，还忍不住偷拍了两张照片。

"谢谢，麻烦您了。"江锦上与工作人员再三道谢，才牵着唐菀走出去。

直至上车，唐菀摩挲着红本本，才觉得一切都是真实发生过的。

"……还在发呆？"

江锦上很激动,只觉得:好嗨呀,人生已经达到了巅峰。

"总觉得挺不真实的。"唐菀咬了咬唇,偏头看向江锦上,"就这么简单?"

江锦上凑过去,在她唇边啄了口:"现在呢?真实吗?"

"好像还是有点……唔——"

某人很亢奋,自然吻得很急切,车厢内安静极了。

从民政局回家,距离不算近,两人去领证,又没藏着掖着,除却工作人员,定然也会被旁人看到,所以两人还没通知长辈,消息就在网上炸开了。

【劲爆!江五爷与唐小姐已领证!】

并非空穴来风,还有图片为证。

甚至有人可能托关系让人查了一下两人是否登记注册,结果也是真实可靠的。

唐云先还是从朋友口中知道的消息。

"菀菀领证这么大的事,你都不通知我?我这个做叔叔的,虽然没什么钱,对这个侄女,我可从没吝啬过啊。"

"菀菀领证?"

唐老当时就在他边上,安静听着。

领证?

这两个孩子居然真的就这么做了!

他只想说一句:干得漂亮!

唐云先整个人都傻了,只听对面的好友还在说着:"……你别给我装,新闻都报道出来了,而且是经过求证的,也有照片,我们这么多年朋友,你还跟我藏着掖着啊,不厚道啊。"

"你别开玩笑了。"唐云先心底咯噔一下。

"行了,你别给我打哈哈,菀菀结婚的时候,我是一定要去的,京城虽然远,机票我还是负担得起的,你说这时间过得真快啊,一转眼孩子都结婚了……"

唐云先并没挂断电话,而是狂奔而出,直接奔去了书房……

老爷子一听这话,第一反应就是把门关上,反锁起来,给唐菀打电话求证,得到准确的消息,自然是乐不可支。

他原本就是想着这事儿,才把户口本塞给唐菀,没想到他俩就真的把证给领了。

而唐云先打开书房内的保险箱,瞧着户口本不翼而飞,整个人都蒙了。

联想昨天唐菀和他说的话,脑袋好像被人狠狠砸了下!

媳妇儿,咱女儿被我弄丢了。

再仔细回想,自己女儿还是了解的,唐菀没那么大的胆子,敢来偷户口本,思前想后,还是回头去找自己父亲,这个家里,除了他,还有谁能干出这种事,结果门被反锁了。

"爸——"

"睡了!"老爷子直言。

"我有话问你。"

"头疼腿酸,想睡了,有什么话,明早再说。"

刚才试新衣,还精神矍铄,这一转眼,头也疼了,腿都酸了,倒是挺巧。

"爸,我们家的户口本是不是您……"

"睡觉啦,身体不好,需要清净,你这嗓门,简直比画眉还吵。"

老爷子无赖,他也没法子,只能气得干瞪眼。

这两个孩子刚领证,他也是同意的,此时打电话过去,把他们臭骂一顿,也不合适。

而江家这边,情况也差不多,江震寰今晚有应酬,众人得了消息,一个劲儿和他道贺,他一开始也是蒙的,莫名其妙接受众人道贺,脸上还得绷着,不能表现得过度震惊。

不然儿子领证,他这个做父亲的,却毫不知情,说不过去啊!

回家路上,找江锦上求证,又给妻子打电话。

"小五今天打电话和我说了,我以为就是这么问一句,没往心上去啊。"范明瑜又惊又喜,"他问你了吗?"

"问了。"江震寰皱眉。

"这事儿唐家应该知道吧。"范明瑜皱眉。

"如果不知道,菀菀从哪儿来的户口本,她也没那么大的胆子去偷吧,唐家肯定知道。"江震寰印象里,唐菀素来乖巧,做不了出格的事。

不可能不通知家里,就和江锦上把证领了。

主要是今天那小子打电话的语气,就像是在和他讨论天气,而且江震寰的确不反对两人结婚领证,都订婚了,领证也是迟早的事,只是没想到两人如此雷厉风行。

白天打电话通知，晚上何止是全网……

全国人民都知道二人领证了。

老太太知道后，也是惊喜交织，虽说唐菀迟早是他们江家的媳妇儿，可这上了户口本的，自然是不同的。

还有人目睹江锦上出入唐菀工作室，接她下班，一块儿吃饭……

照片满天飞，恩爱秀上天。

"我感觉即将有一场狂风骤雨。"由于网络消息的传播，唐菀的手机已经被各种电话和信息充斥，其中就有来自父亲的。

毕竟这户口本是"偷"来的。

"没事，有我在。"江锦上搂紧她。

唐云先这股气，大概是唐菀结婚后才慢慢消下去。

婚礼当天，唐菀穿着立领设计的婚纱，肩颈处轻薄的蕾丝，隐约可见漂亮的锁骨，腰肢细软……

此时宴客厅的所有灯光黯淡下去，只有几束追光灯，落在唐菀身上。

她佩戴了一套珍珠首饰，整个人显得越发柔和温婉，灯光落在曳地的裙摆上，上面点缀着一些碎钻，熠熠耀目。

素白的皮肤，唇上一抹艳红，搭配鬓边手工钩织蕾丝花，一袭白色柔纱遮面，将她五官衬得越发朦胧。

唐云先早就准备好，在婚礼司仪的说话声中，托住了她的手。

唐菀手指放上去的一瞬间，唐云先这眸子差点就红了。

感慨万千，昨日种种在心头浮现，总觉得她还是那个会依偎着他撒娇的女儿，转身却已嫁做他人妻。

红毯尽头，江锦上安静站着。

灯光落在他身上，恍惚着，唐菀忽然想起了第一次见他的情形，那日天光正好，阳光落在他身上，他周身好像聚了光……

只是相比那时候，他今日一身正装。

唐云先把唐菀交给他的时候，郑重拍了拍江锦上的手背："我把女儿交给你了。"

"好。"

"好好对她。"唐云先是个斯文人，只是拍了拍他的上臂，方才下台。

婚礼仪式大多都差不多，由伴娘上台，送上婚戒，彼此交换了戒指，就是大家最期待的新郎吻新娘的环节。

江锦上抬手,并未直接掀起头纱,而是一点点翻卷起来,这让下面的人,有些着急了。

"这又不是没见过,还一点点揭晓啊?"

"亲一个,亲一个!"

"新郎快点啊。"

……

也只有这种时候,大家才敢明目张胆打趣江锦上,所以谁都不会放过这种机会,尤其是祁则衍,表现得最激动。

头纱被卷到发顶处,江锦上才俯身,慢慢凑过去。

底下的哄闹声已经非常大,唐菀呼吸一沉,也算老夫老妻了,本不该有什么羞涩感,只是底下人太多,就这么短短几秒钟,她觉着心脏猛烈敲击着胸前,就好像初次见他的时候……

紊乱激烈的心跳,像是要把那截细细的肋骨撞断。

当他触碰到自己时,唇边的柔软,烧灼感,就好像一路蔓延到了心口,周围的声响好似瞬间被烧尽,反而是身体的感觉被无限放大……

心跳狂乱,呼吸紊乱。

"菀菀……我爱你。"

他声音比燎原的野火还热,烫得她心头一阵热,紧接着手腕被人攥住。

原本堆叠在头上的柔纱垂落下来,瞬时遮住了两人的脸,整个画面,瞬时唯美得不可思议。

底下那群宾客却不满意了,很多人都拿着手机在拍照录像,大家还想看些劲爆内容,这都挡住了,还看什么啊。

江锦上再抬手把头纱掀开时,接吻环节已经结束了,而后是交杯酒,紧接着是双方长辈上台致辞,唐云先不愿说些煽情的东西,只是简单送上了祝福,只是范明瑜却显得有些激动,尤其是想到江锦上自小身体不好,几经生死,难免动容落泪。

现场气氛烘托下,不少泪点低的人,眼眶都微微泛红。

"明瑜?"江震寰皱眉,说好开开心心举行婚礼,怎么还哭了。

"不好意思,让大家看笑话了……"范明瑜笑着。

对此感触最深的就是江家与唐家人了,唐老爷子都不知偷偷抹了多少把眼泪。

仪式结束，敬酒的时候，唐云先对着江锦上又是一番"教育"，无非是让他一定要照顾好自己女儿，可酒席散尽，独自回房，却又不自觉红了眼眶。

而唐云先对江锦上态度彻底好转，还是唐菀怀孕之后。

当她告诉江锦上自己怀孕时，唐菀还是第一次看到江锦上如此呆呆愣愣的模样，倒忍不住笑出声。

江锦上知道唐菀怀孕，经历了震惊、诧异、狂喜，继而就冷静下来。

虽说小家伙来得有些早，可谁又不想与喜欢的人，能有个共同的孩子。稍稍平静，便准备带唐菀去做个检查。

因为江锦上曾经身体不好，此时唐菀怀孕，他还是有些担心，特意找到了周仲清。

"周叔，其实我们今天过来找你，还有件事……"江锦上紧抿着唇，"我的身体现在是没事了，不过我不知道这个病会不会遗传。"

他说完看了眼唐菀，周仲清立刻就明白了。

他俩担心会遗传给孩子。

江锦上这是娘胎里带出的毛病，也没先例可循，到底会不会遗传，还真的不好说，周仲清原本还高高兴兴的，完全忽略了这个问题。

此时他嘴角紧抿着，过了一会儿才说道："回头我安排菀菀再做些检查，只是有些疾病筛查，还需要孩子月份大一些，不过这也无法保证以后……"

"先检查吧，确定没什么问题，我再和家里说。"唐菀的意思就是让周仲清先保密。

毕竟如果真的查出有什么，肯定还得做其他打算。

"你们也别太紧张，小五这病，应该不会遗传。"周仲清这话说得也没什么底气。

直至初步筛查结果出来，周仲清才长舒了一口气，通知了两人这个好消息，不过孩子没出生之前，一切都是未知的，所以并不能掉以轻心。

对于这个孩子，唐菀和江锦上自然也格外小心。

唐菀更是停下了手上的所有工作，安心养胎。

她怀孕的事，虽然没有对外公布，不过她工作室的人，也都猜得八九不离十。

中秋国庆长假结束后，上班第一天，原本是唐菀来给他们开会，结果换成了江锦上,吓得所有人同时虎躯一震。

这位爷来干吗?

他直接坐到了唐菀的位置上。

"她最近有点事,近期工作室这边的事,有什么事直接和陈经理说,特别重要的,直接联系我,那现在开始会议吧。"

工作室的人本就不多,面面相觑,已经开始猜测,唐菀到底出什么事了?

那天唐菀晕倒,通过保安已经在员工里传开了,只是这种事,大家心照不宣,肯定不敢对外说,结果上班第一天,她居然没来?

"都愣着干吗?开会吧。"

陈挚咳嗽一声,由他主持,开始了会议……

江锦上虽不太懂工作室的具体运营,不过他经商多年,也积累了不少经验,做生意这一套,总有些东西是共通的,站在局外人的角度,提出了不少颇具建树的意见。

所有员工都是如临大敌,认真听着。

场面……

颇有点接待领导人,聆听训示的感觉。

会议结束,江锦上和陈挚单独聊了几句,还请员工喝了咖啡,说是节后上班第一天,给大家提提神。

后来陈挚就跟他一起走了。

员工便小声嘀咕了起来:"我怀疑唐老师怀孕了,如果真的是其他事,五爷哪有心思来这里给我们开会啊,而且我觉得他心情格外好。"

"莫名其妙请我们喝咖啡?为了提神?这理由怪怪的。"

"我听说唐家人都进京了,绝对是有大事。"

……

大家都猜得八九不离十,东家有喜,员工也跟着沾光,毕竟老板一高兴,今年的年终奖肯定不会少。

怀孕头三个月,养胎的这段日子,总是悠闲的。

过了前三个月的危险期,对外公布消息时,收到了许多祝福。

唐菀闲来无事,就跟着老太太学习养养花草,太名贵的,老太太不让她碰,让人给她弄了点多肉。

似乎一切都变得温暖平和起来……

那日又逢农历十五，无风无雨，夕阳被枝蔓打碎，落入窗户时，已如碎金之色。

楼下是孩子的嬉闹声，大约是江江又在嬉闹了，江锦上推开卧室的门，一阵穿堂风，将卧室的纱帘吹得鼓起。

唐菀就坐在窗边的藤条椅上，拿着纸笔，她如今的身子，不方便长时间伏案做点翠，画画设计图总是没问题的。

纱帘从她身上拂过，碎金般的阳光忽地飘进来，落了她一身。

恍惚着，就让江锦上想起了初见她时的情形。

那是宿雨后的天，远不及今日这般风清气爽。

只是有风吹来，心底莫名地……

有点躁。

"你下班了？"唐菀偏头看他，怀着孕，她穿得素净，脸也白净，只是阳光落在她脸上，染了一层红。

胭脂色，娇而俏。

"嗯。"江锦上关上门，"今天感觉怎么样？"

"挺好的。"

今晚江家人都到了，晚上免不得喝了些酒。

待江锦上回屋时，唐菀虽已睡下，却并未睡着，感觉身后的床微微往下塌陷，一只手伸过来，从后面，轻轻拥住了她。

在她耳边呢喃着："菀菀，晚安——"

一如往常，亲昵而温暖。

月光落进室内，如水流光，月似当年，希望身边的人……

也如当年。

睡眼朦胧中，唐菀恍惚想起了那日在唐家第一次见到江锦上时。

阳光正好，灼人热烈，落在他身上，好似笼了一层光，白衣染了绿荫的温绿。

声比山风暖，人若天上仙。

身影逆着光，却给她带来了这世间所有的温柔。

他抬手帮她掖好被子，俯身在她侧脸轻轻啄了下。

生活、爱情，大抵都不需要太轰烈悲壮的生离死别。琐碎，柴米油盐，日复一日……

人间烟火气，才最抚凡人心。